KB241256

삶을 지혜롭게
인생을 풍요롭게
살아가는
─────── 님께
작은 행복을
드립니다.

마음을 밝혀주는

새 마음의 샘터

창
Chang
Books

국립중앙도서관 출판시도서목록(CIP)

(마음을 밝혀주는) 새 마음의 샘터
이승원 옮김 : 조동림 엮음
— 서울 : 창, 2009 p. ;   cm

본문은 한국어, 영어가 혼합수록됨

ISBN 978-89-7453-185-0 03840 : ₩10000

199. 8-KDC4
179. 7-DDC21   CIP2009003254

새 마음의 샘터

2009년 11월 10일 초판 인쇄
2009년 11월 15일 초판 발행

엮은이 | 조동림
옮긴이 | 이승원
펴낸이 | 이규인
펴낸곳 | 도서출판 **창**
등록번호 | 제15-454호
등록일자 | 2004년 3월 25일

주소 | 서울특별시 마포구 합정동 388-28번지 합정빌딩 3층
전화 | (02) 322-2686, 2687 / **팩시밀리** | (02) 326-3218
홈페이지 | http://www.changbook.co.kr
e-mail | changbook1@hanmail.net

ISBN 978-89-7453-185-0   03840

정가 10,000원

마 음 을   밝 혀 주 는

새 마음의 샘터

더 넓은 마음

더 깊은 생각

더 아름다운 사랑

| 이승원 옮김 · 조동림 엮음 |

창
Chang
Books

머리말

절망에서 희망을
불행에서 행복을
불안에서 평화를
가난에서 윤택을
악함에서 선함을
추함에서 예쁨을
거짓에서 진실을
또는 헤어날 길 없는 고독에서의 구원을…….

　이처럼 여러 명제를 앞에 놓고 부단한 노역과 안간힘을 써 온 우리의 외침이 잠시도 끊일 새가 없던 것이 인류의 역사였다. 그러나 단 한 가지도 해결을 못 본 채 헛바퀴를 되풀이해 온 것이 우리의 역사다.

사람이 바뀌고 시대가 바뀌어 생활은 바뀌었을망정 이들 근본 문제는 언제나 우리의 생활 속에 뿌리를 깊이 하고 떠난 일이 없다. 언제나 풀릴 길 없는 숙제요 고민이었다.

생각이 깊은 사람들일수록 이 문제들을 더 깊이 파고들어 연구했지만 그럴수록 더욱 깊은 번뇌의 바다에 빠지고 말았다. 분명 이 문제는 인류의 역사가 그치지 않는 한 끝나지 않을 것만 같다.

사랑의 깃발을 높이 들고 나온 사람이 있었는가 하면, 진리를 외치며 나온 사람도 있고, 인(仁)을 주장하는가 하면 도덕을 앞세우기도 했다. 종교의 힘을 빌어 볼까도 했고, 예술에 의존해 볼까도 연구했다. 그러나 그건 언제나 또 하나의 새로운 명제만을 더했을 뿐, 그것이 우리의 고민이나 숙제를 해결해 주지는 못했다.

　　정녕 행복과 평화와 자유의 꿈은 인류의 영원한 신기루로 남아 있을 것인가? 이제 우리는 희망을 갖기보다 절망을 감수하는 방법을 배우는 것이 옳을지도 모른다. 절망 뒤에 오는 것, 그것이 곧 우리의 보람이 될 수도 있을지 모르기 때문이다. 한 아름의 기대 속에서 한 주먹의 수확을 얻고 절망하기 보다는 일단의 절망 다음에 단 한 알의 기쁨이 우리에게 힘을 줄 수도 있을 것 같기 때문이다.

귀뚜라미가 뜰 안 가득히 울어댄다.

　　소슬한 바람이 부는 밤이면 달이 없어도 마음이 맑아진다. 벗이 옆에서 속삭이지 않아도 외롭지 않다. 아니, 외로움을 즐기고 있는지도 모른다. 자연과 태고의 어떤 진리와 영원한 삶에 통하는 향기 짙은 속삭임과 더불어 대화를 나누고 싶은 것일 수도 있다.

　　이런 밤엔 태고 어느 지점에서 백발이 성성한 할아버지가 홀연히 나타나 나에게 무언가 생명의 말씀을 전해 줄 것 같은 착각에 사로잡히기도 한다.

목마르게 갈구하던 어떤 생명의 예지가 새로운 역사를 창조해 가도록 계시를 줄 것만 같다.

우리는 아무 것에도 구애되지 않은 채 평화스럽고 흐뭇하며 가슴 가득히 향기로운 희열이 용솟음쳐 오르기를 바란다. 속되고, 불안을 내포한 물질적인 욕구, 만족이 아니라 공허하고 외로운 마음과 삶의 빈 터에 영원의 길로 통하는 진선미의 새로운 집이 창조되기를 희망한다.

이 가슴 속에 자기를 안주시킬 집의 목재를 다시 모른 것이 이 책이다. 탈출구 없는 장벽 안에서 좀 더 밝은 곳으로 향하려던 무수한 발자국들을 한데 묶어 새롭고 서광이 비치는 길을 열어가도록 내놓은 것이다.
주로 동양의 것에 힘을 기울여 엮은 이 〈새 마음의 샘터〉를 내놓으면서 이것이 불안하고 외로운 세대에 생명과 안식을 줄 수 있는 사랑의 선물이 되길 바란다.

끝으로 책을 엮으며 같은 어려움을 참아준 창출판사에 감사를 드린다.

2009년 깊은 가을

차례

새 마음의 샘터

마음의 등불을 밝히는

지혜의 소리

새 마음의 샘터

🌱 "The unleashed power of the atom has changed everything save our modes of thinking, and we thus drift toward unparalleled catastrophes."

"고삐 풀린 원자의 힘은 우리의 사고방식을 제외한 모든 것을 바꾸어놓았으며 우리는 미증유의 재난을 향해 표류하고 있다."

−앨버트 아인슈타인

🌱 "Nothing is more despicable than respect based on fear."

"두려움 때문에 갖는 존경심만큼 비열한 것은 없다."

−알베르 카뮈

❧ "It is only with the heart that one can see rightly; what is essential is invisible to the eye."

"사람은 오로지 가슴으로만 올바로 볼 수 있다. 본질적인 것은 눈에 보이지 않는다." —앙투안 드 생-텍쥐페리

❧ "To know is nothing at all; to imagine is everything."

"안다는 것은 전혀 중요하지 않다; 상상하는 것이 가장 중요하다." —아나톨 프랑스

❧ "The computer is only a fast idiot; it has no imagination; it cannot originate action. It is, and will remain, only a tool of man."

"컴퓨터는 민첩한 바보이다, 상상력도 없고 스스로 행동할 수도 없다. 현재에도 미래에도 컴퓨터는 단지 인간의 도구일 뿐이다."

– 미국도서관협회의 [전자계산기 상품명]에 관한 1964년도 성명서

❧ "If a man takes no thought about what is distant, he will find sorrow near at hand."

"사람이 먼 일을 생각하지 않으면 바로 앞에 슬픔이 닥치는 법이다."

– 공자

🌿 "We are intelligent species and the use of our intelligence quite properly gives us pleasure. In this respect the brain is like a muscle. When it is in use we feel very good. Understanding is joyous."

"사람은 지성적 존재이므로 당연히 지성을 사용할 때 기쁨을 느낀다. 이런 의미에서 두뇌는 근육과 같은 성격을 갖는다. 두뇌를 사용할 때 우리는 기분이 매우 좋다. 이해한다는 것은 즐거운 일이다."

– 칼 세이건

🌿 "You can learn a little from victory; you can learn everything from defeat."

"승리하면 조금 배울 수 있고 패배하면 모든 것을 배울 수 있다."

– 크리스티 매튜슨

🌱 **"There are two ways of spreading light: to be the candle or the mirror that reflects it."**

"빛을 퍼뜨릴 수 있는 두 가지 방법이 있다. 촛불이 되거나 또는 그것을 비추는 거울이 되는 것이다."

– 이디스 워튼

🌱 **"A sudden, bold and unexpected question doth many times surprise a man and lay him open."**

"갑작스럽고 대담한 그리고 예상 밖의 질문은 한 인간을 여러 차례 놀라게 해서 정체를 드러내게 한다."

– 프랜시스 베이컨

❧ "Time is a great teacher, but unfortunately it kills all its pupils."

"시간은 위대한 스승이기는 하지만 불행히도 자신의 모든 제자를 죽인다." — 헥토르 베를리오즈

❧ "We have no more right to consume happiness without producing it than to consume wealth without producing it."

"재물을 스스로 만들지 않는 사람에게는 쓸 권리가 없듯이 행복도 스스로 만들지 않는 사람에게는 누릴 권리가 없다." — 조지 버나드 쇼

🌱 "The mystery of language was revealed to me. I knew then that "w-a-t-e-r" meant the wonderful cool something that was flowing over my hand. That living word awakened my soul, gave it light, joy, set it free!"

"언어의 신비성이 내게 나타났다. 그때 나는 "ㅁ—ㅜ—ㄹ"이 내 손위로 흐르는 멋지고 시원한 그 어떤 것임을 알았다. 그같이 살아 있는 말이 내 영혼을 일깨우고 빛과 기쁨을 주고 자유롭게 만들어 주었다."

– 헬렌 켈러

🌱 "The hardest work is to go idle."

"가장 하기 힘든 일은 아무 일도 안하는 것이다."

– 유대인 격언

🌿 "Once you say you're going to settle for second, that's what happens to you in life, I find."

"당신이 자신은 2위로 만족한다고 일단 말하면, 당신의 인생은 그렇게 되기 마련이라는 것을 나는 깨달았다."

– 존 F. 케네디

🌿 "A man cannot dress without his idea get clothes at the same time."

"사람이 옷을 입을 때마다, 그 사람의 생각도 동시에 옷을 입게 된다."

– 로렌스 스턴

🌱 "Iron rusts from disuse; stagnant water loses its purity ... even so does inaction sap the vigor of the mind."

"쇠는 안 쓰면 녹슬고 고여 있는 물은 흐려지며 게으름은 정신의 활력을 앗아간다." – 레오나르도 다 빈치

🌱 "Beethoven can write music, thank God - but he can do nothing else on earth."

"베토벤은 천만다행으로 작곡을 할 수 있다 – 그러나 그가 이 세상에서 할 수 있는 일은 그것 외에는 없다."

– 루드비히 반 베토벤

🌿 "Nothing in life is to be feared. It is only to be understood."

"인생의 어떤 것도 두려움의 대상은 아니다. 이해해야 할 대상일 뿐이다." – 마리 퀴리

🌿 "Be not careless in deeds, nor confused in words, nor rambling in thought."

"행동을 부주의하게 하지 말고, 말을 혼동되게 하지 말며, 생각을 두서없이 하지 말라." – 마르쿠스 아우렐리우스

❧ "Finally we shall place the Sun himself at the center of the Universe."

"결국 우리는 태양 그 자체를 우주의 중심에 놓을 것이다."

— 니콜라스 코페르니쿠스

❧ "The interpretation of dreams is the royal road to a knowledge of the unconscious activities of the mind."

"꿈의 해석은 무의식의 세계를 이해하는 지름길이다."

—지그문트 프로이트

❧ "Give me Liberty, or Give me Death."

"자유가 아니면 죽음을 달라."

— 패트릭 헨리

🌱 "He deserves paradise who makes his companions laugh."

"동료를 웃게 하는 사람은 천국에 갈 자격이 있다."

- 회교성전 코란에서

🌱 "The only place where success comes before work is a dictionary."

"일[work]보다 성공[success] 이 먼저 나오는 곳은 사전밖에 없다."

- 비달 사순

🌱 "Justice delayed is justice denied."

"정의의 실천을 뒤로 미루는 것은 정의를 거부하는 것이나 다름없다."

- 윌리엄 글래드스톤

🌱 "Have I not reason to lament What man has made of man?"

"인간이 스스로 만든 인간의 모습을 내 어찌 슬퍼하지 않을 수 있겠는가?"

— 윌리엄 워즈워스

제 1 부

10~20 대를

위한

♥ 새 마음의 샘터

새 마음의 샘터

01
희망의 속삭임

🌿 희망은 영원히 인간의 가슴 속에 솟아난다. 인간은 언제나 당장 행복할 수는 없다. 인간의 행복이란 항상 앞으로 전진하고 탐구하는 데 있다.
– 포드

🌿 희망은 사람의 마음에 꽃을 피게 한다. 그러나 일단 목적을 달성한다든지 성공을 하는 날엔 이미 마음속에 지닌 꽃향기는 없어지기 쉽다. 그러기 때문에 인생이란 그것을 살아가기보다도 오히려 꿈꾸는 것인지도 모른다.
– 프루스트

🌿 힘은 희망을 가지는 사람에게 있고, 용기는 속에 있는 의지에서 우러나는 것이다.
– 펄 벅

❧ 소망을 너무 높게 갖지 말라! 올라가지 못할 소망을 너무 높게 가지면 눈앞의 할 일마저 놓치고 만다. — 에머슨

❧ 나는 하나의 절실한 소원을 가지고 있다. 그것은 내가 이 세상에 태어난 까닭에 조금이라도 세상일이 좋게 되어 간다는 것을 볼 때까지 살고 싶다는 것이다. — 링컨

❧ 희망은 영원한 기쁨이다. 희망은 인간이 소유하고 있는 토지와 같은 것이다. 그러므로 희망은 해마다 이익을 남기며 결코 다 써 버릴 수는 없는 확실한 재산과 같다.
— R. L. 스티븐슨

❧ 행복한 사람이 갖는 불행이란 절망뿐이며, 불행한 사람이 갖는 행복이란 희망을 갖는 일이다. — 루루

❧ 겨울이 오면 봄도 멀지 않다. — 셸리

❧ 희망이란 도대체 만들 수 없는 형상이다. 그러나 희망이란 단 한 가지 평탄한 길을 거쳐 인생의 종착역까지 갈 수 있게 해 주는 것이다. — 라 로슈푸코

❧ 실망은 못난 사람이 내리는 판단이다. 현명한 사람은 실망이란 두 글자가 자기 머리에 떠오르는 것조차 두려워한다.
　　　　　　　　　　　　　　　　　　　　　　　　　– 니체

❧ 절망은 단지 사람의 비참한 일을 가져 올 뿐만 아니라, 사람의 약한 마음을 더욱 참지 못하게 만들 뿐이다.
　　　　　　　　　　　　　　　　　　　　　　　　– 보브나르그

♥02
인생의 합창

🌱 비록 내일 세계의 종말이 온다 할지라도 나는 오늘 한 그루의 사과나무를 심으리라.

- 스피노자

🌱 인생은 평화와 행복만으로 시종할 수는 없다. 괴로움이 필요하다. 그리고 노력이 필요하고 투쟁이 필요하다. 괴로움을 두려워하지 말고 슬퍼하지도 말라! 참고 견디며 이겨 나가는 것이 인생이다. 인생의 희망은 늘 괴로운 언덕길 너머에 기다리고 있다.

- 베르레느

🌱 웃음이 없는 인생은 무미한 공백과 같다. 웃음은 정서를 낳고 평화를 가져온다. 그러나 웃음은 무엇을 두고 웃느냐에 따라서 사람의 인품을 알 수 있다.

- 잠부론(潛夫論)

❧ 단단한 돌이나 쇠는 높은 데서 떨어지면 깨어지기 쉽다. 그러나 물은 아무리 높은 곳에서 떨어져도 깨어지는 법이 없다. 물은 모든 것에 대해서 부드럽고 연한 까닭이다. 저 골짜기에 흐르는 물을 보라! 그의 앞에 있는 모든 장애물을 만나면 스스로 굽히고 적응함으로써 줄기차게 흘러 드디어는 바다에 이른다. 적응하는 힘이 자재로워야 사람도 그가 부딪친 운명에 굳센 것이다.   – 노자(老子)

❧ 사람은 빵만으로 살 수 없다.   – 성경(聖經)

❧ 세상이란 사람들이 생각하고 있는 것처럼 그렇게 즐거운 것도 아니다. 오직 즐거운 것도 나쁜 것도 자기에게 달렸기 때문이다.   – 모파상

❧ 열성만이 인생을 영원하게 만든다.   – 괴테

❧ 등에 무거운 짐을 짊어지고 먼 길을 가는 것이 인생이다. 그러기에 우리는 일생을 급히 달리지 말고 천천히 가야 한다.   – 공자(孔子)

❧ 인생은 괴로움도 아니며 향락도 아니다. 인생은 우리들이 완수하지 않으면 안 될 의무적인 과업이다.　— 토크빌

❧ 신에게는 큰 것도 없고 작은 것도 없다. 인생에 있어서도 큰 것이 있는 것도 아니고 작은 것이 있는 것도 아니다. 다만 있다면 곧은 것과 굽은 것이 있을 뿐이다.

— 톨스토이

❧ 인생은 한 권의 책과 같다. 어리석은 사람은 아무렇게나 책장을 넘기지만 현명한 사람은 공들여 읽는다. 왜냐하면 그들은 단 한번밖에 그것을 읽지 못함을 알고 있기 때문이다.　— 장 파울

❧ 폭풍우가 내려칠 때에는 참새까지도 두려움에 떠는 것 같으나, 일단 날씨가 청명하고 바람이 온화해지면 무심한 초목조차도 즐거워하는 것 같다. 이로 미루어 보면 천지간에는 하루라도 화기애애한 경개(景槪)가 없어서는 안 되는 것처럼, 인간 사회에도 단 하루인들 기쁘고 즐거운 상태가 없어서는 안 되겠다.　— 채근담(菜根譚)

❧ 모든 인생은 하나의 학교이며, 하나의 준비이고, 하나의 목적이다. 만일 우리가 지상의 이 학교에서 교육을 받지 않을 때는 천상(天上)의 학교를 졸업할 수 없다. — 테니슨

❧ 하루도 자그마한 일생이다. 날마다 잠이 깨어 자리에서 일어남이 그 날이 탄생이요, 시원한 아침마다 짧은 청년기를 맞는 것과 다름없다. 그러나 저녁 자리에 누울 때는 그날 하루의 황혼기를 맞는다는 것을 알아야 한다.
— 쇼펜하우어

❧ 발돋음 하고 서 있는 사람은 오래 서 있을 수가 없다. 자기의 실력을 생각지 않고 자랑하고 무리해서는 안 된다. 공이 있다고 해서 그것을 자랑하지 마라! 그 때문에 도리어 그 빛이 엷어진다. 그리고 자기의 재능을 너무 믿지 마라! 왜냐하면 마음이 흩어지고 노력이 부족해서 실패하기 쉽기 때문이다. — 노자(老子)

❧ 악이 우리에게 선을 인식시키듯이 고통은 우리에게 기쁨을 느끼게 한다. — 클라이스트

❧ 만약 인생을 좋게 만들기를 원하거든 언제든지 그 인생을 내바칠 용의를 가지고 있지 않으면 안 된다. 이 하나의 법칙은 개인생활은 물론이고 사회생활에도 통한다.

– 라매애

❧ 인생의 목적은 끊임없는 전진에 있다. 앞에는 언덕이 있고, 강이 있고, 진흙도 있다. 걷기 좋은 반반한 길만은 아니다. 먼 곳으로 항해하는 배가 풍파를 만나지 않고 조용히만 갈 수는 없다. 풍파는 언제나 전진하는 자의 벗이다. 차라리 고난 속에 인생의 기쁨이 있다. 풍파 없는 항해! 얼마나 단조로운 것인가? 곤란이 심할수록 내 가슴은 뛴다.

– 니체

❧ 타인의 결점 가운데서 우리들이 가장 비난하는 결점은 그것으로 말미암아 우리들이 불리해지는 결점이다.

– 알렉상드르 뒤마

❧ 고난과 눈물이 나를 높은 예지에 이끌었다. 보복과 즐거움이라면 이것을 만들지 못했을 것이다.

– 페스탈로치

🌱 모든 인간이 자유로워지기 전에는 누구도 자유로워질 수는 없다. 모든 사람이 도덕적이 되기 전에는 누구도 완전히 도덕적으로 될 수 없다. 모든 사람이 행복해질 때까지는 누구도 완전히 행복해질 수는 없다.　　　－ 허버트 스펜서

🌱 약간의 근심 고통 고난은 항상 누구에게나 필요한 것이다. 바닥에 짐을 싣지 않은 배는 안전하지 못해서 곧장 갈 수 없으리라.　　　－ 쇼펜하우어

🌱 고통은 인간의 위대한 스승이다. 그러므로 그 스승의 말 한 마디 그리고 손짓조차도 인간의 넋을 슬기롭게 해 준다.　　　－ 에센바흐

🌱 슬픔이란 누구든지 이겨 낼 수 있는 일이다. 그런데 이 슬픔을 이겨 내지 못하는 사람은 늘 슬픔뿐이다.

－ 셰익스피어

🌱 추위에 떨어 본 사람일수록 태양의 따스한 맛을 안다. 이와 마찬가지로 고난을 많이 겪은 사람일수록 생명이 귀중함을 안다.　　　－ 휘트먼

❧ 인생에겐 두 가지의 크나큰 일이 있다. 하나는 자기의 염원이 달성되는 일이다. 그리고 또 하나는 자기의 염원이 달성되지 않는 일이다.　　　　　　　　　– G. B. 쇼

❧ 로마는 하루 아침에 이루어지지 않았다.　　　　– 세르반테스

❧ 노동은 생명이요 사상이요 광명이다.　　　　　　– 위고

❧ 인간은 그가 늘 종사하고 있는 노동 속에서 자기 세계관의 기초를 구하지 않으면 안 된다.　　　　　– 페스탈로치

❧ 노동 없이 사람은 휴식에 이를 수 없고, 전투 없이 승리에 이를 수 도 없다.　　　　　　　　– 토마스 아 켐피스

❧ 고뇌도 슬픔도 일의 희열 앞에서는 아무것도 아니다.　　　　　　　　　　　　　　　　　　　– 볼테르

❧ 인생은 활동하는 가운데 존재하며, 무기력한 휴식은 죽음을 뜻한다.　　　　　　　　　　　　　– 볼테르

❧ 세계 어느 곳에 가더라도 그리고 동서고금을 통해도 매한가지로 수고와 노동에는 보수와 기쁨이 따르는 법이다.

– 라파텔

❧ 일이 주는 압박(壓迫)은 정신에 대해서 대단히 고마운 것이다. 그 무거운 짐에서 벗어나게 되면 그 마음은 한결 자유롭게 되며 생활을 즐기게 된다. 일은 하지 않고 빈둥거리며 지내는 인간만큼 불쌍한 것은 없다. 그런 사람은 아무리 천분(天分)을 지니고 있다 해도 오히려 그것에 싫증을 느낄 것이다.

– 괴테

❧ 사람은 항상 일하지 않으면 안 된다. 사람은 일을 통해서 살아가는 의의도 행복도 모두 찾아낼 수 있다. – 체호프

❧ 행복, 그것은 그대의 '앞길을 가로 막고 선 사자'다. 대개의 사람은 그것을 보고 되돌아서고 만다. 그리하여 행복과는 얼토당토않은 어떤 시시한 것으로써 만족해 버린다.

– 힐티

❦ 일 년의 계획은 봄에 있고 하루의 계획은 아침에 있다. 봄에 갈지 않으면 가을에 거둘 것이 없고, 아침에 일찍 일어나서 서두르지 않으면 그날 할 일을 못 한다. 젊은 시절은 일 년으로 치면 봄이요, 하루로 치면 아침이다. 봄은 꽃이 만발하고 눈과 귀에 유혹이 많다. 이목(耳目)의 향락을 쫓아가느냐 부지런히 땅을 일구느냐로 그 해의 운명이 결정된다.

— 공자(孔子)

❦ 행복은 구해서 얻어지는 것이 아니다. 유쾌하게 살아서 복을 부르는 수밖에 없다. 불행은 피할 수가 없다. 타인을 해하려는 마음을 없애고 불행에서 멀어져 가는 수밖에 없다.

— 채근담(菜根譚)

❦ 사람들은 행복을 찾아 세상을 헤맨다. 그런데 행복은 누구의 손에든지 잡힐만한 곳에 있다. 그러나 마음속에 만족을 얻지 않으면 행복을 얻을 수 없다.

— 호라티우스

❦ 행복을 잃는 것은 쉬운 일이다. 행복이란 항상 분에 넘치는 것이니까.

— 까뮈

❧ 어떤 사람은 자기는 늘 불행하다고 한탄한다. 이것은 자신이 행복함을 깨닫지 못하기 때문이다. 행복이란 누가 주는 것이 아니라 스스로 찾아내는 것이다. – 도스토예프스키

❧ 진실로 마음을 만족시키는 행복은 우리들의 온갖 능력을 힘껏 행사하는데 있다. 또 우리들이 살고 있는 세계가 완성되는 데서 생기는 것이다. 그러나 진정한 행복을 바라거든 무엇보다도 먼저 만사에 허욕을 부리지 말 것이다.
– 버트란트 러셀

❧ 아름다운 의복보다는 웃는 얼굴이 훨씬 인상적이다. 기분 나쁜 일이 있더라도 웃음으로 넘겨보라! 찡그린 얼굴을 펴기만 하는 것으로 마음도 따라서 펴지는 법이다. 웃는 얼굴은 얼굴의 좋은 화장일 뿐 아니라 생리적으로도 피의 순환을 좋게 하는 효과가 있다. 웃음은 인생의 약이다.
– 알랑

❧ 세상에는 우리의 침울한 두 눈으로 발견 할 수 있는 것 이상의 행복이 있는 법이다.
– 니체

🌱 마음을 평온하게 가지려면 불쾌한 기억을 머릿속에 불러들이지 말 것이다. 시궁창이 있는 곳을 피해 가듯이 불쾌한 기억은 피해 버려야 한다. 기분 나빴던 일을 언제까지나 머릿속에서 꾸역꾸역 생각하는 것은 가장 나쁘다. 사람은 현재가 불행한 것이 아니라 불쾌하고 슬픈 기억 때문에 불행한 것이다. 그러한 기억에서 떠난다면 오늘의 하루는 그것대로 즐거운 것이다.　　－ 아우구스티누스

🌱 우리들이 제 스스로 노하거나 슬퍼하거나 하는 것은, 우리들을 노하게 만들고 슬프게 만드는 인간보다 그 이상으로 더 큰 해를 가져 온다.　　－ 레복크

🌱 기쁨에서 모든 생물이 태어나고, 기쁨으로써 모든 생물이 살고, 기쁨을 향해 모든 것이 나아가고, 기쁨에게 모든 것이 돌아간다.　　－ 인도 명언

🌱 이 세상의 참다운 행복은 남에게서 받는 것이 아니다. 내가 남에게 주는 것이다. 그것은 물질적인 것이든 정신적인 것이든 인간에게 있어서 가장 아름다운 행동이기도 한 것이다.　　－ 아나톨 프랑스

❧ 어느 곳에 돈이 떨어져 있다면 길이 멀어도 주으러 가면서, 제 발 밑에 있는 일거리는 발길로 차 버리고 지나치는 사람이 있다. 눈을 뜨라! 행복의 열쇠는 어디에나 떨어져 있다. 기웃거리고 다니기 전에 먼저 마음의 눈을 닦으라!

– 카네기

❧ 오래가는 행복은 정직한 것 속에서만 발견할 수 있다.

– 리히텐베르크

❧ 인간은 자기가 행복하다는 것을 알지 못하기 때문에 불행한 것이다.

– 도스토예프스키

❧ 육체의 활동은 정신적 고뇌를 해방한다. 이것이 가난한 사람을 행복하게 만들어 준다.

– 라 로슈푸코

❧ 인간의 행복의 원리는 간단하다. 불만에 자기가 속지 않으면 된다. 어떤 불만이라도 자기를 학대하지만 않는다면 인생은 즐거운 것이다.

– 버트란트 러셀

❧ 어떠한 행복 속에도 불행은 숨어 있다. 반대로 어떠한 불행 속에도 행복은 숨어 있다. 그러나 우리는 어느 구석에 불행이 숨어 있고, 어디에 행복이 숨어 있는지는 모르고 있다.
　　　　　　　　　　　　　　　　　　　– 게오르규

❧ 행복한 가정은 다들 서로 비슷하다. 그러나 불행한 가정은 제각기 불행한 모양이 다르다.
　　　　　　　　　　　　　　　　　　　– 톨스토이

❧ 대개 행복하게 지내는 사람은 노력가이다. 게으름뱅이가 행복하게 사는 것을 보았는가! 노력의 결과로서 오는 어떤 성과의 기쁨 없이는 누구라도 참된 행복은 누릴 수 없기 때문이다. 수확의 기쁨은 그 흘린 땀에 정비례하는 것이다.
　　　　　　　　　　　　　　　　　　　– 블레이크

❧ 행복한 생활일수록 대체로 고요한 생활이어야 한다. 왜냐하면 고요하다는 그 분위기 속에서만이 참다운 환희가 살아날 수 있기 때문이다.
　　　　　　　　　　　　　　　　　　　– 버트란트 러셀

❧ 부모 구존(具存)하고 형제 무고함이 첫째 행복이다.
　　　　　　　　　　　　　　　　　　　– 공자(孔子)

❧ 마음이 어진 사람은 비록 조그만 집에 살아도 행복할 수 있다. 마음이 악한 사람은 비록 고래등처럼 큰 집에 살며 호의호식해도 불행한 사람이다. — 홍자성(洪自誠)

❧ 솟아오르는 해와 함께 일어나는 것처럼 건강에 좋은 것은 없다. 백 살이 넘게 장수한 사람은 모두 예외 없이 술을 마시지 않고 여름이나 겨울에나 새벽에 일어난 사람들이다. — 푸시킨

❧ 행복을 얻는 유일한 길은 행복을 인생의 목적으로 삼지 않고, 행복 이외의 어떤 다른 목적물을 인생의 목적으로 삼는 데 있다. — J. S. 밀

❧ 가장 신성한 진리는 최대다수의 최대행복이 일체 도덕과 법규의 기초라는 것이다. — 벤덤

❧ 행복하게 되기 위해서는 두 가지 길이 있다. 그것은 욕망을 줄이거나 소유물을 늘이거나 하는 것이다. 어느 편이든 좋다. — 벤자민 프랭클린

❦ 쾌락은 육체의 어떤 한 점의 행복에 지나지 않는다. 참다운 행복, 유일한 행복, 온전한 행복은 마음 전체의 평온 가운데 존재한다.   – 주베르

❦ 사람이 자기가 하는 일에 있어서 행복을 얻기 위해서는 다음 세 가지 것이 필요하다. 사람은 그 일을 우선 좋아해야 한다. 사람은 그 일을 지나치게 해서는 안 된다. 사람은 그 일이 성공하리라는 감을 품고 있어야 한다.   – 존 러스킨

❦ 어리석은 사람은 조금만 따뜻해져도 오래도록 입고 있던 겨울옷을 벗어 던진다. 행복의 먼동이 틀 때야말로 불행했을 때의 좋은 벗을 잊어서는 안 된다.   – 빌헬름 뮐러

❦ 인간이 이 세상에 존재하는 것은 부자가 되기 위해서가 아니라 행복하기 위해서다.   – 스탕달

❦ 인생에 있어서 무상(無上)의 행복은 우리가 사랑 받고 있다고 하는 확신이다.   – 위고

❧ 만약 행복을 얻고자 하거든 숲 속에서 버섯을 찾듯 행복을 찾아야 한다. 애써서 찾아야 한다. ……그리고 그것을 찾거든 독버섯인가 아닌가를 잘 조사해야 한다.

- 고리키

❧ 아무런 노고도 없이 얻는 행복이란 곧 달아나 버리는 것이다. 참다운 행복이란 고락을 같이 섞어 맛보아 심신을 연마하여 그 결과로써 얻은 행복이 아니면 안 된다. 그러한 행복은 다시 잃어버리는 일이 없다. - 채근담(菜根譚)

❧ 몸에 화가 미치지 않는 것보다 더 복된 것은 없다.(福莫大於無禍)

- 회남자 전언편(淮南子 詮言篇)

❧ 앞으로 다가올지 모르는 불행을 미리 근심하는 것보다 눈앞의 불행을 이겨내려는 마음을 갖는 것이 더 현명한 일이다.

- 라 로슈푸코

❧ 조그만 행복은 사람이 큰 불행을 이겨내는 데 적지 않은 도움을 준다.

- 에센바흐

❧ 인류 최대의 불행은 우리 개개인이 서로 화목하지 못하는 데서 발생한다. 자기 주위 사람의 아내나 남편 그리고 그들의 부모나 형제 또 친구나 이웃과 화목한 것이 행복의 출발점이다.　　　　　　　　　　　　　– 힐티

❧ 최고의 행복이란 나의 결함을 고치고 나의 잘못을 바로잡아 주는 일이다.　　　　　　　　　　　　　　　– 괴테

❧ 행복이란 자기의 정신이 대단히 뛰어나다고 생각할 때의 만족 바로 그것이다. 이 만족 이외에 또 다른 행복이란 있을 수 없다. 그러므로 행복은 슬프거나 괴로울 때라도 지닐 수 있다.　　　　　　　　　　　– 주베르

❧ 쾌락은 육체 속에 느끼는 한 조각의 행복에 지나지 않는다. 참다운 행복, 유일한 행복, 완전한 행복은 언제나 평온한 정신 속에 깃든다.　　　　　　　　　　　– 주베르

❧ 화(禍)는 요행으로는 면할 수 없는 것이며, 복은 두 번 다시 구할 수 없느니라.　　　　　　　– 명심보감(明心寶鑑)

🌱 복은 맑고 검소한 곳에서 생기고, 덕은 낮고 겸손히 물러서는 곳에서 생기고, 도(道)는 편안하고 고요한 곳에서 생긴다.
　　　　　　　　　　　　　　　　　　　　　　　　– 명심보감(明心寶鑑)

🌱 정직해야 된다. 그러나 내가 정직한 탓으로 남이 손해를 보는 정직은 허위만 못한 정직이다. 행복해야 된다. 그러나 내가 행복한 까닭에 남이 해를 받은 행복은 불행만 못한 행복이다.
　　　　　　　　　　　　　　　　　　　　　　　　– 법구경(法句經)

🌱 사람은 남에게 어떠한 행동을 하였느냐에 따라서 그의 행복도 결정된다. 남에게 행복을 주려고 하였다면 그만큼 그 자신에게도 행복이 온다. 자기의 어린 것에게 맛있는 것을 사주어 그 먹는 것을 보고 행복을 느낀다. 어린 것이 좋아하는 모습은 어머니의 기쁨이기도 하다. 이 이치는 부모나 자식 사이에만 해당되는 것이다.　– 플라톤

🌱 하루는 일생이다. 선한 일생이 있는 것처럼 선한 하루가 있고, 악한 일생이 있는 것처럼 악한 하루가 있다. 하루를 짧은 인생으로 보아야 이것을 소홀히 할 수 없음을 알게 된다.
　　　　　　　　　　　　　　　　　　　　　　　　– 우찌무라 간조(內村鑑三)

❦ 인생에 있어서 믿음보다 더 신비스러운 것은 없다. 그것은 한 개의 커다란 유동력으로서 저울에 달아 볼 수도 없는 것이다.
― 오슬러

❦ 기도를 잊지 말라. 네가 기도할 때마다 만일 너의 기도가 성실하다면 그 속에는 새로운 느낌과 새로운 의미가 있을 것이다. 그런데 이것은 너에게 생생한 용기를 줄 것이며, 너는 기도가 곧 하나의 교육이라는 사실을 이해할 것이다.
― 도스토예프스키

❦ 어둠이 전혀 없다면 사람은 타락의 무엇인가를 조금도 알지 못할 것이다. 또 광명이 전혀 없다면 사람은 구원(求願)을 전혀 희망하지 않을 것이다. 따라서 신의 그림자가 어느 정도 보였다 안 보였다 하는 것은 우리들의 신념에 따라 좌우되는 것이니 우리를 위해 유익한 현상이다.
― 파스칼

❦ 보통 때에는 신을 믿지 않는 사람이라도, 때로 큰 바다를 건너야 할 때는 독실한 신자 이상으로 신을 믿게 마련이다.
― 서양 격언

❧ 가뭄이 계속돼서 들로 기우제(祈雨祭)를 지내러 갈 때 돌아오는 길에 비를 맞지 않도록 우산을 준비해 가지고 가는 사람이 있다. 이것이 곧 신앙이다.   – 쇼펜하우어

❧ 창문이 닫힌 사원(寺院)한 구석에서 그대는 누구를 빌고 있는가? 눈을 뜨고 신이 거기 없는 것을 잘 보라. 신은 농부가 땅을 갈고, 인부가 길을 닦는 곳에 있는 것이다.

    – 타고르

❧ 사람은 누구라도 자기 혼자의 생애를 살고 자기 혼자의 죽음을 혼자 죽는 법이다.   – 야콥센

❧ 정신에 있어서 고독은 신체에 있어서의 절제와 같다.

    – 보브나르그

❧ 전쟁, 흉년, 전염병 세 가지를 합쳐도 술의 손해와 비교할 수 없다.   – 글래스턴

❧ 자연에서 숭배의 교정(敎程)을 배우는 자는 가장 행복한 사람이다.   – 에머슨

❧ 자연은 그 운동에 있어서 쉴 줄을 모른다. 그리고 움직이지 않는 모든 것들을 벌한다.

― 괴테

❧ 이 땅 위에 나의 기쁨이 샘솟고 있다. 태양은 나의 모든 고통을 씻을 듯이 자비로운 빛과 함께 따스하게 감싸준다. 나는 이 두 가지로 만족을 느낀다.

― 괴테

❧ 모진 비바람이 불 때면 날짐승들도 근심하고 무서워 떤다. 반대로 날씨가 청명하고 바람도 향기로우면 초목도 생기가 돌고 기뻐한다. 천지에 하루라도 화기(和氣)가 없으면 생존에 지장이 있거늘, 하물며 인간이야 더 말할 것 있으리오. 사람의 마음에도 하루인들 기쁘고 명랑함이 없어선 안 될 것이다.

― 채근담(菜根譚)

❧ 만물은 모두 천지의 정기(精氣)를 받아 산다. 그래서 천지 자연을 만물의 부모라고도 한다.(惟天地萬物父母)

― 서경(書經)

❧ 헤엄을 잘 치는 사람은 물에 빠지기 쉽고, 말을 잘 타는 사람은 말에서 떨어지기 쉽다.

― 회남자(淮南子)

❧ 주의 깊게 듣고, 총명하게 질문하고, 조용하게 대답하고 그리고 그 이상 아무 말할 필요가 없을 때에 입을 열지 않는 사람은 인생의 가장 필요한 뜻을 깨달아 지닌 사람이다.

– 라하테르

❧ 나의 착함을 말해 주는 사람은 나의 적이요, 나의 좋지 못한 것을 말해주는 사람은 나의 스승이다.

– 명심보감(明心寶鑑)

❧ 세상을 살아가는 데는 항상 한 걸음 물러설 줄 알아야 한다. 물러서는 것은 곧 나아가는 밑천이다. 사람을 대신하는 데는 항상 너그러워야 한다. 남을 이롭게 하는 것은 곧 자기를 이롭게 하는 것이다.

– 채근담(菜根譚)

❧ 남을 책하는 사람은 끝끝내 사귀지 못할 것이오, 자기를 용서하는 사람은 허물을 고치지 못하느니라.(責人者不全交 自恕不改過)

– 명심보감(明心寶鑑)

❧ 사랑을 받으면 욕먹는 것도 생각해야 되며, 편안한 곳에 살면 위험한 것도 생각해야 된다.

– 명심보감(明心寶鑑)

❦ 천지는 광대무변(廣大無邊)하고 적막하며 조금도 움직이는 것같이 보이지 않으나 실제로는 그렇지도 않다. 날마다 태양이나 달은 쉴 새 없이 지구 주변을 돌고 돈다. 이것을 가리켜 정중동(靜中動)이라 하고 동중정(動中靜)이라고 한다. 이같은 자연의 법칙처럼 인간의 길도 마찬가지다. 그러므로 군자는 한가한 가운데도 급한 일에 마음의 준비를 갖추고 있으며, 어떠한 다망(多忙)한 때라도 여유작작한 자태를 지닌다. — 채근담(菜根譚)

❦ 사람의 마음이 같지 않음은 그 얼굴이 같지 않음과 같다.
— 좌전(左傳)

❦ 세상일이란 것은 측량할 수 없다. 오늘 남에게서 일어난 일이 내일은 자기 자신에게 생기는 수도 흔히 있다. 그러므로 잘 살 때와 잘 못 살 때, 도리어 가난한 살림을 하는 사람들의 고통을 생각함으로써 늘 자기를 경계해야 한다. 이것이 처세하는 유일한 방책이다. — 채근담(菜根譚)

❦ 물이 지극히 맑으면 고기가 없고, 사람이 지극히 살피면 친구가 없느니라.
— 공자가어(孔子家語)

❧ 무릇 일에 있어서 간사함을 꾀하지 말며, 남을 대하는 데 늘 경건한 태도를 버려서는 안 된다. 이 두 구절은 잠시라도 잊어서는 안 된다.
　　　　　　　　　　　　　　　－ 격몽요결(擊蒙要訣)

❧ 깨끗하게 몸을 가지고 온순하게 사물에 대하면 실수하는 일이 없다.
　　　　　　　　　　　　　　　－ 명심보감(明心寶鑑)

❧ 충고는 좀처럼 환영을 받지 못한다. 더구나 그것을 가장 필요로 하는 사람이 가장 그것을 싫어한다.　　－ 체스터필드

❧ 어떤 사람을 신용하느냐고 묻는다면, 나는 스스로 남을 신용할 줄 아는 사람을 신용한다고 말할 것이다.　－ 류카트

❧ 사람들을 대함에 있어 너무 지나치게 엄격한 행동을 하지 말고, 좀 더 너그럽고 부드러운 말씨로 관대하게 하는 것이 복을 받는 일이니, 남을 이롭게 함은 자기를 이롭게 하는 근본이 되는 것이다. 이것이 행복의 기초이다.
　　　　　　　　　　　　　　　－ 채근담(菜根譚)

✌ 쓰지 않는 연장은 녹이 쓴다. 흘러가는 물이 썩지 않는 것은 멈추지 않고 흐르기 때문이다.
　　　　　　　　　　　　　　　　　　　　　– 동양 명언

✌ 시작이 좋으면 결과도 좋은 법이다.
　　　　　　　　　　　　　　　　　　　　　– 영국 속담

✌ 입과 혀는 화와 근심의 문이오, 몸을 죽이는 도끼와 같다.(口舌者禍患之門滅身之斧)
　　　　　　　　　　　　　　　　– 명심보감(明心寶鑑)

✌ 가장 좋은 말이란 가장 조심스럽게 억제된 말이다. 가장 좋은 이야기란 가장 조심스럽게 다루어진 이야기뿐이다.
　　　　　　　　　　　　　　　　　　　　　– 아라비아 속담

✌ 눈을 경계하여 남의 잘못됨을 보지 말고, 입을 경계하여 남의 단점을 말하지 말고, 마음을 경계하여 탐욕을 꾸짖어라.
　　　　　　　　　　　　　　　　– 명심보감(明心寶鑑)

✌ 내 것 좋다하고 남 슬픈 일 하지 말고, 남이 한다고 의(義) 아니어든 좇지 말라. 우리는 천성을 지키어 생긴 대로 하리라.
　　　　　　　　　　　　　　　　　　　　　– 변계량(卞季良)

❧ 몸을 세우는 데 의(義)가 있으니 효도가 그 근본이요, 나라 다스리는 데 이치가 있으니 농사가 근본이니라.

- 공자(孔子)

❧ 항상 자기가 할 일에 주의 깊게 하라. 어느 일에 대해서라도 주의가 부족했다는 변명은 용서되지 않는다.

- 톨스토이

❧ 무슨 일이든지 어느 한 가지 일에 능통하라! 한 가지 일에 능통하지 못하면 한 가지의 지혜도 가질 수 없다.

- 경행록(景行錄)

❧ 큰 인물이 큰 일을 기도하는 것은 그 일이 중대한 것이기 때문이다. 어리석은 사람도 큰 일은 기도하지만 그 일이 쉬운 것이라고 생각하기 때문이다.

- 보브나르그

❧ 높은 언덕에 오르지 않으면 어찌 떨어지는 근심이 있을 줄 알겠으며, 큰 바다에 가지 아니하면 어찌 풍파가 일어날 걱정이 있는 줄을 알겠는가.

- 공자(孔子)

❧ 사람마다 꿈이 한 번도 실현되지 않았다고 해서 스스로 안타깝고 서글프게 생각해서는 안 된다. 정말 안타깝고 서글픈 것은 한 번도 꿈을 꾸어 보지 않았던 사람들이다.

– 에센바흐

❧ 용기는 인간만이 가질 수 있는 영원한 자랑이며 창조물이다. 그런데 많은 사람은 용기를 가리켜 총포를 잘 쏘는 것과 같은 것으로 알고 있다. 그러나 진정한 용기란 여러 사람들이 보는 앞에서 할 수 있는 일을 아무도 보지 않는 곳에서 해 치우는 것을 말하는 것이다.

– 라 로슈푸코

❧ 세상에 나를 비방하는 사람이 있거든 반드시 스스로 반성하고, 만일 스스로의 명예를 훼손하는 행위를 했다면 그 허물을 책하라!

– 경몽요결(擊蒙要訣)

❧ 앞으로 전진하라! 사람은 몸과 정신이 한시라도 정지해서는 안 된다. 그러므로 앞으로 가지 않는 자는 길을 잃을 것이니 일순간이라도 멈추지 말라.

– 라틴

🌿 참다운 용기를 가진 사람도 때에 따라서는 겁 많은 사람 같이 보이고, 참다운 지혜를 가진 사람도 때에 따라서는 어리석게 보인다. 그러나 그것은 대수롭지 않은 일에 기세를 올리지 않고 남 앞에서 아는 척하지 않기 때문이다.

– 동양 명언

🌿 귀는 고운 소리를 듣고, 눈은 아름다운 빛깔을 본다. 하지만 이 눈과 귀는 밖에 있는 도둑이다. 그리고 속에 있는 욕심이나 야심은 안에 숨어 있는 도둑이다. 그러나 우리의 본심만 꿋꿋하면 그 도둑들은 얼씬도 못 한다.

– 채근담(菜根譚)

🌿 이치를 궁리하고 마음을 바르게 하며, 몸을 닦아서 사람을 다스리는 도를 알면 그 진리대로 실천에 옮길 것이다.

– 격몽요결(擊蒙要訣)

🌿 항상 내 마음을 경계하라! 그리고 내 행동을 살펴보라! 아껴 쓰지 아니하면 집이 망하고, 청렴하지 못하면 자리를 잃는다.

– 회남자(淮南子)

❧ 아무리 작은 과오라도 결국엔 다 나타난다. 숨기더라도 늦거나 이르거나 간에 모두 나타나고 만다.   – 공자(孔子)

❧ 처세하는 데 있어서는 마땅히 자기가 지킬 도리를 다할 것이며 의리를 지켜야 한다. 그러므로 세상의 저속한 말이나 풍문 그리고 남의 과오(過誤)까지도 일체 입에 담지 말라.   – 격몽요결(擊蒙要訣)

❧ 사람마다 자기 몸을 아끼고 사랑하며, 스스로를 스스로가 잘 알며, 자기를 자기 스스로가 잘 다스린다면 그 사람들은 인간의 세 가지 기틀을 굳게 마련한 셈이다. 이 세 가지 기틀만이 인생을 인도하며 고귀한 힘을 내게 한다.   – 테니슨

03
인간은 마음의
프로그램을 만든다

❧ 인간은 만물의 척도다.
                                                  – 프로타고라스

❧ 아홉 가지 꾸짖을 일을 찾아 꾸짖기보다 한 가지 칭찬할
　일을 찾아 칭찬해 주는 것이 그 사람을 개선하는 데 유
　효하다.
                                                  – 카네기

❧ 여러 사람이 좋아할 거라도 반드시 살필 것이며, 여러
　사람이 미워할 거라도 반드시 살필 것이니라.　– 공자(孔子)

❧ 남에게 의뢰를 할 때 반드시 그 기대가 무너질 때가 많
　다. 새는 자기의 날개로 날고 있다. 그러므로 사람도 자
　기의 날개로 날아야 한다.
                                                  – 르낭

❧ 인간 일반을 아는 것은 한 사람의 인간을 아는 것보다 쉽다.
　　　　　　　　　　　　　　　　　　　　　　　　　－ 라 로슈푸코

❧ 인간은 도구를 사용하는 동물이다.
　　　　　　　　　　　　　　　　　　　　　　　　　　－ 칼라일

❧ 하늘은 말이 없어도 춘하추동(春夏秋冬) 사시(四時)의 변화가 있고 만물이 자라난다. 솜씨 좋은 구변(口辯)에만 의존하지 말라. 장차 소기의 목적을 달성하려면 말없는 가운데 힘쓰는 일밖에 없다.
　　　　　　　　　　　　　　　　　　　　　　　－ 논어(論語)

❧ 남을 불쌍히 여기는 마음은 인(仁)이요, 부끄러워하는 마음은 의(義)로운 것이요, 사양하는 마음은 예(禮)이며, 옳고 그른 것을 아는 것은 지(智)라고 한다.
　　　　　　　　　　　　　　　　　　　　　　　－ 맹자(孟子)

❧ 경비병이 요새(要塞)를 지키듯, 그리고 성벽의 둘레와 그 내부를 감시하듯이, 인간도 감시를 게을리 하지 말고, 용감하게 자기 자신을 감시하지 않으면 안 된다. 인생에 있어서 잠시라도 이 감시를 소홀히 하는 사람은 반드시 지옥으로 떨어질 것이다.
　　　　　　　　　　　　　　　　　　　　　　　－ 불경(佛經)

❧ 부끄러움이란 사람들이 가지고 있는 자랑거리의 하나이다. 부끄러워할 줄 아는 사람은 여간해서 죄를 범하지 않는다. — 탈무드

❧ 만일 남이 나를 중히 여기기를 바라거든 내가 먼저 남을 중히 여겨야 한다. — 양계초(梁啓超)

❧ 인간은 어머니 태내에서 벌거숭이로 태어났기 때문에 벌거숭이로 흙에 돌아가는 것이 당연하다. 이처럼 신은 자기가 베푼 것은 끝내 자신이 도로 찾아간다. — 도스토예프스키

❧ 인간이 존경을 받는 것도 그 사람의 마음속에 달려 있고, 비열하게 되는 것도 그 사람의 생각 속에 달려 있다. — 파스칼

❧ 의지가 굳은 사람은 다행한 사람이다. 그런데 의지가 굳은 사람은 잠시 고통을 받는다. 그러나 길게 고통을 받지 않는다. 뿐만 아니라 실수도 안 한다. — 테니슨

❧ 남의 하는 일을 잘 알고 있는 사람은 똑똑한 사람이다. 자기 자신을 잘 알고 있는 사람은 그 이상으로 총명한 사람이다. 그리고 남을 설복시킬 수 있는 사람은 강한 사람이다. 그러나 자기 자신을 이겨 내는 사람은 그 이상으로 강한 사람이다.

— 노자(老子)

❧ 인생에 있어서 으뜸가는 큰 일은 자기를 발견하는 것이며, 그러기 위해서 여러분은 때때로 고독과 심사(深思)를 필요로 한다.

— 프리쵸프 난센

❧ 이 지구 위에서 최고의 행복을 지닌 사람은 인격을 지닌 사람이다.

— 괴테

❧ 자기 자신을 알라! 이것이 기초적인 법칙이다. 그러나 자기를 바라보고 있다 해서 자기를 알 수가 있는 것일까. 아니다. 당신 아닌 다른 사람이 당신을 바라볼 때, 비로소 당신은 자기 자신을 알게 되는 것이다.

— 존 러스킨

꽃에 향기가 있듯이 사람에게도 품격이란 것이 있다. 그러나 꽃도 그 생명이 생생할 때에는 향기가 신선하듯이 사람도 그 마음이 맑지 못하면 품격을 보전하기 어렵다. 썩은 백합꽃은 잡초보다 오히려 그 냄새가 고약하다.

– 셰익스피어

인간의 위대함은 자기 자신이 보잘 것 없음을 깨닫는 점에 있다. 그러나 짐승이나 수목은 제 자신이 보잘 것 없다든지 또는 제 자신이 어떠한 위치에 있다는 것을 모르기 때문에 인간과는 커다란 차이가 있다. – 파스칼

가정에서는 친절을, 사회에 나가서는 정직을, 일에 있어서는 철저한 것을, 교제에 있어서는 예의를, 불행한 이에는 동정을, 죄악에 대해서는 항거를, 모든 사람에게는 존경과 사랑을, 이것이 인간의 본질이다. – 찰스 베닝

참다운 정열이란 아름다운 꽃과 같다. 그것이 피어난 땅이 메마른 곳일수록 한층 더 보기에 아름다운 법이다.

– 발작

❧ 사람이 어질다는 것은 모든 사람을 사랑하는 마음이 있음을 말한다. 사람이 안다는 것은 그 사람됨이 바른 사람인가? 바르지 못한 사람인가? 또는 지혜가 있나 없나를 분별할 줄 아는 것을 말한다. 다시 말하면, 사람이 안다는 것은 마치 재목을 쌓을 때 곧은 나무를 굽은 나무 위에 쌓아서, 그 굽은 나무를 반듯하게 바로 잡는 것과 같은 지혜가 있는 것을 말하는 것이다. — 논어(論語)

❧ 사람을 가리켜 혹은 대인이라 하고, 혹은 소인이라 하는데 그것은 마음을 어질게 가지면 대인이 되고 어질지 않게 가지면 소인이 되는 것이다. — 맹자(孟子)

❧ 자기 부모를 공경할 줄 모르는 사람과는 절대로 우정을 나눌 수 없다. 그런 사람은 인간의 첫걸음을 벗어났기 때문이다. 뿐만 아니라 이 세상에서 둘도 없는 존엄과 사랑을 모르는 사람이니, 다른 사람을 소중히 알 리가 없기 때문이다. — 소크라테스

❧ 어질고 어리석음은 반드시 마음속에 있지, 결코 귀하고 천한 데 있는 것은 아니다.(賢愚在心 不在貴賤)

- 잠부론(潛夫論)

❧ 덕망이 있는 자가 사람을 대할 줄 안다. 높게 처하려면 말에 있어서 사람들에게 겸손해야 한다. 사람들을 인도하려면 사람들의 앞에서가 아니라 뒤에서 해야 한다. 그러므로 덕망이 있는 자가 사람을 대할 줄 안다. 훨씬 앞서 있어도 그 사람들은 그리 거북하게 생각되지 않는다. 따라서 덕망이 있는 자는 누구와도 다투지 아니함으로 이 세상의 아무도 그와 다투지 않는다.   - 노자(老子)

❧ 사람은 금과 옥으로 보배를 삼지 아니하고, 충성되고, 어질고, 착한 것으로 보배를 삼는다.   - 왕손어(王孫圉)

❧ 이 세상에서 가장 힘이 센 것은 보이지 않는 것, 들리지 않는 것, 그리고 만져 볼 수 없는 것들이다. 다시 말하면 그것들은 인간의 정신이다.   - 노자(老子)

❧ 인간은 유년 시대부터 이미 성인의 모습을 나타낸다. 아침 날씨가 그 날의 날씨를 나타내듯이…….   – 밀턴

❧ 사람마다 마음이 하나로 통일되면 모든 행동도 하나로 통일된다. 그러므로 그 행동이 흐트러지지 않는다.

– 장자(莊子)

❧ 오늘 하는 한 가지 일은 그것으로서 충실해야 한다. 각 부분이 충실해야만 전체가 충실할 수 있다.   –괴테

❧ 오늘 잘못된 일은 내일 고치지 아니하고, 아침에 후회하던 일을 저녁에 다시 고치지 못한다면 사람된 보람이 없을 것이다.

– 이율곡(李栗谷)

❧ 위로는 황제에서부터 아래로는 일개 서민에 이르기까지 모든 사람은 무엇보다도 먼저 덕을 길러야 할 것이다. 왜냐하면, 덕성(德性)은 사람마다 지니지 아니하면 안 될 최초의 정신적 보배이다. 그러므로 이같이 최초의 것을 지니지 못하면 최후의 것을 지니기는 매우 어려운 일이다.

– 공자(孔子)

❧ 과실을 범함을 부끄러워하라. 그러나 과실을 바로 잡는 것을 부끄러워 말라.
— 루소

❧ 착한 것이란 실질적이며 그리고 현실적인 문제이기도 하다. 인간에게 착한 마음과 행동이 깃들면 깃들수록 그의 생활이 편안해진다. 그것은 마치 온화한 봄날 화사한 꽃들의 모습과도 같다.
— 에머슨

❧ 남을 해코자 하는 마음이 있으면 못쓴다. 세상엔 나쁜 사람도 있으니 해가 닥칠 것을 미리 막을만한 마음의 준비쯤은 있어야 한다. 반대로 자기는 순진해서 사람에게 속기 쉽다고 지나치게 남을 경계해서는 못쓴다. 왜냐하면 이것은 남을 지나치게 의심해야 되기 때문이다.
— 채근담(菜根譚)

❧ 마음이 편안하면 오막살이라도 안온(安穩)할 것이요, 성품이 안정되면 나물죽도 향기롭다.
— 명심보감(明心寶鑑)

❧ 차라리 아무 사고 없이 가난할지언정, 사고가 있는 부자가 되지 말지니라.
— 익지서(益知書)

❦ 몸에 밴 결점은 파리와 같다. 아무리 쫓아도 반드시 되날아와서는 당신을 더 괴롭힌다.　　　　　　　　　　　－ 세퍼

❦ 이 세상에서 물보다 더 무르고 겸허한 것은 없을 것이다. 그러나 딱딱한 것 흉포한 것 위에 떨어질 때 물보다 더 센 것은 없다. 약한 것은 강한 것을 이긴다. 이 세상 사람들은 이 일을 알고 있으나 그렇게 실천하려고 하는 사람은 없다.　　　　　　　　　　　　　　　　　－ 노자(老子)

❦ 천량의 황금이 귀한 것이 아니요, 남의 좋은 말 한 마디가 천금보다 나으니라.(黃金千兩未爲貴 得人一語勝千金)
　　　　　　　　　　　　　　　　　　　　　－ 명심보감(明心寶鑑)

❦ 분노를 옮기지 않으며 과실(過失)을 되풀이하지 말라, 분망(奔忙)한 사람은 분노를 옮길 시간과 과실을 되풀이할 시간조차 가지지 못한다.　　　　　　　　　　　　－ 공자(孔子)

❦ 입을 지키기를 병을 막는 것처럼 하고, 뜻을 지키기를 군사가 성을 지키는 것처럼 하라.　　　　　　－ 주문공(朱文公)

❧ 사람이 몸가짐을 늘 조심해서 예의에 어긋난 행동을 삼갈 것이다. 그러므로 사람은 늘 보고, 듣고, 말하고, 움직이는 것이 모두 다 예의에 맞아야 한다. – 이율곡(李栗谷)

❧ 일의 기량(技倆)을 닦기 위해서 가장 중요한 것은 실행과 경험이다. – 콜루맬라

❧ 사람을 아는 것은 지혜로운 일이며, 스스로 아는 것은 사물의 이치에 밝다는 것을 말한다. 남을 이기는 사람은 스스로를 이길 줄 아는 강한 힘이 있는 사람이다. – 노자(老子)

❧ 군자는 항상 일찍 일어나서 얼굴빛을 엄숙하게 하며, 언어를 신중히 하여 일동일정(一動一靜)을 경솔히 하지 않는다. 그러므로 늘 행동하는 데 주의를 게을리 하지 않는다. – 이율곡(李栗谷)

❧ 남을 책망하는 마음으로 자기를 책망하면 허물이 적을 것이요, 자기를 용서하는 마음으로 남을 용서하면 완전히 사귀느니라. – 설원(說苑)

❧ 어버이는 사랑하고 자식은 효도하며, 형은 아우를 사랑하고 아우는 형을 공경하며, 지아비는 너그럽고 아내는 유순함을 일상생활과 처세하는 데 지침을 삼아야 한다.

— 소학(小學)

❧ 사람마다 어찌 스스로 새롭고자 하는 양심이 없으리요. 너는 마땅히 그 양심에 따라 악한 것을 버리고 착한 것을 찾고, 예전 것을 버리고 새 것을 도모하라. 그러면 반드시 새로움을 찾으리라.

— 대학(大學)

❧ 듣지 않는 것이 듣는 것만 못 하고, 듣는 것이 보는 것만 못 하고, 보는 것이 아는 것만 못 하고, 아는 것이 행하는 것만 못 하니라.

— 순자(荀子)

❧ 하늘이 명(命)한 것을 성(性)이라 하고, 성을 좇는 것을 도(道)라 하고, 도를 닦는 것을 가르침이라고 하니, 하늘 밝은 것을 본받으며 옛 성인의 법을 좇아 행하면 자연 배울 바를 알게 된다.

— 소학(小學)

❧ 독수리가 넓은 하늘을 자유롭게 날기까지는 몇 번이나 약한 날개 때문에 강풍에 땅에 떨어지곤 한다. 그 연습을 견디지 못했다면 그 독수리일지라도 땅 위를 기어 다녔을 것이다. – 마돈나 피카

❧ 그대 스스로 돌아보아 그르지 않다고 생각할 때에는 천만 인이 가로막더라도 그대로 그 길을 가라! – 맹자(孟子)

❧ 몸과 마음을 바르게 하여 마땅히 안과 밖이 한결 같으면 남이 안 보는 곳에서도 거리낄 것이 없으며, 또한 남이 많이 보는데서라도 청천백일과 같이 떳떳할 것이다. – 격몽요결(擊蒙要訣)

❧ 분함을 누르는 데는 참한 마음으로 하고, 욕심 막는 데는 물을 막는 것처럼 하라. – 근사록(近思錄)

❧ 샘물은 끄집어내서 나오는 것이 아니고 스스로의 힘으로 솟구치듯, 사람도 자연스럽게 모든 사람들과 다정할 수 있게 하는 것이 가장 좋다. 그러자면 언제나 자기 지위를 너무 내세우지만 않으면 된다. – 버트란트 러셀

🌱 귀는 항상 귀에 거슬리는 말을 듣고 마음은 항상 마음속
에 어긋나는 일만 있다면, 진실로 몸과 마음을 닦는 데
날이 잘 서는 숫돌이 된다. 반대로 들리는 말마다 달콤
한 말뿐이고, 일마다 마음에 충족하다면 이것은 오히려
내 몸에 해로운 일이다. ― 채근담(採根譚)

🌱 먼저 생각하라! 그 다음에 말을 하라! 그러나 사람들이
싫증을 내기 전에 그치라! 인간은 말을 함으로써 동물과
다르다고 한다. 그러나 만약 그 말에 도움이 되는 점이
없다면 동물보다도 못한 것이다. ― 페르시아 명언

🌱 마음에 생각하는 것을 입으로 말하는 것이니 입은 마음
의 문이라 하겠으나. 입을 지키는 것이 엄밀치 못하면,
마음속의 진정한 작용까지도 잃어버리기가 쉽다. 뜻은
마음의 발이니 뜻을 다루기에 엄밀하지 못한다면 걷지
말라는 옆길로 달리게 될 뿐이다. ― 채근담(菜根譚)

🌱 사람은 어떤 지배자 밑에 속해 있는 것이 아니다. 항상
자기 정신의 지배 아래 있다. 때문에 사람은 자기 힘으
로 자기 앞길을 닦아 나가야 된다. ― 세네카

❧ 용기란 우리들 인간이 행복을 누리는 데 있어서 하나의
중요한 요소이기도 한 것이다. — 쇼펜하우어

❧ 희망을 놓치더라도 용기를 놓쳐서는 안 된다. 희망은 때
에 따라서는 사람들을 속이는 수가 있지만 용기는 사람
의 힘을 북돋아 준다. — 부델뤼크

❧ 오늘 할 수 있는 일은 내일로 미루지 말라. 자기가 할 수
있는 일은 남에게 미루지 말라. 싸다고 해서 필요치 않
은 물건을 사지 말라. 지나치지 않고 알맞게 행동하면
후회하는 일이 없다. — 제퍼슨

❧ 물을 제어하려면 반드시 둑을 쌓아야 되며 성품을 제어
하는 데는 반드시 예법(禮法)을 지켜야 된다.
— 경행록(景行錄)

❧ 사람의 마음을 씻는 것은 몸을 씻는 것과 같다. 하루 사
이에 예전에 물들었던 더러운 것을 씻고 새로운 것을 얻
거든, 그 새로운 것을 가지고 날마다 새롭게 하고 또 날
마다 새롭게 하라. — 대학(大學)

❧ 어진 사람이 되려면 무엇보다도 억제라는 것이 필요하다. 억제는 어릴 때부터 습성이 돼 있지 않으면 안 된다. 만약 억제가 어릴 때부터 습성이 돼 있다면 많은 덕을 갖출 수 있을 것이다. 많은 덕을 갖춘 사람으로 억제하지 못하는 사람은 하나도 없다.
– 노자(老子)

❧ 남의 잘못을 찾아내기는 쉬운 일이나, 자기의 잘못을 깨닫기는 극히 곤란한 일이다. 사람들은 남의 과실에 대해서는 말하기를 좋아하지만, 자기 과실은 기를 쓰고 감춘다. 사람은 또 남의 흉을 보기를 좋아한다. 그러나 그런 사람은 남의 잘못이나 흉을 찾아내는 동안 자신은 점점 좋지 못한 상태에 빠지고 만다.
– 불경(佛經)

❧ 희망한다는 것이 진실로 의욕 하는 것은 아니다. 때문에 가령 시인이 백만 원을 희망한다고 해서 백만 원이 생겨지는 것은 아닐 것이다. 그는 다만 악어가 가죽을 남기고 새가 깃을 남기듯 자기 본성대로 아름다운 시를 만들 뿐이다.
– 알랑

❧ 될성부른 나무는 떡잎부터 알아본다.
– 우리나라 속담

❧ 사람이 동물같이 생활한다면 반드시 동물보다 더 나빠질 것이다. 사람의 생활이 동물과 구별되는 점은 어떻게 생활할 것인가를 생각하는 데에 있다.   – 타고르

❧ 우리들이 해야 할 일은 늘 생각하고 궁리하는데 따라 생기기 마련이고, 노력함으로써 이루어지게 마련이다. 그러나 한 가지 생각해야 할 것은 누구나 한 가지 일을 이루고 나면 만족하고 교만해지는 까닭에 실패한다는 점이다.   – 관자(管子)

❧ 진리는 인간이 보존하는 최고의 것이다.   – 제프리 초서

❧ 때때로 줄기만 자라고 꽃이 피지 않는 때가 있다. 또 꽃만 피고 열매가 열지 않는 때도 있다. 진실이란 것을 알고 있는 사람은 진실을 사랑하고 있다고 말해도 좋다. 그러나 진실을 사랑한다고 해서 그것만으로 진실을 행하고 있다고는 말할 수 없다.   – 공자(孔子)

❧ 해와 달이 비록 밝으나 엎어 놓은 물동이 밑은 비치지 못할 것이며, 칼날이 비록 날카로우나 죄 없는 사람은 베지 못한다.　　　　　　　　　　 – 명심보감(明心寶鑑)

❧ 군자는 글로써 벗을 삼고 어진 것을 찾는다. 그러므로 도(道)는 날로 밝은 데로 가까워 오고 어진 덕은 날로 착한 행실 속에 빛난다.　　　　　　　　　 – 소학(小學)

❧ 진리를 인식하는 데 중대한 방해가 되는 것은 허위를 추구하는 일이라고들 한다. 그러나 진리를 인식하는 것을 방해하는 일은 진리를 꾸미는 태도 바로 그것이다.

　　　　　　　　　　　　　　　　　　　 – 인도 명언

❧ 진리는 떠들며 토론하는 데서 얻어지는 것이 아니다. 진리는 오직 근로와 성찰에 의해서만 얻을 수 있는 것이다. 그리고 당신이 어느 하나의 진리를 얻게 되면, 그때 그의 진리가 당신 앞에 여신(女神)처럼 잡힐듯이 잡힐듯이 아롱거릴 것이다.　　　　　　　　　　 – 존 러스킨

❧ 천재란 인내라고도 부르는 위대한 소질을 가진 것 이외에는 아무 것도 아니다.

— 뷔퐁

❧ 영웅이란 자기가 할 수 있는 일을 한 사람이다. 그러나 범인(凡人)은 할 수 있는 일은 안 하고, 할 수 없는 일만을 바라고 있다.

— 로망 롤랑

❧ 등산의 기쁨은 정상을 정복했을 때 가장 크다. 그러나 나의 최상의 기쁨은 험악한 산을 기어 올라가는 순간에 있다. 길이 험하면 험할수록 가슴이 뛴다. 인생에 있어서 모든 고난이 자취를 감췄을 때를 생각해 보라! 그 이상 삭막한 것이 없으리라!

— 니체

❧ 적을 알고 나를 알면 백 번 싸워도 위험치 않다. 적을 모르고 나만 알면 승패가 없다. 적을 모르고 나도 모르면 그 싸움도 반드시 위험하다.

— 손자(孫子)

❧ 인생은 학교다. 그리고 거기서의 실패는 성공보다 두드러진 교사다.

— 그라낫스끼

🌱 나무에 가위질을 하는 것은 나무를 사랑하기 때문이다. 부모에게 꾸중을 듣지 않으면 똑똑한 아이는 될 수 없다. 겨울 추위가 한창 심한 해에는 봄의 푸른 잎이 한층 푸르다. 사람도 역경에 단련된 후에야 비로소 제 값을 한다.

— 프랭클린

🌱 한 걸음 한 걸음 천천히 걸어도 종국에 도달하는 것이 모두라고 생각해서는 안 된다. 한 걸음 한 걸음이 그 자체로서 가치가 있어야 한다. 커다란 성과는 조그마한 가치 있는 것들이 모여 이룩하는 것이다. 살찐 성과를 얻으려면 한 걸음 한 걸음이 힘차고 충실하지 않으면 안 된다.

— 단테

🌱 덕이 있고 어진 사람은 남의 결점을 볼 때마다 그것을 흉보는 것이 아니라, 그 결점이 그 자신에게도 있나 없나를 찾아보고, 단 하나의 결점이라도 있으면 곧 고친다.

— 왕양명(王陽明)

🌱 근면은 성공의 어머니다.

— 돈 구이소

위대한 사람은 단번에 그와 같이 높은 곳에 뛰어 오른 것이 아니다. 동반자들이 밤에 단잠을 잘 적에 그는 일어나서 괴로움을 이기고 일에 몰두 했던 것이다. 인생은 자고 쉬는 데 있는 것이 아니라, 한 걸음한 걸음 걸어가는 속에 있다. 성공의 일순간은 실패의 쓴맛을 보상해 준다. - 로버트 브라우닝

어떠한 기술이라도 타고난 재능이 없이는 획득할 수 없으며 타고난 재능도 기술적인 훈련에 의하여 다듬지 않으면 안 된다. - 호라티우스

성공을 하려거든 남을 밀어 젖히지 말고 또 자기 힘을 측량해서 무리하지 말며, 자기가 뜻한 일에는 한눈팔지 말고 묵묵히 해 나가야 한다. 평범하나마 이것이 곧 성공이 튀어나오는 요술 주머니다. - 프랭클린

누가 가장 영광 있게 사는 사람인가는 한 번도 실패함이 없이 나가는 데에 있는 것이 아니라, 실패할 때마다 조용히 그러나 힘차게 다시 일어나는 데에 인간의 참된 영광이 있다. - 골드 스미드

❧ 천 리(千里)의 둑도 개미구멍으로 새서 무너지고, 백간의 큰 집도, 굴뚝의 작은 구멍에서 새어나는 연기로써 불에 탄다.
— 회남자(淮南子)

❧ 천재를 만드는 것, 그것은 1퍼센트는 영감이요 99퍼센트는 땀이다.
— 에디슨

❧ 한 마리의 개미가 한 알의 보리를 물고 담벼락을 오르다가 예순 아홉 번을 떨어지더니, 일흔 번째에 목적을 달하는 것을 보고 용기를 회복하여 드디어 적과 싸워 이긴 옛날의 영웅의 이야기가 있는데 이것은 천고에 걸쳐서 변치 않는 성공의 비결이다.
— 스콧

❧ 잘 할 수 있는 사람이 보통 잘한 일은 잘하지 못하는 사람이 썩 잘한 것보다 더 좋다. 그러나 못하는 사람이 힘껏 해낸 일은 비록 잘 되진 못할망정 그것이 더 훌륭하고 값질 때가 많다.
— 잠부론(潛夫論)

🌱 민활하게 기운차게 활동하라. '그렇지만……'이라든 지, '만약……'이라든지, '왜 그런고 하니……', 이런 말들을 앞세우지 말라. 이런 말을 앞세우지 않는 것이 승리의 제일 조건이다.

– 나폴레옹

🌱 운명은 항상 너를 위해서 보다 더 훌륭한 성공을 준비하 고 있는 법이다. 그러므로 오늘 실패한 사람이 내일에 가서는 성공할 수 있는 법이다.

– 세르반테스

🌱 만약 이 세상에서 성공의 비결이란 것이 있다고 하면, 그것은 다른 사람의 관심을 포착하여 자기 자신의 입장 에서가 아니고 남의 입장에서 사물을 볼 줄 아는 재능, 바로 그것이다.

– 헨리 포드

🌱 증오에는 선(善)으로써 답하라. 일이 용이할 때 노력을 시작하라. 아직 적을 때 많은 것을 처리하라. 이 세상에 서 가장 곤란한 일은 아직 그것이 용이할 때에 생기는 것이다. 이 세상에서 가장 위대한 일은 일이 그다지 크 지 않을 때 생겨나는 것이다.

– 노자(老子)

구한다는 것은 늘 끊임없이 계속해서 구함을 말한다. 그리고 구하지 않는 자에겐 아무 것도 베풀어 줌이 없다 해도, 그것은 조금도 나쁜 일은 아니다. 그에게 어떤 지식이나 정신 능력이 있다 해도 그것만이 인간의 전부는 아니기 때문이다. — 성경(聖經)

만약 참다운 자유를 얻고자 하거든 마음속에 있는 노예를 제거하는 데서부터 시작하라. — 양계초(梁啓超)

표면에 나타난 한때의 성공에 안심하지 말라. 일의 결말이 어찌 되는가를 주시(注視)해야 한다. — 힐티

만족함을 알면 즐거울 것이오, 탐내기를 힘쓰면 근심이 생긴다.(知足可樂務貪則憂) — 경행록(景行錄)

무릇 사람됨이 좋은 뜻을 세우는 데 힘을 쓰지 아니하면 참된 지조를 굳게 했다고 볼 수 없다. 그러므로 그 뜻이 우선 참되지 못한 사람은 결코 무슨 일이든 성공할 수 없다. — 이율곡(李栗谷)

❧ 우리의 최대의 영광은 한 번도 실패를 하지 않는 데 있는 것이 아니고 넘어질 때마다 다시 일어나는 데에 있다.

– 골드 스미드

❧ 낙숫물이 돌을 뚫듯 아무리 조그마한 힘이라도 쌓이고 쌓이면 강한 힘을 나타낸다.

– 한서(漢書)

❧ 우리들이 해야 할 일은 늘 생각하고 궁리하는 데 따라 생기기 마련이고 노력함으로써 이루어지게 마련이다. 그러나 한 가지 생각할 것은 누구나 한 가지 일을 이루고 나면 만족하고 교만해지는 까닭에 실패하는 일이 많다.

– 관자(管子)

❧ 사람의 욕망을 내버려 두면 끝이 없다. 끝이 없는 희망은 차라리 희망이 없느니만 못하다. 욕망에 한계를 둔다는 것은 목표를 분명히 가진 것이 된다.

– 괴테

❧ 오만에 치우치지 말며 욕망에 흐르지 말고, 뜻을 채우지 말며 즐거움은 다하지 말라.

– 예기(禮記)

❧ 분수에 넘는 욕심은 우환(憂患)을 가져오고, 준비없는 방심(放心)은 재해(災害)를 가져온다. – 회남자(淮南子)

❧ 야심의 유혹에 넘어가지 말라! 인간의 야심이란 지배욕 이외에 아무것도 아니다. – 실러

❧ 이웃집 밭의 곡식은 훨씬 더 낱알이 굵은 것 같고, 남의 집 암소는 훨씬 더 살쪄 보이는 법이다. 이런 사람일수록 자기 집 곡식이나 암소를 더 가꿀 줄 모른다. – 오비디우스

❧ 야심이란 살아 있을 동안에 적으로부터 중상(重傷)을 당하고, 죽은 뒤에는 친구들로부터 비웃음을 당하는 폭군적인 욕망이다. – 앰브로즈 비너스

❧ 우리들이 노력하는 것은 반드시 성공하고자 하는 데 있는 것이 아니다. 실패에도 실망하지 않고, 오히려 한 걸음 더 나아가는 데 있다. – G. 스티븐스

❧ 허위의 탈속에 자기를 감추려고 하지 말라! 당신이 최후의 승리를 원한다면 진리를 따라야 한다. 한때 불리하고 비참한 처지에 빠지더라도 그것은 치료를 받을 수 있는 상처이다. 속임수는 어떠한 경우에서나 좋은 전술은 아니다. 속임수는 도리어 적에게 약점을 잡히는 결과가 되는 것이다. 당신의 운명을 속임수에 의탁하지 말라. 당신이 의지할 바는 정당한 사실과 그리고 분명한 진리라야 한다.

– 지드

❧ 사람에게는 그다지 많은 결점이 있는 것은 아니다. 거만한 태도를 고치라! 그러면 많은 결점이 저절로 고쳐지리라.

– 라 로슈푸코

❧ 하루의 생활을 다음과 같은 일로써 시작함은 무엇보다도 좋은 일이다. 즉 눈을 떴을 때, 오늘 단 한 사람에게도 좋으니 그가 기뻐할 만한 무슨 일을 할 수 없을까, 그렇게 생각하란 말이다.

– 니체

❧ 남이 나를 속인다고 하지 말라! 사람은 늘 자기가 자기를 속이고 있는 것이다. 그대의 생각이 일부러 올바른 중심을 벗어나서 자기를 괴롭히고 있는 것이다.　　─ 괴테

❧ 지혜를 짜내려고 애쓰기보다는 먼저 성실하라! 사람이 지혜가 부족해서 일에 실패하는 일은 적다. 사람에게 늘 부족한 것은 성실이다. 성실하면 지혜도 생기지만 성실치 못하면 있는 지혜도 흐려지는 법이다.　　─ 디즈레일리

❧ 지극히 작은 것에 충성된 자는 큰 것에도 충성되고 지극히 작은 일에 불의(不義)한 자는 큰 것에도 불의하니라.
　　─ 성경(聖經)

❧ 모르고 악한 일을 하고 즉시 이를 후회하고 마음을 갈아 넣는다면, 신은 그 사람을 용서하리라. 신은 그쪽으로 향하리라. 그러나 끝끝내 거듭 악한 일을 계속하는 자는 반드시 그 벌을 받으리라.　　─ 코란(Koran)

❧ 사람이란 하루라도 착한 것을 생각하지 않으면 악한 것이 일어난다.　　─ 장자(莊子)

❧ 군자(君子)는 항상 착한 행실만을 일삼는 까닭에 소인 (小人)이 그 앞에서는 조금도 그 본심을 속이지 못한다. 그러나 소인이 거짓 착함을 드러내서 생색을 내려고 하더라도 그것은 군자의 도량과는 전혀 다르기 때문에 곧 본색이 드러난다.

– 대학(大學)

❧ 어느 사람이 행한 악은 그 사람의 마음을 상하게 하며, 그 사람의 행복을 앗아가고 만다. 그것은 언제나 그 악을 행한 사람 자신에게 갚음이 되어 다시 돌아오기 때문이다.

– 불경(佛經)

❧ 신용은 황금보다 더 귀중하다.

– 영국 속담

❧ 자기에게서 나온 것은 자기에게 돌아가기 마련이다.

– 맹자(孟子)

❧ 옥은 좋다고 갈아내지 아니하면 좋은 그릇을 만들지 못하며, 사람은 배우지 않으면 의리를 알 수 없느니라.(玉不磨不成器 人不學不知義)

– 예기(禮記)

주면 받는다는 원칙이 있다. 그러므로 남을 저주하면 또 나한테 저주가 올 것은 틀림없는 귀결이다. 우리가 원하는 물건에 대해선 언제라도 그 값을 치러야 하는 것처럼, 다른 사물에 있어서도 내가 남에게 무엇을 끼쳤다면 반드시 그 끼침은 내게 되돌아오고 만다.　　　　－ 에머슨

욕설은 한 번에 세 사람에게 상처를 준다. 욕먹는 사람, 욕을 전하는 사람이 상처받는다. 그러나 가장 심하게 상처를 입는 사람은 바로 욕설을 한 그 자신이다.　　　－ 올턴

참된 생활로 인도하는 길은 좁다. 소수의 사람들만이 그것을 발견한다. 왜냐하면 그 길은 그들 자신 속에 있기 때문이다. 그리고 자기의 길을 찾고 있는 사람도 극히 적다. 대부분의 많은 사람들은 다른 길을 찾고 있으므로, 자기의 길을 찾으려고 생각하지 않는다.　－ 루시 미토리

정의는 우리들에게 무엇을 할 것인가를 지시하지는 않더라도, 항상 불의의 짓을 해서는 안 된다는 것을 우리에게 지시하고 있다.　　　　　　　　－ 채근담(菜根譚)

❧ 군자와 소인의 구별은 의(義)와 이(利)에 있다. 군자는 주로 의를 존중하건만 소인은 이로움을 존중하기에 고심한다. 어떠한 방법으로라도 소인을 잘 일러 주어, 의로운 일을 하도록 하는 것이 가장 참된 군자의 도의심이다.(君子喩於義 小人喩於利)   ─ 논어(論語)

❧ 높은 덕성을 갖는다는 것은 자유로운 정신을 갖는다는 것을 의미한다. 끊임없이 불쾌한 마음에 빠지고, 언제나 사물에 불안감을 가지고, 또 욕심에 사로잡히는 사람은 자유롭고 평안한 정신을 갖지 못한다. 언제나 자기 자신에 대해서 평온을 유지하지 못하고, 자기가 하는 일에 골몰하지 못하는 사람은 보아도 보지 못하는 사람이며, 들어도 듣지 못하는 사람이며, 먹어도 맛을 모르는 사람이다.   ─ 논어(論語)

❧ 자유는 그 자신을 자유의 몸으로 이끌어 나갈 만한 사람에게 깃든다. 그러므로 자유는 그것을 지닐 수 있고 누릴 수 있는 사람이면, 일생토록 반려자(伴侶者)가 되어 준다.   ─ 칸트

❧ 하루만 착한 일을 행하여도 복은 비록 금시 오지 않지만 화(禍)는 저절로 멀어진다. 착한 일을 행하는 사람은 봄 동산에 풀과 같아서, 그 풀이 자라나는 것은 보이지 않지만 날마다 늘어가는 것이 있다. 악한 일을 행하는 사람은 칼을 가는 숫돌과 같아서, 그 숫돌이 달아 없어지는 것은 보이지 않지만 날이 갈수록 줄어 들어간다.

– 명심보감(明心寶鑑)

❧ 자유라는 것은 내 마음대로 행동하는 것을 의미하는 것은 아니다. 그것은 단지 혼란한 자기 마음을 그대로 내던지는 것밖에 안 된다. 자유라는 것은 우선 자기 내부를 정리하고 질서를 세운데서 출발한다. 자기 자신을 정리하지 않은 행동은 임자 없이 멋대로 달리는 말이나 다름없다. 목표가 없는 행동은 하나의 방종이다. 모든 자유로운 행동의 원칙은 그 내부에 질서가 있고 목표가 분명한 점에 있다.

– 피타고라스

❧ 자유로운 사람이란 죽음보다 인생에 대해서 더 많은 것을 생각하는 사람이다.

– 스피노자

❧ 내가 자유라고 부르는 것은 질서가 있는 자유이다. 그러므로 질서와 도의 없이는 존재할 수 없는 자유만이 진정한 자유라 하겠다.   - 워즈워드

❧ 인간으로서의 존경을 무시당했을 때처럼 괴로운 일은 없다. 남에게 귀속되는 것처럼 몸을 천하게 하는 일도 없다. 인간으로서의 자유는 우리들에게 있어서 당연한 것이다. 때문에 인간의 존엄과 자유는 죽음보다도 강하다.   - 시세로

❧ 왕자에게서 받은 옷은 아무리 아름다워도 제가 입은 값싼 옷보다 못 하다. 부자가 먹는 음식이 제 아무리 맛있는 것이라도 내 식탁에 있는 한 조각의 빵 보다도 못 하다.   - 사아디

❧ 빈곤이란 그다지 괴로운 것이 아님을 깨달았을 때 사람은 비로소 자기의 부를 마음껏 즐길 수 있다.   - 세네카

✤ 오늘날과 같은 문명 시대에는 육체적인 굶주림보다도 정신적인 굶주림을 면하는 것이 훨씬 더 어렵고 복잡하다. 왜냐하면 사람은 배가 부르고 육신의 향락을 누리면 정신은 약해지고 병들기 때문이다.   – 고리키

✤ 아무리 추워도 옷을 많이 입으면 안 된다. 옷을 많이 입으면 몸의 동작이 느려지기 때문이다. 이와 마찬가지로 돈은 정신의 움직임을 방해한다.   – 떼모필

✤ 구하는 자는 즉 이(利)를 얻을 것이요, 버리는 자는 즉 이를 잃을 것이다. 이는 스스로 구하여 얻기 때문에 가치가 있는 것이다. 그러나 이를 구함에는 도리가 있고 천리가 있다. 때문에 이를 얻기 위하여 다만 이익에만 눈이 어두우면 참다운 이익을 못 얻고 만다.   – 맹자(孟子)

✤ 돈을 가지지 않고도 행복하게 지내는 것은 돈을 번 것이나 다름없는 고생과 가치가 있다.   – 르나르

✤ 이 땅 위의 인간 세계는 모두가 돈의 해독을 입고 있다. 인간은 거의 다 돈에 얽매어 있기 마련이다.   – 서양 명언

✎ 인색함은 사람들에 대해서 비인도적인 일이지만, 낭비도 그에 못지 않게 비인도적인 일이다. 금전의 낭비, 이것이야말로 인간의 일을 파멸시키는 것이다.　　－ 고골리

✎ 어진 사람이 재물이 많으면 그 뜻을 잃기 쉽고, 어리석은 사람이 재물이 많으면 과오를 저지르기 쉽다. 왜냐하면 재물에는 명예가 따르기 마련이고 지배력이 따르기 때문이다.　　－ 한서(漢書)

✎ 집을 이룰 아이는 거름 아끼기를 금같이 하고, 집을 망하게 할 아이는 돈 쓰기를 쓰레기와 같이 하느니라.(成家之兒 惜糞如金 敗家之兒 用金如糞)　　－ 명심보감(明心寶鑑)

✎ 자신의 가난함을 부끄럽게 여기는 일이야말로 정말 수치스러운 일이다. 오직 부끄러워할 일은 가난을 극복하려고 노력하지 않는 일이다.　　－ 공자(孔子)

✎ 돈으로만 교제하는 사람은 돈이 다하면 그 교제는 자연 소원해지고 만다.(以財事人者 財盡而交疏)　　－ 설원(說苑)

❧ 돈이란 물건은 그 사람 속에 숨어 있는 일체의 것을 비추어낸다. 즉 장점은 물론 결점도 모두 드러내고 만다.

— 브란슈뷔크

❧ 인간의 덕은 그 이상한 노력에 의해서가 아니라, 그 일상적인 행위에 의해서 측정되어야 하는 것이다. — 파스칼

❧ 덕의 유일한 보수는 덕이다.

— 에머슨

❧ 당신은 자기에게 해당한 곳보다 조금 낮은 장소를 잡으라. 남에게 내려가라는 말을 듣는 것보다, 올라가라는 말을 듣는 편이 낫다. 자기 스스로 높은 곳에 앉은 사람은 신이 아래로 내리밀고, 스스로 겸양하는 사람은 신이 부축해서 올린다.

— 탈무드

❧ 평범한 재능을 가진 사람들에게 있어서는 겸손은 정직이다. 그러나 위대한 재능을 가진 인간에 있어서는 위선이다.

— 쇼펜하우어

❧ 이 세상을 살아가면서 결코 다른 사람들과 앞을 다투어
선 안 된다. 언제고 항상 한 걸음 양보할 줄 알아야만 한
다. 이렇게 하는 것이 자기 자신의 인격을 높이는 것이
며, 자연 남보다 높은 지위에 앉게 되는 근본이 되는 것
이다. 즉 한 걸음 물러선다는 것은 다시 한 걸음 나아갈
수 있는 원인이 되기 때문이다.　　　　　　－ 채근담(菜根譚)

❧ 만약 그 누구의 과실을 발견하거든 친절하게 주의시키
고, 그리고 어떤 점이 잘못되었는가를 알려주지 않으면
안 된다. 만약에 그것이 마음대로 되지 않거든, 다른 누
구도 택해서는 안 된다. 그리고 더욱 친절하게 하도록
힘쓰라.　　　　　　　　　　　　　　　　－ 오레라 우

❧ 한없는 친절은 가장 위대한 선물이다. 그리고 친절은 진
정한 의미에 있어서 위대한 사람만이 할 수 있는 일이다.
　　　　　　　　　　　　　　　　　　　　－ 존 러스킨

❧ 그대가 친절한 거동으로써 사람에게 준 유쾌함은 곧 그
대에게 돌아온다. 뿐만 아니라 때로는 이자를 가져오기
도 한다.　　　　　　　　　　　　　　　　　－ 스미드

❧ 좁은 길은 둘이 나란히 갈 수 없다. 그럴 때 서로 우긴다면 둘이 다 가지 못한다. 이런 때는 한걸음 멈춤으로써 타인을 먼저 가게 할 줄 알아야 한다. 맛좋은 음식은 누구나 다 좋아한다. 비록 그 맛좋은 음식을 자기 혼자 먹을 수 있게 되었다 할지라도, 3할쯤 덜어서 다른 사람에게 맛보도록 할 줄 알아야 한다. 이처럼 세상만사에 대해서 일보를 양보하고 3할을 나눌 줄 안다면, 세상을 안락하게 살아 갈 수 있을 것이다. — 채근담(菜根譚)

❧ 인내할 수 있는 사람은 그가 바라는 것을 손에 넣을 수 있다. — 프랭클린

❧ 인내는 사업을 지탱해 나가는 일종의 자본이다. — 발터

❧ 인내와 노력, 이 두 가지만 있으면 이 세상에서 못할 일이 없다. 인내야말로 환희에 이르는 문이다. — 야나콥스

❧ 인내라는 것은 사람이 희망을 갖기 위한 한 가지 기술이다. — 보브나르그

❧ 일평생을 두고 아름다운 말을 귀담아 들어 보라. 모든 행실의 근본은 참는 것 외에 으뜸가는 것이 없느니라.(百行之本 忍之爲上)

— 공자(孔子)

❧ 참을 수 있거든 참고 또 참으며, 경계할 수 있거든 경계하고 또 경계하라. 참지도 못하고 경계하지도 못하면 조그마한 일이 크게 되느니라.(得忍且忍 得戒且戒 不忍不戒 小事成大)

— 명심보감(明心寶鑑)

❧ 좋은 일을 하는 사람에게는 항상 백가지 복이 따르고, 흉한 일을 하는 사람에게는 항상 백가지 화가 찾아든다.(吉者百福所歸 凶者百禍所攻)

— 소서(素書)

❧ 모욕을 받은 인간에게 인내란 추위에 떠는 사람이 입고 있는 옷과 같다. 추위가 심해지면 그 만큼 더 두껍게 입어야 추위에 얼지 않고 견딜 수 있을 것이다. 그와 마찬가지로 받은 모욕이 큰 것이라면 그만큼 더 인내해야 한다. 그렇게 한다면 모욕도 큰 추위를 주지는 못할 것이다.

— 메레즈코프스키

❦ 한 때의 분한 감정은 반드시 참아야 한다. 왜냐하면 한 때의 감정을 참지 못하는 사람에겐 백일의 근심을 모면할 수 없는 무서운 병균이 침입하기 쉽기 때문이다.

― 경행록(景行錄)

❦ 마음이 인자하고 너그러운 사람은 항상 길(吉)하고 경사스러운 일이 많다. 왜냐하면 모든 일도 그 마음과 같이 너그럽고 순탄하게 되기 때문이다. 마음이 모질고 좁은 사람은 항상 불길하고 불유쾌한 일이 많다. 왜냐하면, 모든 일이 그 마음처럼 불길하고 순탄치 않기 때문이다.

― 채근담(菜根譚)

❦ 선은 하나밖에 없다. 그것은 자기의 양심에 따라 행동하는 일이다.

― 보오보아르

❦ 천하의 도(道)가 둘인데 그것은 선과 악이다. 그런데 착한 사람이라도 물욕에 마음이 잠기어 참다운 일을 하지 아니하면 악한 사람이 되는 것이며, 또한 착한 일을 좋아하지 아니하고 악한 것을 미워하지 아니하면 결국에 악한 것을 버리지 못한다.

― 대학(大學)

❧ 착한 것을 보고는 자기에게서 나온 것처럼 생각하며, 악한 것을 보고는 자기의 병같이 생각하라.   — 순자(荀子)

❧ 사람마다 친하고 사랑하며, 두려워하고 공경하며, 슬퍼하고 불쌍히 여김은 다 좋아하는 것이지만 그 가운데에도 어찌 악함이 없을 것인가. 천히 여기고, 미워하고, 거만하고 게으른 것은 다 싫어하는 것이나 그 가운데에도 어찌 아름다움이 없으랴.   — 대학(大學)

❧ 사람마다 가진 눈동자만큼 좋은 것이 없다. 눈동자를 보면 절대로 사람의 악한 것을 가릴 수 없다. 마음이 바르면 눈동자가 밝고, 마음이 바르지 아니하면 눈동자가 흐리니, 말을 듣고 눈동자를 보면 사람의 선악을 알 수 있다.   — 맹자(孟子)

❧ 남의 착한 것을 보고서 자기의 착한 것을 찾고, 남의 악한 것을 보고서 자기의 악한 것을 찾을 것이니라.

     — 경행록(景行錄)

❧ 사람들 가운데 어떤 사람은, 선이라는 것이 무엇인지를 이해하지 못하는 경우가 있는데 사실은 그런 사람일지라도 그 선을 자기 마음속에 모두 지니고 있는 것이다.

— 공자(孔子)

❧ 세 사람이 모여 일을 하면 그 중에 반드시 스승이 있다. 그러므로 나머지 두 사람은 그 스승 된 사람의 착한 점을 택해서 복종해야 한다. 또한 착하지 못한 점은 마땅히 고치도록 하는 것이 일을 성취하는 것이 될 것이다.

— 논어(論語)

❧ 사람의 한 가지 착한 일을 보아 알게 되면, 그 밖의 백 가지 비위가 있더라도 자연 잊어버리게 된다.(見人之一善而忘其有罪)

— 증자(曾子)

❧ 사람의 악을 책하는 데 지나치게 엄격해서는 안 된다. 그 사람이 받아 짊어질 수 있을 만큼 하도록 해야 한다. 사람에게 착한 것을 가르치는 데, 지나치게 높은 이상을 표시해서는 안 된다. 그 사람이 꼭 실행할 수 있을 만큼만 가르칠 필요가 있다.

— 홍자성(洪自誠)

당신의 구세주는 당신의 행실이다. 신은 그 속에 있다. 착한 일이란 다음과 같은 것을 말한다. 즉 자애롭고 친절하고 공손할 것, 착한 말만 입에 낼 것, 남에게 착한 일을 할 것, 정직한 마음을 가질 것, 항상 배울 것, 언제나 진실을 말할 것, 노염을 참을 것, 참을성이 클 것, 만족할 줄 알 것, 사람을 사랑하며 부끄러움을 알 것, 윗사람을 공경할 것, 스승과 어버이를 존경할 것 등이다. 이 모든 것은 착한 사람의 벗이며 악한 사람의 적이다.

– 페르시아 명언

남이 나를 속이고 있다는 것을 알지라도 탓하지 않고, 또 남이 나를 모욕할지라도 안색이 변하지 않는다는 것은 여간 어려운 일이 아니다. 그러나 능히 이것을 실행한다면 이런 사람의 마음은 말할 수 없이 깊고 끝없이 넓다.

– 채근담(菜根譚)

남의 악을 말함은 나를 아름답게 하는 행동이 아니다. 남의 부정을 말함은 나를 정의롭게 하는 행동이 아니다.

– 공자(孔子)

🌿 남의 과실이나 착오에 대해서는 너그럽게 용서해 주는 것이 옳다. 그러나 자신의 잘못에 대해서는 결코 묵과해서는 안 된다.
— 채근담(菜根譚)

🌿 증오란 정당하다. 부정을 미워할 줄 모르는 사람은 정의를 사랑하지 못한다.
— 로망 롤랑

🌿 우리들의 악의 근원을 우리들의 마음 바깥에서 찾는 것은 위험하다. 그렇게 되면 참회를 할 수도 없게 된다. 우리들의 악의 근원은 우리들의 마음속에서 찾아야 한다. 그렇게 되면 참회도 쉽게 할 수 있다.
— 로벨트슨

🌿 태만은 모든 악덕의 어머니다.
— 서양 속담

🌿 자기가 맡은 일을 게을리 하는 자는 남의 물건을 빼앗는 자보다 더 나쁘다. 왜냐하면 그런 사람이 자기의 일을 게을리 함으로써 다하지 못한 일은 결과적으로 남이 해 주기 때문이다. 이런 사람이야말로 스스로 일하여 벌어 먹으려 하지 않고 남에게 부양해 주기를 강제하는 사람이다.
— 타고르

❧ 아첨을 잘하는 것은 그 자신이 남보다 더 고귀한 생각을 가지지 못하고 있기 때문에 저지르는 비굴한 행동이다.

– 라 브뤼에르

❧ 도덕을 지키는 사람은 한때 적막하다. 권세에 아부하는 자는 만고(萬古)에 처량(凄凉)하다. 사람은 분수에 넘는 것을 볼 때마다 후일을 생각해서 조심해야 하니, 오히려 적막할지라도 처량한 신세를 원하지 말지니라.

– 채근담(菜根譚)

❧ 우리들이 속는 것이 아니다. 우리들은 자기 자신을 속이는 것이다.

– 괴테

❧ 도덕은 우리들이 선이 무엇인지 알면서 선을 행하고, 그리고 선을 갈망하는 일에 있어서 이루어진다. – 페스탈로치

❧ 사람은 누구나 다 자기 자신의 일로부터 시작하여 우선 자기 자신의 행복을 이룩하지 않으면 안 된다. 그렇게 하면 거기서부터 마침내는 전체의 행복이 생기게 될 것이다.

– 에케르만

❧ 아침에 도(道)를 들으면 저녁에 죽어도 좋다.   – 공자(孔子)

❧ 한 개의 거짓말을 토한 사람은 이것을 유지하기 위하여 다시 스무 개의 거짓말을 생각해내지 않을 수 없다.

– 포우프

❧ 새가 우리의 머리 위를 지나는 것을 막을 도리는 없다. 그러나 새가 우리의 머리 위에 집을 짓는 것은 막을 수 있다. 나쁜 생각이란 마치 우리 머리 위를 스치는 새와 같아서 막아낼 도리는 없다. 그러나 그 나쁜 생각이 우리의 머리 가운데 자리를 잡고 들어앉지 못하게 물리칠 힘만은 우리에게 있는 것이다.   – 루터

❧ 노여움이란 항상 총명하지 못하다. 무엇보다도 정의에 대해서 그러하다. 왜냐하면 노여움은 사람의 이성을 흐리게 하고 혼란하게 만드는 닭이다.   – 고골리

❧ 착한 것을 보거든 갈증 날 때 물 구하듯 하며, 악한 것을 듣거든 귀머거리처럼 못 들은 체하라. 착한 일이란 꼭 탐내야 하고, 악한 일이란 미워할 줄 알라.   – 강태공(姜太公)

❧ 덕을 이루지 못하고, 배움을 다하지 못하며, 의로움을 듣고도 행하지 못하고, 착하지 못함을 고치지 못하니, 이것이 곧 우리들의 근심거리니라.   – 논어(論語)

❧ 하늘은 하고 많은 사람들 속에서 단 한 사람의 어진 이를 내어 뭇사람의 어리석음을 깨우치게 한다. 또한 하늘은 사람을 부자가 되게 하여 곤고(困苦)를 구(求)하게 한다. 그러나 이 같은 하늘의 뜻을 받들지 않는 사람은 결국 하늘이 미워하고 만다.   – 채근담(菜根譚)

❧ 착한 일은 언제나 노력에 의해서 이루어진다. 그러나 그 노력이 자주 반복되는 동안에 한 착한 일은 나중에는 습관이 되어버리는 것이다.   – 톨스토이

❧ 착한 것을 보고 나타내기를 좋아하며 궁한 사람을 보고 베풀기를 생각하면, 족히 천지의 기운(氣運)을 붙들 수 있느니라.   – 명심보감(明心寶鑑)

❧ 도덕이란 언제나 앞으로만 나아가는 것이다. 그리고 그것은 어제든지 새로 다시 출발하는 것이다.   – 칸트

❧ 나에게 착한 일을 하는 이에게 나도 역시 착하게 하고, 나에게 악한 일을 하는 이에게도 나는 역시 착하게 할지니라. 내가 남에게 악하게 하지 아니하였으면 남도 나에게 악하게 하는 일이 없을 것이니라. — 장자(莊子)

❧ 감정이 격하면 매사를 바르게 느낄 수가 없다. 또한 감정이 열(熱)처럼 높아지고 마음이 어두워지니, 옳고 그른 것과 그리고 선악을 판단하지 못한다. 그러므로 감정이 격할 때면 마음을 가라앉혀야 하며 감정이 열처럼 높아지면 마음을 차게 식혀야 한다. — 채근담(菜根譚)

❧ 사람은 자기의 행위를 자기가 지배할 수 있는 것이다. 자기 자신에게서 발견하고 자기가 살고 있는 동안 발전시켜 나가지 않으면 안 된다. 그것 이외에 선(善)이 있다고는 생각지 말라. — 에머슨

❧ 자기 자신을 존중함과 같이 남을 존중하며, 남이 자기 자신에게 해 주기를 원하는 바, 그것을 남에게 해 줄 수 있다면 그 사람은 사랑을 알고 있다고 할 수 있다. 이 세상에 그 이상의 것은 없는 것이다. — 공자(孔子)

❧ 나 혼자 잘나기를 바라는 것은 가장 어리석은 일이다. 왜냐하면 대부분의 사람은 자기가 남보다 잘나기를 원하고 있기 때문이다. 그러기 때문에 차라리 한 걸음 물러서는 것이 현명하다. 자기 혼자 잘나기를 원하는 사람은 남을 밀치고 남의 결점을 꼬집으려 한다. 남의 인격을 존중할 줄 모르고 남의 결점만을 꼬집고자 하는 사람은 좋은 점을 발견하지 못한다. 따라서 그 자신의 발전을 기하지 못한다. — 라 로슈푸코

❧ 부패한 사회에는 많은 법률이 있다. — 사무엘 존슨

❧ 개혁은 바깥에서가 아니라 안에서 일어나지 않으면 안 된다. 여러분은 도덕을 입법화할 수는 없다.

— 제임스 가디날 기븐스

❧ 때때로 약간의 반역은 정부의 건강을 위해서는 필요한 의약(醫藥)이다. — 토마스 제퍼슨

❧ 좋은 정부에 있어서는 좋은 국민 이상으로 좋은 기계는 없다. — 다키푸스

❧ 도덕적으로 나쁜 것은 모두 정치적으로 옳지 않다.

- 오콘넬

❧ 정치의 목적은 통치자와 피통치자를 행복하게 하는 데 있다. 그러므로 정치는 이 양자를 포함한 최대다수의 최대행복을 만들어내는 것이 최선(最善)이다.   - 오엔

❧ 천하(天下)의 근본(根本)은 나라에 있고, 나라의 근본은 집에 있고, 집의 근본은 몸에 있느니라.   - 맹자(孟子)

❧ 국가란 공동의 권리와 이익을 향수(享受)하기 위하여 맺어진 자유로운 인간들로부터 이루어진 완전한 단체이다.

- 그로티우스

❧ 국가의 가치는 결국에 가서 그것을 구성하고 있는 개개인의 가치이다.   - J. S. 밀

❧ 평화는 인간의 행복한 자연 상태이며, 전쟁은 인간의 타락이며 치욕이다.   - 톰슨

❧ 인간의 참된 힘은 걱정 속에 있는 것이 아니라 파괴되지 않는 평화 속에 있는 것이다. — 공총자(孔叢子)

❧ 성질이 조급하고 마음이 조잡한 사람은 무엇을 하든지 결코 일을 성공하지 못한다. 이와 반대로 마음이 항상 평화롭고 기상(氣象)이 평온한 사람은 백복(百福)이 저절로 찾아든다. — 채근담(菜根譚)

❧ 연기가 벌집의 벌을 쫓아내듯이, 탐욕은 정신적인 소득과 지적 완성을 쫓아낸다. — 와시리 우에리키

❧ 항상 겸손한 사람은 남에게 칭찬을 들었을 때나 변함이 없다. — 장 파울

❧ 마음의 형태는 구름과 같이 변태가 많은 것이어서 그 가운데 칠정(七情)이 나오는 것이다. 좋은 것, 나쁜 것, 슬픈 것, 즐거운 것, 두려운 것, 싫은 것, 탐내는 것들이 이것이다. 마음이 통일되면 쓸데없는 망상이 나오지 않는 법이니, 외물(外物)에 욕심을 두지 말라. 종말에는 복을 받을 수 있는 것이다. — 현무몽서(玄武蒙書)

❧ 사람은 혼자 있을 때 정직하다. 혼자 있을 때 자기를 속이지는 못한다. 그러나 남을 대할 때는 남을 속이려고 한다. 그러나 좀 더 깊이 생각한다면 그것은 남을 속이는 것이 아니고, 자기 자신을 속인다는 것을 알 것이다.

- 에머슨

❧ 겸양하라! 진실로 겸양하라! 왜냐하면 그대는 아직 위대하지 못하기 때문이다. 진실로 겸양은 자기완성의 토대이다.

- 톨스토이

❧ 사람의 성품 중에서 가장 뿌리 깊은 것은 교만이다. 나는 지금 누구에게나 겸손할 수 있다고 자랑하고 있는데 이것도 하나의 교만이다. 자기가 겸손을 의식하는 동안에는 아직 교만의 뿌리가 남아 있는 증거이다.   - 프랭클린

❧ 자기가 그만한 힘이 없으면서도 커다란 존재라고 생각하는 사람은 거만하다. 또 자기의 가치를 실제보다 적게 생각하는 사람은 비굴하다.

- 아리스토텔레스

녹은 쇠에서 생긴 것이지만 차차 쇠를 먹어 버린다. 이와 한가지로 그 마음이 옳지 못하면 무엇보다도 그 옳지 못한 마음은 그 사람 자신을 먹어 버리게 된다.

– 법화경(法華經)

도덕적인 생활만을 추구하지 말고, 도덕 이상의 것을 향해서 매진하라!

– 도로우

좋은 군대는 도전적이 아니다. 숙련된 투사는 성급하지 않다. 사람을 부리는 것에 능숙한 사람은 언제나 겸손하다. 겸손은 무저항의 덕이라고 할 수 있는 것이며 천명과 일치함을 의미하는 것이다.

– 노자(老子)

어떠한 사업을 하던 간에 그 토대가 되는 것은 도덕이다. 도덕이 단단한 토대가 되지 않고 성공한 사업이 세상에 있다면, 그것은 어디까지나 한때의 성공일 뿐 곧 무너진다. 그것은 마치 주춧돌이 단단치 못한 채 세워진 기둥과 석가래가 오래 부지(扶持)되지 못하는 것과 같다.

– 홍자성(洪自誠)

❧ 이 세상의 영예나 세인의 칭찬을 받겠다고, 마음을 괴롭히는 것은 어리석은 일이다. 왜냐하면 세인은 모두 어느 동일한 것을 선이라고 생각하지 않을뿐더러, 어떤 사람들은 가장 훌륭한 선이라고 생각하고 있는 것도 다른 사람들은 악이라고 생각할 수도 있기 때문이다. – 공자(孔子)

❧ 너무 지나치게 착한 것은 오히려 악한 것보다 못하다.

– 공자(孔子)

❧ 진실로 어진 사람은 덕이 있는 행실을 쌓을 때마다 사람들의 눈을 피해서 하는 법이다. 왜냐하면 원래 진실로 어진 사람은 남모르게 덕행을 쌓는 일을 조금이라도 가볍게 생각하지 않기 때문이다. – 공자(孔子)

❧ 노여울 때는 열까지 헤아려라. 노여움이 더욱 심하거든 백까지 헤아려라. 노여움은 우리들의 수명을 짧게 하는 요물이다. 그러므로 우리는 아침저녁으로 이 요물을 경계해야 한다. – 제퍼슨

❧ 진정으로 착한 일을 했는데도 사람들에게 비방을 받는다면, 그 때가 바로 당신에게 주어진 행복이 절정에 달한 때이니 오히려 기뻐하라.   – 아우소니우스

❧ 착한 일을 쌓지 아니하면 이름을 이루지 못하고, 악한 일을 쌓지 아니하면 몸을 멸하지 아니하거늘, 소인은 착한 일의 보답이 적다해서 행하지 않는다.   – 주역(周易)

❧ 어린 아이 매도 많이 맞으면 아프다.   – 우리나라 속담

**04
사랑의 깊이를
시험**

❦ 너의 원수를 사랑하라. — 성경(聖經)

❦ 애정에는 두 가지가 있다. 혼자 독점하고 싶은 강렬한 소유욕에 속하는 애정은 불행의 원인이 되기 쉽다. 담담하면서도 다정한 관심과 흥미 이러한 애정이 오래 가고 또 행복을 보내 준다. — 버트란트 러셀

❦ 불이 빛의 모체가 되는 것처럼 사랑은 항상 평화의 모체가 된다. — 칼라일

❦ 사랑이 필요한 사람은 완전한 인간이 못 되기 때문이다. 불완전한 인간일수록 사랑이 더욱 필요하다. — 오스카 와일드

❧ 사랑하는 것이 인생이다. 기쁨이 있는 곳에 사람과 사람 사이의 결합이 이루어진다. 사람과 사람 사이의 결합이 있는 곳에 또한 기쁨이 있다.

– 괴테

❧ 이 세상의 허위와 거짓과 그리고 배신과 시기 속에서도 오로지 하나 순수한 것은 인간의 깨끗한 사랑뿐이다.

– 실러

❧ 널리 사랑하는 것은 그리고 태양이 구석구석에 따사로운 빛을 안겨주듯이 모든 것을 사랑하는 것을 곧 인(仁)이라 한다.

– 한퇴지(韓退之)

❧ 형제가 서로 사랑하지 아니함은 다 부모를 사랑하지 아니하는 데서 생기는 것이니 만일 부모를 사랑하는 마음이 있으면 어찌 형제간에도 사랑하지 않겠는가?

– 격몽요결(擊蒙要訣)

❧ 노여움은 사랑으로 정복하라! 악에는 선으로 대하라! 탐욕(貪慾)은 절제로써 이겨라! 허위(虛僞)는 정의(正義)로써 이겨라!

– 불경(佛經)

❧ 사랑은 봄에 피는 꽃과 같다. 온갖 것에 희망을 품게 하고 훈훈한 향내를 풍기게 한다. 때문에 사랑은 향기조차 없는 메마른 폐허나 오막살이 집일지라도 희망을 품게 하고 훈훈한 향내를 풍기게 한다.
– 플로베르

❧ 지혜가 깊은 사람은 자기에게 무슨 이익이 있을까 해서 또는 이익이 있으므로 해서 사랑하는 것이 아니다. 사랑한다는 그 자체 속에 행복을 느낌으로 해서 사랑하는 것이다.
– 파스칼

❧ 사랑은 죽음보다도—— 또 사랑은 죽음의 공포보다도 강하다. 사랑, 오직 이것에 의해서만 인생은 버티어지며 전진을 계속하는 것이다.
– 투르게네프

❧ 사랑은 너그럽고 정이 깊으며 또 질투가 없고 교만하지 않는 것이다. 또 사랑은 의롭지 않은 일을 기뻐하지 않으며 진리를 기뻐하고 또한 모든 것을 견디며 모든 것을 믿고 모든 것을 조화시킨다.
– 사도 바울

❦ 인간의 사랑은 인간의 위대한 영혼을 더욱 위대한 것으로 만든다.
— 실러

❦ 사랑을 모르는 사람은 인생을 모르는 사람이다. 만약에 사랑을 모르는 사람이 있다면 그는 이미 죽은 사람이나 다름없다.
— 러셀

❦ 자기 자신을 존중하는 것처럼 남을 존중하라. 남이 자기에게 친한 것을 받아 줄 수 있다면 그는 사랑을 아는 사람이다.
— 공자(孔子)

❦ 너의 원수를 사랑하며 너희를 미워하는 자를 오히려 착하게 대하며 너희를 저주하는 자를 위해 축복하며 너희를 모욕하는 자를 위해 오히려 기도하라.
— 예수

❦ 경험은 사랑의 아들이요, 사랑은 행동의 아들이다. 책에서 인간을 배울 수는 없다.
— 디즈레일리

❧ 사람을 진심으로 사랑하는 것은 단 한 번밖에 없다고 한다. 그것은 곧 첫사랑이다. 그 다음의 여러 가지 사랑은 첫사랑만큼 무의식적인 것은 못 된다.　　　– 라 브뤼에르

❧ 깊은 사랑을 가지고 효도를 하는 사람은 반드시 온화한 기운이 있고 온화한 기운을 갖는 사람은 반드시 즐거움이 있고 즐거움이 있는 사람은 반드시 평화롭다.
　　　　　　　　　　　　　　　　　– 소학(小學)

❧ 연애처럼 인간들 사이에 존재하는 불평등한 조직을 파괴하는 것은 없다. 희롱삼아 연애를 하지 말라.　　　– 뮈세

❧ 우리들이 연애에 대해서 이야기를 하게 되면 곧 한 가지 문제에 부딪친다. 즉 사람은 무엇을 사랑하느냐는 것이다. 이에 대하여 사람이 할 수 있는 유일한 답은 '사람은 사랑할 보람이 있는 것을 사랑한다' 는 것이다.
　　　　　　　　　　　　　　　　　– 키에르케고르

❧ 만약 당신이 사랑하고 희구하고 또 괴로움 속에 있다면 그러함으로써 당신은 인간인 것이다.　　　– 인도 격언

❧ 하루에 세 번 내 몸을 돌아보라. 남을 위해 충실치 못한 일이 없었는지 또 벗에 대한 신의가 없지 않았는지, 예의에 어긋나는 일이나 없었는지 두루 살펴보자.

— 증자(曾子)

❧ 기운이 뜨면 마음이 사치하고 마음이 사치하면 뜻이 외람하고 뜻이 외람하면 행실(行實)에 오점(汚點)이 생긴다.

— 명심보감(明心寶鑑)

❧ 오락과 수면은 서로 비슷하다. 그것은 적당히 취하면 정신을 맑게 하고 육체의 힘을 회복한다. 그러나 그것은 무제한으로 계속하면 죽음과 가장 비슷한 상태로 빠진다.

— 프랭클린

❧ 너의 건강을 회복하기 위해서는 약도 치료법도 필요치 않다. 무엇보다도 간소하게 사는 것이 가장 좋은 방법일지도 모른다. 알맞게 먹고 마시며 일찍 쉬어야 한다. 이것은 세계적 만능약이다.

— 들라크로아

❧ 가장 아름다운 생활이란 보통 인간답게 모범을 따른 생활을 말한다. 정연(整然)한 그러면서도 기적을 바라지 않고 자연에 거역하지 않는 생활이다.   – 몽테뉴

❧ 비록 몸은 자기 것이라 하더라도 건강을 보존한다는 것은 자기 자신에 대한 첫째 의무이며 또 사회에 대한 의무이기도 하다.   – 프랭클린

❧ 사람은 누구나 병에 걸리는 것을 거절하고 의사는 병자를 치료하는 수단이 적음을 근심한다. 그러나 병을 미리 쫓아 버리려고는 하지 않는다.   – 사마천(司馬遷)

❧ 우리들의 행복은 십중팔구까지 건강에 의하여 좌우되는 것이 보통이다. 건강하기만 하다면 만사는 즐거움과 기쁨의 원천이 된다. 반대로 건강하지 못하면 이러한 외면적 행복도 즐거움이 되지 않을 뿐 아니라 뛰어난 지(知), 정(情), 의(意)조차도 현저하게 감소된다.   – 쇼펜하우어

❧ 어머니와 아들을 이어주는 감정은 완전하고 순수하여 아름다운 것이다. 거기에는 어떠한 의견 충돌도 없다. 아들에겐 어머니란 하느님의 핏줄기가 흐르기 때문이다.

- 모로아

❧ 자식들에게 있어서 어머니보다 더 훌륭한 하늘로부터의 선물은 없다. - 유리피데스

❧ 너의 여섯 자 되는 몸이 어디서 낳느냐 하면 아버지의 정(情)과 어머니의 피로 이루었느니라. - 명심보감(明心寶鑑)

❧ 사람이 지극히 외롭게 되면 부모를 생각하는 마음이 불시에 난다. - 사기 굴원가생열전(史記 屈原賈生列傳)

❧ 아버님 날 낳으시고 어머님 날 기르시니, 두 분 곧 아니시면 이 몸이 살았을까, 하늘같은 가없는 은덕을 어디 대어 갚사오리. - 정철(鄭澈)

❦ 아버지가 나를 낳으시고 어머니가 나를 기르시니, 그 은 덕을 갚으랴고 들면 한이 없어서 호천(昊天)이 망극(罔極)하다 하였다.
– 격몽요결(擊蒙要訣)

❦ 사람이 부모를 봉양하는 데 누구나 부모에게 마땅히 효(孝)할 줄 모르는 사람은 없다. 그러나 진실로 효도하는 사람이 적은 것은 부모의 은혜를 깊이 알지 못한 까닭이다.
– 격몽요결(擊蒙要訣)

❦ 어버이로서 충간(忠諫)하는 아들을 두면 자기 자신이 불의한 데 빠지지 않으며, 충간하는 벗을 두면 어진 이름이 늘 몸에서 떠나지 않는다.
– 소학(小學)

❦ 부모를 섬기는 사람은 위에 있으되 교만하지 아니하며, 아래 있어도 불량(不良)하지 아니하며, 동료끼리도 서로 다투지 아니한다. 위에 있으면서 교만하면 패망하고, 아래 있으면서 불량하면 벌을 받고, 동료끼리 다투면 우의가 벌어져 화를 입는다.
– 소학(小學)

❧ 삼가 어머니 앞에 머리를 숙이라! 어머니는 모세를 낳
았고 마호메트를 낳았으며 예수를 낳았다. 지칠 줄 모
르고 우리들을 위해 연이어 위대한 인물을 이 세상에 낳
아 주신 어머니에게 머리를 숙이라. 위대한 인물은 모두
가 어머니의 자식이며 그 젖에 의해 자라났다. 세계가
자랑거리를 삼는 것 그것을 낳은 것은 모두가 어머니인
것이다.   – 고리키

❧ 부모에게 효도를 다하고 소위 사람을 공경할 줄 아는 사
람은 윗사람에게 거역하지 않는다. 부모에게 효도하고
윗사람에게 거역하지 않는 사람은 또한 이웃과 사회를
어지럽게 하는 일이 없다. 모름지기 효(孝)와 제(悌) 두
글자는 덕을 닦는 사람의 근본이 된다.   – 논어(論語)

❧ 사람이 몸을 일으켜 도(道)를 행하며 이름을 후세에 떨
침은 부모를 영예롭게 하려 함이니 이것이 곧 효의 종국
적 목적이다.   – 효경(孝經)

❦ 집안이 화합하면 가난하더라도 걱정이 없다. 그러나 집안이 화합치 못하면 아무리 부자라도 근심이 가득하니라.
— 명심보감(明心寶鑑)

❦ 부모가 자기를 사랑하면 기뻐하며 그 자애를 잊지 말아야 한다. 반대로 부모가 자기를 꾸짖을 때는 삼가 두려워하는 기색을 하되 원망하지 않는다.
— 예기(禮記)

❦ 존경함에 아버지보다 더한 사람이 없고 의지함에 어머니보다 더한 사람이 없다. 때문에 아버지를 여의면 일생에 두고 외로우며 어머니를 여의면 일생을 두고 슬프다.
— 시경(詩經)

❦ 어떠한 거리라도 자식이나 형제의 혈연을 끊어 버리지는 못한다. 형제는 영원히 형제이고, 아무리 격심한 무정이나 분노도 자식에게는 이겨 내지 못한다.
— 키이불

❦ 형은 아우를 사랑하며 아우는 형을 존경한다. 형제는 열 손가락과 같으며 형제간에는 차례가 있다.
— 시경(詩經)

❧ 효(孝)는 백 가지 일의 근본이 된다. 부모에게 효도하는 사람은 우선 남을 미워할 줄 모르며 부모를 공경하는 사람은 남을 얕보지 않는다.
　　　　　　　　　　　　　　　　　　　　　　－ 효경(孝經)

❧ 머리서부터 발끝까지 한 오라기의 터럭일지라도 내 몸에 따른 것은 전부 부모로부터 물려받은 것이다. 그러므로 내 몸을 항상 조심하여 터럭 하나라도 상하지 않게 할 것이니 이런 마음씨와 행동은 곧 부모에게 효도하는 출발점이 되는 것이다.
　　　　　　　　　　　　　　　　　　　　　　－ 효경(孝經)

❧ 국가의 기본은 가정에 있다. 모든 가정이 각기 바로 잡히면 그 국가는 바로 잡힌다.
　　　　　　　　　　　　　　　　　　　　　　－ 대학(大學)

❧ 나는 새로운 우정을 만들지 않는 날들은 모두 잃어버린 것으로 간주한다.
　　　　　　　　　　　　　　　　　　　　　　－ 사무엘 존슨

❧ 가정 속에 자기 세계를 가진 자야말로 행복하다. 저녁 무렵이 되면 비로소 집의 고마움을 깨닫게 된다.　－ 괴테

❤ 우정에 대해서는 다른 사물에 있어서와 같이 싫증이 난다는 일이 있어서는 안 된다. 오래되면 될수록 마치 오랜 세월을 겪은 포도주처럼 달콤해지는 것이 당연한 이치이며 세상에서 말하는 바와 같이 우정을 다하기 위해서는 '함께 여러 말의 소금을 먹어봐야 한다' 함은 옳은 말이다.

- 시세로

❤ 세상에는 세 가지 종류의 벗이 있다. 너를 사랑하는 벗, 너를 잊어버리는 벗, 너를 미워하는 벗이 그것이다.

- 장 파울

❤ 어떤 벗이 참된 벗인지 아닌지를 알아보려면 진정한 도움와 막대한 희생을 필요로 하는 경우가 제일 좋지만, 그 다음으로 좋은 기회는 방금 닥친 불행을 벗에게 알리는 순간이다.

- 쇼펜하우어

❤ 우정이란 성장이 더딘 식물이다. 그렇기 때문에 우정이란 이름을 들을 수 있게 되기까지에는 몇 번이나 곤란과 타격을 받아야만 한다.

- 워싱턴

❧ 군자의 사귐은 담담하여 물과 같고 소인(小人)의 사귐은 달콤하여 단술과 같다. 군자는 담담하게 사귀기 때문에 친숙함이 변하지 않고 소인은 달콤하게 사귀기 때문에 친숙한 것이 오래 가기 어렵다.   – 장자(莊子)

❧ 벗을 믿지 않음은 벗에게 속아 넘어가는 것보다 더 수치스러운 일이다. 벗은 제2의 자기이기 때문이다.

     – 라 로슈푸코

❧ 누구에게나 벗이 되려고 하는 사람은 아무의 벗도 되지 못한다.   – C. 프 페퍼

❧ 남의 이야기를 들어 줄줄 알아야 한다. 그러나 네 자신의 일을 함부로 지껄이지 말라. 또 남의 의견에는 귀를 기울이고 자기 판단은 삼가 해야 된다. 그리고 돈은 빌리지도 말며 빌려 주지도 말아라. 빌려 주면 돈도 없어지거니와 친구까지 잃고 만다.   – 셰익스피어

❧ 사귐은 도를 지나치지 않을 것이 무엇보다도 중요하다. 그러나 일단 믿을 만한 벗을 만나거든 사슬로 묶어서라도 놓치지 말라. 그렇다고 손바닥이 부르트는 일이 없도록 하라. 이것이 예의를 지키는 일이다. ─ 셰익스피어

❧ 확실한 벗은 불확실한 처지에 있을 때 알려진다. ─ 시세로

❧ 술을 먹을 때에 형이니 동생이니 하는 친구는 많으나 급하고 어려울 때 도와 줄 친구는 한 사람도 없다.
─ 명심보감(明心寶鑑)

❧ 유유상종(類類相從)이란 말이 있다. 착한 사람은 착한 사람끼리 상종하기 마련이고 악한 사람은 악한 사람끼리 상종하기 마련이다. 그 중에도 악한 자의 무리를 빠져 나오기란 착한 자를 좇는 것보다 더욱 어렵다.
─ 잠부론(潛夫論)

❧ 사람을 사귀는 데는 그 사람의 장점을 취할 것이며 그 단점을 취하지 말라! 그러면 오래도록 사귈 수 있느니라.
─ 공자가어(孔子家語)

❧ 좋은 벗을 삼는다는 것은 큰 자본을 얻는 것과 같다.

– 크리스토프 레에만

❧ 참다운 우정은 뒤에서 보아도 전혀 같다. 앞에서 보면 장미요 뒤에서 보면 가시라는 그 따위 것은 아니다. 그러므로 참다운 우정이란 생애의 마지막 날까지 변치 않는다.

– 류카르

❧ 벗을 사귈진대 믿음으로 사귀리라, 믿음 없이 사귀며 공경 없이 지낼소냐, 일생에 영원토록 공경함을 시종 있게 하오리라.

– 박인로(朴仁老)

❧ 어질고 똑똑한 남자는 여자에 대한 말을 절대로 입 밖에 내지 않는다.

– 바를러

❧ 스스로 자신의 지식을 자랑하는 남자는 현명하지 못하다. 스스로 자신의 용모를 뽐내는 여자는 정숙하지 못하다.

– 중국 명언

❧ 여자가 거울에 자기를 비춰 본다는 것은 단순히 자기의 자태를 보기 위해서 만이 아니다. 자기가 남에게 어떻게 보여질까 하는 것을 확인하기 위해서이다. – 앙리 드레니에

❧ 얼핏 보기에 정열에 불타는 듯한 청년의 힘은 혈기가 왕성한 부산물에 지나지 않을 때가 많다. 그러나 성숙한 남자의 정열은 조용하고 깊은 마음속에 깃든다.

– 오토 라익스너

❧ 자신의 행복은 모두 사랑하는 단 한 사람의 여성의 힘이라는 것을 느끼지 못하는 남성은 값이 없는 남성이다.

– 레싱

❧ 착한 여자가 되기보다는 미인이 되는 편이 낫겠지만, 추하게 생긴 여자가 되기보다는 착한 여자가 되는 편이 나을 것이다.   – 오스카 와일드

❧ 남자는 증거에 의거하여 판단한다. 여자는 정(情)에 따라서 판단한다. 여자는 사랑하면서 잠들지 않을 때 비로소 야무진 판단을 내리고 있는 것이다.   – 실러

❧ 남녀 양성(兩性)의 참된 협력 없이 진정한 문명은 존재할 수 없다. 그러나 남녀가 서로의 차이를 인식하고 서로 상대방의 성질을 존중하지 않으면 남녀 간의 참된 협력은 이루어지지 않는다. — 모로아

❧ 여자의 가장 좋은 장신구(裝身具)는 황금이 아니라 훌륭한 행실이다. — 톨스토이

05
고독과의 대화

깊이 생각하라. 그리고 먼저 그대의 사상을 풍부히 하라. 천하 만물 모두가 다 인간의 사상에서 생긴 것이다. 저 거대한 건축물이라 할지라도 먼저 인간의 두뇌 속에 그 형체를 이룩하고 그런 연후에 그것이 건축으로 되어 나타난 것이다. 현실이란 사상의 그림자에 지나지 않는다.

– 칼라일

운명에는 우연이 없다. 인간은 어떤 운명을 만나기 전에 벌써 제 스스로 그것을 만들고 있는 것이다.

– 윌슨

운은 우리에게서 부귀를 빼앗을 수 있어도 용기는 뺏을 수 없다.

– 세네카

❧ 나는 반항한다, 고로 나는 존재한다. – 카뮈

❧ 언어는 외적 사상이며 사상은 내적인 언어이다. – 리바롤

❧ 이른 봄날이라 할지라도 청년에게 움트는 덕행만큼은
풍취가 없다. 사람의 덕행 그 중에서도 젊은 청년들의
아름답고 슬기로운 덕행은 춘하추동의 사시절을 두고
풍취가 변하지 않는 까닭에 더 존귀하다. – 보브나르그

❧ 너의 운명은 너 자신의 가슴 속에 있다. – 실러

❧ 꿈은 만족치 못한 데서 생긴다. 만족하고 있는 사람은
꿈을 꾸지 않는다. 결국 꿈은 답답한 곳이든가 병원 같
은 곳이 아니면 편치 않은 잠자리에서 꾸게 마련이다.
– 몽테를랑

❧ 말을 하는 것은 혀가 아니고 두뇌의 운동이어야 한다.
– 존 아베브리

06
교양과 예술의
조화

❧ 어린 아이들의 존재는 이 땅 위에서 가장 빛나는 혜택이
다. 죄악에 물들지 않은 어린애들의 생명체는 한없이 고
귀한 것이다. 우리는 어린 아이들을 사랑하지 않을 수
없다. 우리는 어린 아이들 속에 아름다움을 발견하고 행
복을 느낄 수 있다. 어린 아이들 틈에서만 우리는 이 지
상에서 천국의 그림자를 엿볼 수 있는 것이다. 어린 아
이들의 생활은 고스란히 하늘에 속한다.　　　　– 아미엘

❧ 만일 하루를 헛되이 보냈다면 그것은 커다란 손실이다.
하루를 유익하게 보낸 사람은 하루의 보물을 파낸 것이
다. 하루를 헛되이 소모함은 내 몸을 소모하고 있다는 것
을 알아야 한다.　　　　　　　　　　　　　　– 아미엘

❦ 중요한 것은 어느 정도 책을 가지고 있느냐가 아니라 가지고 있는 책이 어느 정도 좋은 책이냐 하는 데 있다.

– 속담

❦ 참다운 정열이란 아름다운 꽃과 같다. 그것이 피어난 땅이 메마른 곳일수록 한층 더 보기에 아름다운 법이다.

– 발작

❦ 배우지 않은 슬픔이여 이것은 게으름뱅이의 자기변명이다. 그렇다면 공부를 하라! 공부한 적이 있으니까 이제는 공부하지 않는다는 말도 우스꽝스러운 말이다. 과거에 기대를 갖는다는 것은 과거를 한탄함과 마찬가지로 어리석은 일이다. 이미 진행된 일에 대해서는 그 진행된 사실 속에 묻어 버리는 것이 상책이다.

– 알랑

❦ 때를 얻는 자는 흥하고 때를 놓치는 자는 망한다.

– 열자(列子)

❦ 당신이 생명을 사랑한다면 시간을 낭비하지 말라! 시간이야말로 생명을 만드는 재료이다.

– 벤자민 프랭클린

❦ 시간은 돈이라고 한다. 그러나 한 푼의 가치도 없는 1년이 있는가 하면 수만금을 쌓아도 마음대로 할 수 없는 반 시간도 있다. 시간에도 여러 가지 종류가 있는 법이다.

– 톨스토이

❦ 미래의 일을 알고자 하면 먼저 이미 그렇게 된 일을 살피라.

– 명심보감(明心寶鑑)

❦ 시간을 헛되게 하는 것은 시간뿐이다. 그러므로 설사 늦더라도 멈추고 서서 시간을 보지 말라.

– 르나아르

❦ 젊은 시절은 다시 오지 않는다. 오늘 이 날은 두 번 다시 밝지 않는다. 때가 있으면 공부에 힘을 써라! 세월은 사람을 기다리지 않는다.

– 도연명(陶淵明)

제 2부

30~40대를

위한

♥ 새 마음의 샘터

새 마음의 샘터

01
희망은 영원한
기쁨

❧ 너의 행동은 낮게 하고 희망은 높이 가지라. – 조지 허버트

❧ 인내란 희망을 갖는 기술이다. – 보브나르그

❧ 희망은 애국심의 근원이다. – 로이드 조지

❧ 희망은 가난한 인간의 빵이다. – 탈레스

❧ 크든 작든 원래 지닌 터전에 내 힘으로 가꿀 수 있는 한도 안에서만 희망의 결실이 얻어지는 법이다. 그러나 흔히 이 한도 밖에서 찾으려는 데서 환멸의 결과가 누적되기 쉽다. – 채근담(採根譚)

❧ 인생에는 두 개의 비극이 있다. 하나는 그 소망을 이루
  는 것이며 다른 하나는 그것을 이룰 수 없는 것이다.

  － G. B. 쇼

❧ 희망은 사람을 성공으로 인도하는 신앙이다. 희망 없이
  는 어떤 일도 이룰 수 없으며 희망이 없이는 인간 생활
  이 영위될 수도 없다.　　　　　　　　　－ 헬렌 켈러

❧ 희망이 달아날지언정 용기마저 놓쳐서는 안 된다. 희망
  은 종종 우리들을 속이지만 용기는 우리를 속이지도 않
  을 뿐더러 힘을 북돋아 주는 약이 되기 때문이다.

  － 채근담(菜根譚)

❧ 신앙과 사랑에 대한 목표를 갖지 않을 사람에겐 역시 목
  표 없는 희망이 있을 뿐이다.　　　　　　　－ 라파엘

❧ 무슨 일에든지 희망을 거는 것은 실망을 하는 것보다 낫
  다. 왜냐하면 어떠한 일이든지 꼭 가능하다고 누구든지
  믿을 수 없기 때문이다.　　　　　　　　　　－ 괴테

❧ 소망대로의 행복을 얻지 못한 지난날을 버리고, 진실로 자기를 위한 길을 찾고자 하는 희망이야말로 재생할 수 있는 사람만이 가지는 매력이다.   – A. 모로아

❧ 이상은 태양과 같은 것이다. 그것은 이 땅 위의 모든 먼지를 자기 앞으로 흡수해 버린다.   – G. 플로베르

❧ 절망은 우리들의 전진을 가로 막는다. 절망은 우리들의 희망을 좀먹는다. 절망은 우리들의 강한 의지를 꺾어 눕힌다. 절망은 우리들의 연약한 힘을 견디기 어렵게 만든다. 까닭에 절망은 인간에게 있어서 죽음보다도 더 무서운 현상인 것이다.   – 보브나르그

02
인생을
풍요롭게

❧ 세상은 큰 극장과 같은 것이다. 그것은 모든 사람이 제 각기 맡은 자기의 연기를 하지 않으면 안 될 무대이기 때문이다.

‒ 마송

❧ 세속적인 목적을 위하여 사는 자도 정신적인 목적을 위 하여 사는 자도 모두 평안을 얻을 수는 없다. 신에의 봉 사를 위하여 사는 자만이 정히 평안을 얻을 수 있다.

‒ 에머슨

❧ 우리들 한 사람 한 사람이 항해하고 있는 이 인생의 광막 한 대양 속에서 이성(理性)은 나침반, 정열은 질풍(疾風).

‒ A. 포우프

산다는 것이 귀찮다고 실망하지 말라. 모든 사람들이 어깨에 짊어지고 있는 온 세상에 대한 무거운 짐이, 그 사람들에게 스스로의 사명을 완수하도록 강요하는 것이다. 이 짐에서 벗어나는 오직 하나의 길은 자기의 사명을 완수하는 데 있다. 당신에게 지워진 일을 완수했을 때에만 그 무거운 짐은 없어질 것이다.   – 에머슨

만약 우리에게 불유쾌한 일이 있다거나, 또는 어떤 곤란한 일에 부딪치면, 우리는 늘 그것이 다른 누가 나빠서 그런 거라고 생각하고 그렇지 않으면 운명의 소치로 돌리기 쉽다. 그러나 그것은 자기 자신 속에 있는 신념이 모자라기 때문이다.   – 에피쿠로스

후회도 사람의 의지를 부정하는 데 지나지 않는다. 또한 후회란 사람의 이상에 대한 반항에 지나지 않는다. 그리고 후회란 사람을 여러 곳으로 끌고 다녀서 갈팡질팡하게 만든다. 그러므로 후회란 자신의 지난날의 덕행과 절제마저 부인하고 만다.   – 몽테뉴

슬픈 곡조로 나에게 말하지 말라. 인생은 공허한 꿈일 뿐이라고! 잠든 자기 영혼은 죽어 버린 것이며 만물은 보기와는 딴 판이라고 해서. 인생은 참되다! 인생은 엄숙하다! 더욱이 무덤이 제 갈 곳이 아니다. 영혼이 없었던들 너희는 먼지의 신세, 먼지로 돌아갈 것을. 우리들의 숙명적인 목적이나 갈 길은 기쁨도 아니고 슬픔도 아니려니, 다만 오늘보다 나아간 우리들 자신을 내일마다에서 찾아볼 수 있도록 행동하는 것일 뿐. 예술은 길고 세월은 덧없어 우리의 심장 굳세고 어엿하다지만 소리 죽인 북처럼 언제고 둥둥거리는 무덤에의 장송행진곡이란다. 세상이라는 넓은 싸움터에서 인생의 야영지(野營地)에서 말 못하고 쫓기는 마소가 되지 말고 싸움하는 영웅이 되라. 미래는 믿지 말라! 아무리 즐거운 성싶어도 가버린 과거는 가버린 과거대로 묻어버리려무나! 활동하라! 이 숨쉬는 현재에서 마음속엔 실망이 머릿속엔 신이 있도다. 위대한 사람들의 생애는 한 결 같이 우리들에게 생각하게 하도다. 우리도 우리의 생애를 숭고하게 할 수 있고 이 세상 떠날 땐 우리들 뒤에 시간이라는 모래밭 위에 발자국 남길 수 있다는 것을. 인생의 엄숙한 대해를 항해하다가 난파당한 절망의 형제가 어쩌면 그것을 보고 다시금 용기를 얻을 그러한 발자국들. 그럼 우리 박차고 일어나서 일하자꾸나. 그 어떤 운명과도 맞부딪칠 심장 지니고 자꾸 이룩하고 자꾸 추구하면서 노력하며 기다리길 배우자꾸나.

- 롱펠로우

❧ 슬픔을 위한 유일한 치료는 무엇을 하는 것이다. 만나고, 알고, 사랑하고 그리고 헤어지는 것이 몇몇 인간의 슬픈 이야기다.

- 콜리지

❧ 단 것 뒤에 쓴 것은 구미가 안 당기며, 쓴 것 뒤에 단 것은 입맛이 난다. 때문에 못 살던 끝에 잘 사는 일이나 젊을 때 많이 듣는 충고는 다 같은 이유로 뒷맛을 돋우어 준다.

- 잠부론(潛夫論)

❧ 사람을 사랑하되 친해지지 아니하거든 그 인(仁)을 반성케 하고, 사람을 다스리되 다스려지지 아니하거든 그 지혜를 돌이켜 보고, 사람에게 예(禮)를 하되 대답하지 아니하거든 그 공경함을 돌이킬 것이니, 돌이켜 보아도 얻지 못하거든 또 한 번 돌이켜 구하라. 그러면 돌아올 것이다.

- 맹자(孟子)

❧ 사람의 일생에는 불길과 같이 일어날 때가 있는가 하면 재가 되어 식어질 때가 있다. — 앙리 드 레니에

❧ 하늘을 우러러보고 땅을 굽어보고 그리고 생각하라. 모든 것이 지나가면 산도 내도 다 지나가는 것이다. 인생의 여러 현상도 자연의 산물이니 모두 다 지나가는 것이다. 당신의 마음이 이런 상태에 이르면 곧 광명에 빛나기 시작할 것이다. — 불경(佛經)

❧ 목숨을 위하여 무엇을 먹을까, 몸을 위하여 무엇을 입을까 염려하지 말라. 목숨이 음식보다 중하지 아니하며, 몸이 의복보다 중하지 아니하냐. — 성경(聖經)

❧ 나이 열다섯이면 학문에 뜻을 두고, 나이 서른이면 지식과 학문이 도전해서 지조가 굳어지고, 나이 마흔이면 입지(立志)가 달성된 후라 모든 일에 흔들리지 아니하며, 나이 오십이면 천명에 따를 줄 알게 된다. — 논어(論語)

❧ 우리는 스스로의 욕망에 따라 자기 주위의 사물을 변화시킬 수 있다고 믿는다. 그 까닭은 그렇지 않고서는 유리한 해답을 찾을 수 없기 때문에 이렇게 말하는 것이다. 우리는 대체로 이 우연히 생긴 유리한 해답을 잊고 만다. 왜냐하면 우리는 우리의 욕망에 따라 사물을 변화시키지 못하고 점차로 우리의 욕망이 변화시켜 버리기 때문이다. 극복하기로 단호히 결심한 대로 장애물을 극복하지 못하고 인생은 우리로 하여금 그 장애물을 우회하여 지나쳐 버리게 한다. 그리하여 우리들이 되돌아 그 소원하여 버린 과거를 응시하여 보아도 그것은 시야에 들어오지 아니한다. 그렇게 해서 보이지 않게 되어 버린 것이다.

– 프루스트

❧ 생명을 잃는다는 일은 아무 것도 아니다. 나라도 필요하다면 생명을 버릴 만한 용기가 있다. 하지만 이 생명의 뜻이 없어지고 우리들의 생존 이유가 소멸하는 것을 본다는 건 참을 수 없다. 인간은 이유 없이 살아 갈 순 없기 때문이다.

– A. 까뮈

❧ 병들어 누워 보고 비로소 건강이 고마움을 알고, 난세를 당해보고 비로소 평화의 고마움을 안다면 민첩하다고 할 수 없다. 건강할 때 건강의 고마움을 모른다는 것도 불행한 일이며, 평안할 때 평화의 고마움을 깨닫지 못하는 것도 불행한 일이다. 사람은 잠시 한 걸음 물러서서 자기를 돌아볼 필요가 있다. 행복을 찾아 달리다가는 도리어 불행을 불러온다는 것을 깨달아야 한다. 자기만은 언제까지나 살 것이라고 생각하는 것도 일종 생명을 탐하고 파먹는 것이 된다. 이 점을 깨닫는 것이 인생의 가장 높은 지식이다.
— 채근담(菜根譚)

❧ 눈물과 함께 빵을 먹지 않은 사람은 인생의 참다운 맛을 모른다.
— 괴테

❧ 그대가 얼마나 많은 사람들한테서 존경을 받는가 하는 것보다도 어떠한 사람들한테서 존경을 받는지가 중요한 문제이다. 못된 사람들한테 호의를 얻지 못하는 사람이야말로 칭찬할 만한 사람이라 할 것이다.
— 세네카

❧ 사람들이여! 정신 속에서 살라! 인생 본질을 육체의 생활로 돌리지 말라. 육체는 그 속에 있는 힘을 담고 있는 그릇에 지나지 않는다. 인간의 모든 표면적인 것은 단지 그 정신의 힘 때문에만 살고 있는 것이다. 정신이 없는 육체는 운전수가 없는 자동차와 같고 렌즈가 없는 사진기와도 같다.

– 오레리아스

❧ 인생을 위대한 일에 바치는 일은 그야말로 영웅이다. 그러나 쓸데없는 일에 소비하는 일은 그야말로 바보다.

– 그릴파르쩌

❧ 희생이 없이 인생을 좋게 하겠다는 모든 방법은 무익한 것이다. 그런 방법은 도리어 좋게 만들 가능성을 없애 버리는 데 지나지 않다.

– 존 러스킨

❧ 이 세상은 모두 무대이며, 남자나 여자는 모두 배우에 지나지 않는다.

– 셰익스피어

❧ 위대한 사상은 반드시 커다란 고통이라는 밭을 갈아서 이루어진다. 갈지도 않고 둔 밭에서는 잡초만 무성할 뿐이다. 사람도 고통을 겪지 않고서는 언제까지나 평범하고 천박함을 면하지 못한다. 모든 곤란은 차라리 인생의 벗이다.

－ 힐티

❧ 진정 우리가 미워해야 할 사람이 이 세상에 많은 것은 아니다. 원수는 막상 맞은편에 있는 것이 아니라 내 마음 속에 있을 적이 많다.

－ 알랑

❧ 고통의 감각을 괴로워하지 말라! 고통과 고뇌는 우리의 육체를 유지하는데 없어서는 안 될 조건이다. － 톨스토이

❧ 그들의 행복을 이루어 준 것이 그들의 고통이 된다.

－ 상트 뵈에브

❧ 세상이 야속하다 말고 세상에서 없지 못할 사람이 되라! 세상이 그대를 찾는 사람이 되라!

－ 에머슨

❧ 인생이란 고통뿐이다. 그런데 한 사람은 행복한데 다른 한 사람은 불행하다는 것은 단지 두 사람이 받고 있는 고통의 차이가 어느 정도냐 하는 데 달려있을 뿐 다른 차이는 없다.
                                                        − G. B. 쇼

❧ 썩은 나무에는 조각할 수 없으며, 썩은 흙으로 쌓은 담은 흙손질을 할 수 없느니라.
                                                        − 공자(孔子)

❧ 극도에 달하는 슬픔은 길게 가지 않는다. 왜냐하면 어떤 사람은 그 슬픔을 이겨 내는가 하면, 또 어떤 사람은 그 슬픔에 젖어 버려 무감각해지는 사람이 있기 때문이다.
                                                        − 매라스다시오

❧ 인생은 결코 길지 않다. 그러므로 어떻게 인생을 살아갈까? 하고 이것저것 생각하는 데 많은 시간을 소비해서는 안 된다.
                                                        − 사무엘 존슨

❧ 세상이 야속타 하지 말고 세상에 없어서는 안 될 사람이 되라! 세상이 그대를 찾는 사람이 되라! 세상은 반드시 그대에게 양식을 주리라.
                                                        − 에머슨

❧ 인생이란 석재(石材)와 같다. 그 석재에 신이 모습을 새기든지 그렇지 않으면 악마의 모습을 새기든지 그것은 각기 자유이다.
— 허버트 스펜서

❧ 남이 유혹한다고 그것을 미리 걱정하지 말라. 바꾸어 생각하면, 남이 당신을 유혹하는 것이 아니고 자기가 자기를 유혹하고 있다는 것을 알아야 한다.
— 클링커

❧ 자기 집의 두레박 줄이 짧은 것은 한탄하지 않고, 오직 다른 집의 우물이 깊은 것만 한탄한다.
— 명심보감(明心寶鑑)

❧ 눈으로 직접 본 일도 다 참되지 않을까 두려워하거늘, 배후(背後)에서 하는 말을 어찌 깊이 믿겠는가?
— 명심보감(明心寶鑑)

❧ 인간 생활의 모든 고난을 오랜 세월을 두고 참아간다든지, 또는 그런 고난을 미리 막으려고 애쓰는 일은 참으로 현명한 일이다. 그러므로 우리들은 늙기 전부터 항상 노년기에 처해 있거니 하는 생각을 갖는 편이 좋을 것이다.
— 몽테뉴

❧ 나이를 먹는 것은 어떤 비방도 아니고 아무 것도 아니다. 소년기를 잘 이겨내는 것이야말로 비방이 될 수 있다.

– 괴테

❧ 노동과 질서와 성실이 있는 곳에서는 기쁨도 또한 아쉽지 않게 있다.

– 라파텔

❧ 일이 즐거운 것이라면 일해서 얻는 것은 무엇이든 기분 좋은 것이다. 일의 고생이 크면 클수록 그 쾌감도 한결 더하다.

– 고리키

❧ 노동을 즐겨하면 가난은 곧 달아나 버린다. 그러나 노동을 싫어하면 가난은 자꾸 기어든다.

– 로벨트 라이닉

❧ 노동으로 말미암아 인간이 죽는 일은 없다. 그러나 빈둥거리며 놀고 지내면 신체와 생명이 망쳐지고 만다. 왜냐하면 새는 날도록 태어난 것처럼 인간은 노동을 하도록 태어났기 때문이다.

– 루터

❧ 일을 하면서 노래를 부르는 것은 좋은 일이다. 그것은 노동에 감격을 준다. 그러나 노래 부르기를 일삼지 말라.

– 아나스타시우스 그륜

❧ 노동은 신체를 살찌게 하고 학문은 정신을 살찌게 한다.

– 스마일즈

❧ 근로는 매일을 풍요하게 하며 휴식은 피로한 나날을 더욱 값지게 한다. 뿐만 아니라 근로 뒤의 휴식은 높은 환희 속에 감사를 불러일으킨다.

– 보들레르

❧ 근로는 게으름과 좋지 못한 행실과 빈곤이라고 하는 세 가지 악에서 우리들을 멀리 해 준다.

– 볼테르

❧ 너는 두 개의 손과 한 개의 입을 가지고 있다. 그 뜻을 잘 생각해 보라. 두 개는 근로하기 위하여 있고 한 개는 힘을 얻기 위해 있다.

– 루카트

❧ 노동 가운데 평화가 깃들고 노고(勞苦) 가운데는 안식이 깃든다.

– 폰트넬

❧ 일한다는 그 자체는 칭찬할 수 없다. 중요한 것은 일하는 목적에 있다. 그것은 일하는 목적에 따라 가치가 결정되기 때문이다. 악마도 일은 하지만 그 악마의 일하는 목적은 그릇된 목적이다.   – 마사릭

❧ 일의 괴로움이야말로 참다운 기쁨이다. 그러나 도중에서 내동댕이친 일, 손대지 않고 내버려 둔 일은 마침내 산더미같이 쌓여서 사람을 괴롭힌다. 이것이야말로 진정 괴로운 일이다.   – 푸부리우스

❧ 사람마다 자기의 천성과 직업이 서로 맞을 때 거기서 행복을 느낀다.   – 베이컨

❧ 한가한 때에는 사람의 마음이 잠자는 듯 어두워서 인체의 모든 작용이 둔해지기 쉽다. 그러니까 조용하게 침착하게 있으면서도 거울에 비친 것처럼 분명히 비칠 수 있도록 해야만 된다. 그렇지 못하면 어둠에 걸려 변을 당하도 재빨리 방비할 도리가 없을 것이다.   – 채근담(菜根譚)

근면은 덕과 의로운 일을 부지런히 한다는 말인데, 어떤 사람은 다만 근면을 가리켜 빈곤을 피하고 재물을 모으는 수단으로만 아는 수가 있다. 또 겸손한 것은 재물과 이익을 탐내지 않는 것을 말한 것인데, 어떤 사람은 다만 인색한 것을 변명하는 구실로 삼는 수가 있다.

— 채근담(菜根譚)

어진 것을 그 근본으로 삼고 이치를 탐구함으로써 착한 것을 밝히고, 힘써 그것을 실천한다면 반드시 사업을 성취할 수 있다.

— 격몽요결(擊蒙要訣)

행복은 대항의 의식 가운데는 없다. 협조의 의식 가운데 있다.

— 지드

참다운 행복, 그것은 우리들이 어떻게 끝을 맺느냐 하는 것이 아니라 어떻게 시작하느냐 하는 문제이다. 또 우리들이 무엇을 소유하느냐가 아니라 무엇을 바라느냐의 문제이다.

— R. L. 스티븐슨

우리는 정신적으로 부자가 되지 않으면 안 된다. 왜냐하면 우리는 정신적으로 너무도 굶주려 있기 때문이다. 예수께서 '마음이 가난한 사람은 복이 있다'고 말한 것은 스스로 자기 마음의 가난함을 깨달은 자를 지적한 것이었다. 그러나 많은 사람들은 자기의 빈약하고 부족함을 돌아봄이 적다. 사람은 부족함을 깊이 깨달으면 깨달을수록 좋다. 그것이야말로 행복의 출발이다. 인생에 대한 하염없는 겸손! 그것 없이는 언제나 사람은 헤매게 될 것이다.

— 빌리 그레이엄

행복해지는 비결은 쾌락을 얻기 위해서만 노력할 것이 아니라 노력 그 자체에서 쾌락을 발견하는데 있다. — 지드

군자는 재앙이 와도 두려워하지 않으며 복이 와도 기뻐하지 않는다.

— 가어(家語)

내가 처세하는 신조(信條)는 일하는 것이다. 특히 자연계의 신비를 구경하고, 인류의 행복에 이바지하려는 일이다. 만물을 밝게 보며 인류의 행복을 찾는 일이다.

— 에디슨

❦ 사람들은 자기가 행복하기를 원하는 것보다 남에게 보이게 더 애를 쓴다. 남에게 행복하게 보이려고 애쓰지만 않는다면 스스로 만족하기란 그리 힘든 일이 아니다. 남에게 행복하게 보이려는 허영심 때문에 자기 앞에 있는 진짜 행복을 놓치는 수가 많다.   – 라 로슈푸코

❦ 이 지구상에는 아직도 큰 사업을 일으킬 여지가 있다. 나에게는 일하고 공부하는 것이 전부이다. 내가 원하는 것은 스스로의 지배력이지 명예가 아니다.   – 괴테

❦ 많은 사람들은 자기의 만족을 잃게 되는 것을 아주 슬픈 일이라고 생각한다. 그러나 기쁨을 아는 동시에 그 기쁨의 이유가 없어진 때 슬퍼하지 않는 사람만이 옳은 사람이다.   – 파스칼

❦ 이미 심상치 않은 즐거움을 가거든 마땅히 측량할 수 없는 근심이 올 것을 방비하라.   – 명심보감(明心寶鑑)

❦ 기쁨과 절제와 안전이 있는 사람에게는 의사가 필요치 않다.   – 롱펠로우

❧ 인간의 행복의 대부분은 끊임없이 계속되는 일과 그것에 따르는 축복으로써 이루어진다. 그리고 그것이 마지막에 가서는 일을 유쾌한 것으로 변하게 한다. 인간의 마음은 진정한 일거리를 발견했을 때처럼 유쾌한 기분이 드는 때는 없다. 제군들이 행복하기를 바라거든 먼저 일을 시작하라. — 힐티

❧ 인간에게 있어서 고뇌에 복종하는 것은 치욕이 아니다. 오히려 쾌락에 복종하는 것이야말로 치욕이다. — 파스칼

❧ 덮어놓고 남을 믿는 인간은 그다지 신용할 수 없는 사람이다. 한 번 잃은 신용은 두 번 다시 돌아오지 않는다.
— 레싱

❧ 만약 세상 사람들이 괴로워하는 것을 보고 일일이 발을 멈춘다고 하면 사람은 도저히 살아 갈 수가 없을 것이다. 행복이란 열 가지 고뇌 속에 한 두 가지의 즐거움을 가리키는 것이다. 그러기 때문에 괴로움과 고뇌를 잊어버리고 씩씩하게 살아가는 것이다. — 로망 롤랑

❧ 부귀와 명예는 그것을 어떻게 얻었느냐가 문제이다. 도덕에 근거를 두고 얻은 부귀와 명예라면 산골에 피는 꽃과 같다. 즉 충분히 햇빛과 바람을 받고 필 수 있다. 또 어떤 공적으로 얻은 부귀와 명예라면 이것은 정원에 심은 꽃과 같다. 즉 잘 가꾸면 꽃이 피고 어느 정도 오래갈 수 있다. 또 권력이나 부정으로 얻은 부귀나 명예라면 이는 화병에 꽂아 놓은 꽃과 같다. 즉 뿌리가 없기 때문에 얼마 안가서 시들고 말 것이다.   – 채근담(茶根譚)

❧ 야심가라 하는 사람들은 희한한 행복이 굴러 들어올 것이라는 생각으로써 항상 무엇인가 뒤를 쫓아다니고 있다. 하지만 그의 중요한 행복은 분주하다는 그 사실이다. 그래서 무슨 실망하는 일에 있어서 불행한 때에라도 그는 자기의 불행에 대해서 오히려 행복을 느끼고 있는 것이다. 그것은 그 실망, 그것을 요법으로 생각하고 있기 때문이다.   – 알랑

❧ 불안스러운 마음으로 풍부하게 사느니보다, 나는 두려움과 걱정이 없이 부족한 생활을 하는 것이 오히려 행복하다.   – 에픽테토스

❧ 불행을 불행으로서 끝을 맺는 사람은 지혜 없는 사람이다. 불행 앞에 우는 사람이 되지 말고, 불행을 하나의 출발점으로 이용할 수 있는 사람이 되라! 불행을 모면할 길은 없다. 불행은 예고 없이 도처에서 우리를 기다리고 있다. 어떠한 총명도 미리부터 불행을 막을 길은 없다. 그러나 불행을 밟고 그 속에서 새로운 길을 발견할 힘은 우리에게 있는 것이다. 불행은 때때로 유익한 자극제가 될 수 있다. 우리는 불행을 자기를 위하여 이용할 수 있는 것이다.

– 발작

❧ 행복한 사람은 불행한 사람이 말없이 무거운 짐을 짊어지고 있기 때문에 행복을 누리고 있는 것이다. 이 불행한 사람들의 모습과 침묵이 없었던들 행복이란 것이 있을 수는 없을 것이다.

– 체호프

❧ 온갖 제한이 사람을 행복하게 한다. 우리들이 보는 영역이나 활동 영역 혹은 접촉 범위가 좁으면 좁을수록 그만큼 더 우리들은 행복하다. 반대로 그것들이 넓으면 넓을수록 그만큼 더 우리들이 괴로워하고 애태우는 도수가 더해 간다.

– 쇼펜하우어

❧ 질투심이 많은 사람은 적어도 행복을 위한 조건에서 이탈한 사람이다. 질투라는 것은 자기가 가진 것에 대해서 즐거움을 찾지 않고, 남의 소유물에 대해서 괴로워하는 기분이다. 행복은 자기가 지배할 수 있는 자기 소유권내의 물건을 사용할 수 있는 사람의 것이다. 남의 주머니에 든 물건을 탐내지 않는다는 것이 행복의 중요한 조건이다.

– 로렌스 굴드

❧ 사람은 당장 눈앞에 오는 일만 걱정할 뿐이고, 장차 닥칠 일은 미리 생각하여 막아내는 데는 힘쓰지 아니하니 반드시 불시에 화(禍)가 미칠 것이다. 빨리 서둘러서 막아내도록 해야 한다.(人無遠慮 必有近憂)

– 논어(論語)

❧ 역경에 빠졌다고 해서 상심하지 말라. 또한 성공했다고 해서 지나친 기쁨에 휩쓸리지 말라! 이 두 가지를 항상 싸움에 내세우라.

– 호라티우스

❧ 강이 깊은 곳에서는 물은 미끄럽게 흐른다.

– 세익스피어

❧ 행복은 작은 새처럼 붙들어 두어야 한다. 될 수 있는 한 살그머니 그리고 갑갑하지 않게. 작은 새는 자신이 자유롭다고 생각하기만 하면 즐겨 그대의 수중에 머물러 있을 것이다. — 헵벨

❧ 사람은 누구나 행복하기를 간절히 바라는데, 그러기 위해서는 온갖 힘을 기울여야 한다. 행복이 찾아오기만 기다려 문을 열어둔 채 방관만 하고 있다면 들어오는 것은 슬픔뿐이다. — 알랑

❧ 행복이란 언제나 내 힘이 닿는 가까운 곳에 있는 것이다. 명망이 높고 세상 사람들에게서 존경을 받는 사람 혹은 세력 있는 사람 또는 많은 돈을 가지고 좋은 집에 사는 사람, 이런 사람의 생활에 대해서 자기의 상상만으로 그들이 엄청난 행복을 가졌다고 생각지 않도록 주의하라! 도대체 부러워하고 시기한다는 감정은 우리 자신에게 마이너스가 될망정 아무런 의미도 없는 것이다. 자기의 손이 닿는 곳에서 행복을 발견할 필요가 있다. 그리고 처음부터 이길 가망이 없는 시비에는 뛰어들지 말라. — 힐티

❧ 튼튼한 힘을 가진 자 아니고는 조국에 충실한 자가 되기 어렵다. 그는 좋은 아들, 좋은 형제, 좋은 이웃이 되기 어렵다.
　　　　　　　　　　　　　　　　　　　　　　　　– 페스탈로치

❧ 불행을 극복하는 것은 행복을 누리기보다는 쉽다. 인간에게는 행복 이외에 그것과 같은 정도의 불행이 항상 필요하다.
　　　　　　　　　　　　　　　　　　　　　　　– 도스토예프스키

❧ 당신이 건강하거든 당신의 힘을 남을 위해서 봉사하도록 일하라. 당신이 병들어 있거든 그 병 때문에 남에게 방해가 되지 않도록 노력하라. 당신이 가난하거든 남에게 구원을 받지 않도록 힘쓰라. 당신이 욕을 먹거든 그 욕을 한 사람을 사랑하도록 노력하라. 당신이 남을 욕했거든 당신이 저지른 악을 갚도록 노력하라. – 잠부론(潛夫論)

❧ 개인적인 행복을 향해서 나아가는 것은 우리들 속에 동물적인 것을 지속하는 데 불과하다. 인간적인 생활은 그 부정과 함께 비로소 시작된다.
　　　　　　　　　　　　　　　　　　　　　　　　　– 아미엘

❧ 이기주의자는 외면적인 혹은 적대적인 현상 사이에 자기의 고독을 느낀다. 그리고 그의 희망은 모두 그 자신의 행복에 있다. 착한 사람은 우애적 존재의 세계에 살며 개개인의 행복이 그 자신의 행복이다.　　－ 쇼펜하우어

❧ 행복이란 이미 지나가 버린 그림자다. 어리석은 자만이 그것을 현재 있는 것으로 잘못 생각하고 있다.

－ 프란시스 톰프슨

❧ 사람이 잘 지껄일 수 있는 재간을 갖지 못하면 침묵을 지킬 줄 아는 지각이라도 있어야 한다. 만약 두 가지를 다 가지고 있지 않으면 그 사람은 불행한 사람이다.

－ 라 브뤼에르

❧ 기꺼이 일을 하고 나면 자기가 한 일에 만족하고 그 만족을 기뻐할 줄 아는 사람은 진실로 행복한 사람이다.

－ 괴테

❧ 순풍에 돛을 단 것과 같은 행운은 항상 위태위태한 느낌을 준다. 행운은 드문드문 찾아올 때가 보다 더 안전하다.

– 그라시안

❧ 사람들이 자기가 불행하다고 너무 한탄하는 것은 자기의 인생길이 멀다는 것을 생각하지 않기 때문에 일어나는 한탄이다.

– 메테팅그

❧ 화(禍)를 입은 끝에 복(福)을 얻게 되고, 실패를 당한 끝에 오히려 공(功)을 이루게 된다. 이것을 이른바 전화위복(轉禍爲福)이라고 하는 것이다 .

– 사마천(司馬遷)

❧ 사람이 살아가는 데에 불행은 반드시 따라다니기 마련이다. 그러므로 불행이란 것도 행복 중의 하나라고 생각하면 된다.

– 힐티

❧ 생각이 있는 사람이라면 누구든지 달력을 본다든지 시계를 볼 때마다 자기가 누리고 있는 행복이 누구의 덕인가를 생각할 것이다.

– 괴테

❧ 세상일 가운데 참지 못하는 일은 별로 없다. 그러나 행복한 날이 계속되면 사람은 그 행복에 겨워 참지 못하는 일이 생긴다.
― 괴테

❧ 화액(禍厄)은 함부로 닥치지 않으며, 복락(福樂)은 공연히 오지 않는다. 화액도 애써야 물러나고 복락도 힘을 들여야만 찾아온다.
― 명심보감(明心寶鑑)

❧ 행복이란 크면 클수록 웃음과 눈물이 깃든다. ― 스탕달

❧ 사람은 가난해도 가난한 대로 만족을 찾을 수 있다. 그러나 많은 사람들은 자기가 느낄 수 있는 행복보다는 남이 부러워하고 칭찬해 주는 그런 행복을 바라고 있다. 남이 칭찬하고 부러워한다 해서 내가 행복할 것은 하나도 없다. 행복이란 내 자신의 마음의 평화를 얻는 데서 온다.
― 로렌스 굴드

❧ 사랑한다는 것과 사랑을 받는다는 것―― 이것보다 더 큰 행복이란 나는 바라지도 않거니와 또 알지도 못한다.
― 모라친

❧ 이 세상의 화복(禍福)은 다 같이 사람의 행동 여하에 따라 이루어지게 마련이다.(禍福在爲) — 관자 구언편(管子 樞言篇)

❧ 행복과 불행은 사람의 마음 가운데 살고 있다. 그러므로 인생을 짧게 보는 사람은 행복은 허무하고 불행은 오래 가지만, 원대한 희망을 가진 사람은 행복은 오래 가고 불행은 짧다. — 게오르규

❧ 행복이란 자기 영혼을 훌륭하다고 느끼는 데 있다. 이 이외에는 소위 행복이란 것은 없다. 그러므로 행복은 비탄(悲嘆)이나 회한(悔恨) 가운데에도 존재할 수 있다. — 주베르

❧ 행복을 얻는 단 한 가지 방법, 행복 그것만을 인생의 목적으로 하지 않는 것이다. — J. S. 밀

❧ 마음으로 싫으면서 남에게 잘해야 한다는 의무감이나 도의심에서 억지로 그렇게 하려고 노력하는 것은 좋은 상태가 아니다. 노력하지 않고 자연히 여러 사람을 좋아하는 것이야말로 행복의 큰 샘줄기이다. — 버트란트 러셀

❧ 모든 지식은 의혹에서 시작되며 신앙에서 끝난다.

– 에센바흐

❧ 대개 의사의 아들은 병보다도 약 때문에 건강을 해치는 일이 많다. 그러나 의술의 힘과 신념의 힘이 손을 맞잡는다면 무슨 병이라도 못 고칠 리는 없다.   – 영국 격언

❧ 지상에 신의 나라를 실현하는 것-- 이것이 인류 최후의 목적이며 희망이다. 그리스도는 우리들에게 이 천국을 가깝게 해 주었다. 그러나 사람들은 그를 이해하지 않고 우리들 마음속에 신의 나라를 세우지 못하고, 땅위에 종의 나라를 세운다.

– 칸트

❧ 기도란 그것을 통해 우리가 어둠에서 하느님을 보는 거울이다.

– 헵벨

❧ 종교는 회의의 어머니며 과학은 경신(輕信)의 어머니다.

– B. 쇼

❧ 아무리 기쁜 일만 있는 사람이라도 그 반면엔 반드시 근심이 있는 법이다. 반대로 가난할지라도 아껴쓰면 곤란을 면할 수 있고 병에 걸렸을지라도 조섭(調攝)을 잘하면 건강을 회복할 수 있는 것처럼, 어떠한 괴로움일지라도 그 뒤엔 기쁨이 따르지 않는 일이 없으니 지각 있는 사람이라면 역경에 실망하지 않고 행운에 도취하지 않는다.
　　　　　　　　　　　　　　　　　　　　 − 채근담(菜根譚)

❧ 당신의 참다운 신앙이란 당신이 가지고 있는 인생 그 전부를 사랑하는 것이다.
　　　　　　　　　　　　　　　　　　　　　　 − 서양 명언

❧ 신을 안다는 것과 신을 사랑한다는 것과는 참으로 거리가 먼 일이다. 신의 노여움은 일시적인 것이며, 신의 자비는 영원한 것이다.
　　　　　　　　　　　　　　　　　　　　　　　 − 주베르

❧ 신의 존재를 눈앞에 보려고 성급히 구는 사람은 신이 존재하지 않는다고 단정하는 사람과 마찬가지로 우매한 사람이다.
　　　　　　　　　　　　　　　　　　　　　　 − 서양 명언

❧ 과실이 차차 커지기 시작하면 꽃잎은 떨어진다. 그와 같이 당신 마음속에 신의 의식이 성장할 때 당신의 약한 마음은 없어진다.　　　　　　　　　　　　　　　－ 성경(聖經)

❧ 착한 행위를 한 사람들에게 신은 불행을 가져다 주는 수가 있다. 그러나 신은 그만한 불행을 견뎌낼 강한 마음을 지니게끔 보살펴 준다.　　　　　　　　　　　　－ 만조니

❧ 기도는 하늘에서 축복을 가져 오며, 근로는 대지에서 축복을 캐낸다. 기도는 하늘의 수레이며, 근로는 지상의 수레이니 둘 다 행복을 가져 온다.　　　　－ 하인리히 폰퓔러

❧ 대개의 사람들은 운명에게 지나친 요구를 함으로써 스스로 불만의 씨를 뿌리고 있다.　　　　　　　　　－ 훔볼트

❧ 고독은 이 세상에서 가장 무섭고 괴로운 것이다. 어떠한 무서운 일이 닥쳐와도 고독하지 않으면 능히 견디어 낼 수 있으나, 이런 경우 고독한 사람은 죽음과 같을 것이다.
　　　　　　　　　　　　　　　　　　　　－ 게오르규

❧ 하느님하고 살지 않는 사람에겐 고독이란 해가 된다. 고
독은 영혼의 역량을 강하게 하지만 또한 동시에 활동 대
상을 그에게서 모조리 빼앗아 간다. 역량을 받은 사람은
그 힘을 동포를 위해 사용해야 한다.　　　　－ 샤토브리앙

❧ 너는 안이하게 살고자 하느냐, 그렇다면 항상 군중 속에
머물러 있으라. 그리고 군중에 섞여 자기 자신을 잃어버
려라.　　　　　　　　　　　　　　　　　　　－ 니체

❧ 고독이 좋은 것이라는 것을 우리는 인정하지 않을 수 없
다. 하지만 또 고독은 좋은 것이라고 이야기를 주고받는
상대가 있다면 하나의 기쁨이다.　　　　　　　－ 발자크

❧ 최악의 고독은 한 사람의 벗도 없는 것을 말한다.
　　　　　　　　　　　　　　　　　－ 프란시스 베이컨

❧ 음주는 일시적인 자살이다. 음주가 갖다 주는 행복은 단
순히 소극적인 것이며 불행을 일시적으로 가리는 행위
에 지나지 않는다.　　　　　　　　　　　　　－ 러셀

❦ 술이 사람을 취하게 하는 것이 아니라 사람이 스스로 취하는 것이다. 색(色)이 사람을 혼미(昏迷)하게 하는 것이 아니라 사람이 스스로 혼미해지는 것이다.

– 명심보감(明心寶鑑)

❦ 술이 도(度)에 지나면 어지러워지고, 즐거움이 도에 지나면 슬퍼진다. – 사기(史記)

❦ 목이 마를 때의 한 모금의 술은 달콤한 이슬 같고, 취한 후에 한 잔을 더하는 것은 안 먹는 것만 같지 못하다.

– 명심보감(明心寶鑑)

❦ 청동은 모양을 비추는 거울이지만, 술은 마음을 비추는 거울이다. – 아이스퀼로스

❦ 거울은 당신의 흐트러진 머리칼을 보여주고, 술은 당신의 흐트러진 마음을 보여준다. 술잔 앞에서는 마음을 여미라! – 독일 속담

❧ 자연은 결코 우리를 배반하지 않는다. 우리들 자신을 배반하는 것은 항상 우리들이다.
- 루소

❧ 전원(田園)에 봄이 드니 이 몸이 일이 많다, 꽃나무는 뉘 옮기며, 약밭(藥田)은 언제 갈지, 아이야 대(竹) 베어 오너라, 사립 먼저 결으리라.
- 성운(成運)

❧ 그런데 누가 자연과 같은 색을 칠할 수 있을 것인가.
- 제임스톰슨

❧ 마음의 만족을 얻고자 하거든 엄격하게 자기를 극복하는 기술을 배우라. 지위도 재산도 인간에게 만족을 주지는 않는다.
- 겔레루프

❧ 들은 이야기라고 해서 다할 것이 아니다. 눈으로 본 일이라 해서 본 것을 다 말할 것도 아니다. 사람은 그 자신의 귀와 눈과 입으로 해서 스스로를 거칠게 만들고, 나아가서는 궁지에 빠지고 만다. 현명한 사람은 남의 욕설이나 비평에 귀를 기울이지 않으며 또 남의 단점을 보려고도 하지 않는다.
- 채근담(菜根譚)

❧ 내 약점을 내가 먼저 털어 놓는다면, 남의 장점을 내가 먼저 들추어 준만큼 통쾌하다. 반대로 내 장점을 내가 먼저 자랑하는 것은 남의 약점을 내가 먼저 꼬집는 만큼 불쾌하다.　　　　　　　　　　　　　– 주자가훈(朱子家訓)

❧ 이미 이룬 일에 대해서는 말하지 말라. 이미 일을 시작한 것에 대해서는 충고하지 말라. 기왕 저지른 일에 대해서는 나무라지 말라. 왜냐하면 그들은 이미 결과가 어떻게 되었다는 것을 너보다도 더 잘 알고 있다. – 공자(孔子)

❧ 쓸모 있는 재능을 기르고 더 빛내자면 어떻게 해야 되겠는가? 그것은 특히 사물을 잘 관찰하고 경험을 쌓음으로써 얻어진다.　　　　　　　　　　　　　　　　　– 스마일즈

❧ 우리는 자기 자신을 감추려고 하지만 남들은 다 나의 인품이 어떤가를 알고 있으며, 거울에 비치듯이 이쪽의 결점을 알고 있다. 남이 다 아는데 나 혼자 감추려고 하는 것은 어리석은 일이다.　　　　　　　　　　– 동양 명언

❧ 사람에 따라서는 정다운 사람보다 그리 정답지 않은 사람에게 더 많은 신세를 지는 수가 있다. 정답지 못한 사람은 곧잘 진실을 말해 주지만, 정답다는 사람은 바른 소리를 하지 않기 때문이다.   − 카토

❧ 처세술이란 것은 무엇보다 먼저 자기가 한 결심을 재치 있게 해내는 일이다. 그러므로 자기가 종사하고 있는 일에 대해서 군소리를 하지 않는 사람이야말로 처세술이 능한 사람이라고 할 것이다.   − 알랑

❧ 깊이가 없고 얕은 곳에서 오는 칭찬은 값이 없다. 남에게 칭찬을 받거나 하면 자기의 위치가 높이 올라 간 것처럼 생각하고 우쭐해진다. 이런 착각은 삼가야 한다.   − 베이컨

❧ 지폐(紙幣)가 금화(金貨)를 대신하듯, 세상에서는 참다운 존경과 우정 대신에 지폐처럼 되도록 자연스럽게 모방한 거동이나 외면치레가 유통(流通)되고 있다.   − 쇼펜하우어

❧ 열 가지 말 중에서 아홉이 맞아도 세상에서는 별로 칭찬하지 않는다. 도리어 마지막 한 마디 말 때문에 사방에서 허물과 원망이 끝없이 일어나는 것이다. 열 가지를 계획해서 아홉 가지를 성취해도 그의 공을 칭송하지 않는다. 그러나 열 가지 중에서 한 가지 계획이라도 성공하지 못하면 욕설이 빗발치듯 일어나는 법이다. 그러므로 군자는 오히려 침묵을 지킬망정 쓸데없이 떠드는 법이 아니다. 오히려 어리석은 척 할지언정 잘하는 척 않는 법이다.

— 홍자성(洪自誠)

❧ 사람은 누구나 헌 것보다 새 것을 좋아한다. 그래서 무엇이든지 갖고 싶어 한다. 그러나 당신은 갖고 싶은 것을 사지 말고 꼭 필요한 것만을 사면 반드시 나중에 후회되는 일이 없으리라.

— 카토

❧ 명궁수(名弓手)가 정성껏 화살을 쏜다 해도 실수가 두려워 과녁 곁에 가지 않는 법이거늘, 하물면 서투른 자의 함부로 쏘는 화살은 과녁은 고사하고 궁수 자신까지 피하지 않을 수 없다.

— 사기(史記)

❦ 남이 나를 칭찬하면 기쁘고, 남이 나를 험담하면 불쾌한 것이 보통이다. 그러나 진정 칭찬을 기뻐해서는 안 된다. 또 남의 험담을 들을 때엔 그것이 사실이건 사실이 아니건 자기를 돌아볼 필요가 있다. — 동양 명언

❦ 근심을 잊지 못하는 습성에서 벗어나라. 또 어떠한 손실을 회복하려고 애쓰지 마라! 그것은 도박꾼이 잃은 돈을 찾으려다가 더 크게 손실을 보듯이 점점 회복하기 어려운 구렁으로 빠지게 되는 것과 같다. — 동양 명언

❦ 인간이 사나이답다는 것은 단지 용기나 힘으로 성립된다고 생각하지 말라. 만약 당신이 노여움을 억제할 수 있고 남을 용서할 수 있다면, 당신은 그 힘이나 용기보다도 훨씬 더 사나이다와질 것이다. — 페르시아 명언

❦ 군자는 말이 적은 것을 귀히 여길 것이며 반드시 남의 길고 짧은 것을 말하는 데 조심해야 한다.

— 명심보감(明心寶鑑)

❧ 물가에 가서 고기를 탐내느니보다 돌아와서 그물을 짜라! 어떤 자리에서 남의 지혜로움을 탐내느니 돌아와서 책을 읽으라. − 동양 명언

❧ 마음이 답답하거든 높은 곳에 올라서 탁 터진 안계를 보라. 강가에 나아가 바다로 흘러가는 물길을 보라. 눈 비 오는 밤에 홀로 앉아 책을 읽으면 밝아지는 정신, 언덕에 올라서 긴 파람하면 솟아오르는 흥취, 이만하면 범속을 초월하는 말도 알 것이다. − 채근담(菜根譚)

❧ 남을 함부로 판단하지 말라! 특히 남과 비교하지 말라! 자기 자신은 완전하지 못하면서 그것은 판단하지 않고, 남을 판단하는 것은 모든 것이 부족한 사람이다.

− 고서(古書)

❧ 부끄러워하지 않아도 좋을 일을 부끄러워하며, 부끄러워할 일에 부끄러워하지 않는 사람은 진실치 못한 행위와 의견에 좌우되는 사람이다. 그리고 파멸의 길을 재촉하는 사람이다. − 불경(佛經)

❧ 무엇보다도 물같이 행동하는 것이 필요하다. 방해물이 없으면 물은 흐른다. 둑이 있으면 머무른다. 둑을 치우면 또 흐르기 시작한다. 물은 이 같은 성질이 있기 때문에 가장 필요하며, 가장 힘이 강하다. ― 노자(老子)

❧ 마음이 어둡고 산란한 때엔 가다듬을 줄 알아야 하고, 마음이 긴장하고 딱딱할 때는 풀어 버릴 줄 알아야 한다. 그렇지 못하면 어두운 마음을 고칠지라도 흔들리는 마음에 다시 병들기 쉽다. ― 채근담(菜根譚)

❧ 좋은 전답을 많이 가졌다고 자랑마라. 그것은 언제까지나 당신의 것이라는 보장이 없다. 기술을 하나 제 몸에 지니고 있는 것이 튼튼한 보물이 될 것이다. ― 강태공(姜太公)

❧ 인간의 마음은 비록 적고자 하나 그 뜻은 크고자 한다. ― 회남자(淮南子)

❧ 시기와 질투는 언제나 남을 쏘려다가 자신을 쏜다. ― 맹자(孟子)

❧ 남보다 뛰어나려면 아직 남이 손대지 못한 일을 시작하는 데 있다. 그러나 그런 일은 하루아침에 조급히 이루려고 해서는 안 된다. 지긋이 자신을 닦고 수양을 쌓은 뒤에야 되는 것이다.　　　　　　　　　　 – 동양 명언

❧ 우리들의 게으른 버릇을 고치는 약은 자기 자신들의 실패로 오는 고통보다도 부지런한 사람의 성공이 가장 재빠른 특효약이 될 것이다.　　　　　　　　　　 – 르나르

❧ 두 사람 사이에 싸움이 벌어졌다면, 그 싸움의 정도 여하를 불문하고 언제나 싸우고 있는 두 사람이 다 나쁜 법이다. 어느 한 쪽이 조금도 나쁘지 않다면 싸움은 일어날 수가 없다.　　　　　　　　　　 – 중국 명언

❧ 기쁨과 성냄은 마음에 있고, 말은 입에서 나오는 것이니, 삼가지 아니할 수 없느니라.　　　　 – 양계초(梁啓超)

❧ 남에게 모욕을 당해도 그 모욕을 참고, 조금도 보복을 꾀하지 않는 사람은 이 세상에서 가장 위대한 승리를 얻는 사람이다.　　　　　　　　　　 – 자네이오란

❧ 물이 얕으면 큰 고기가 놀지 아니하며, 숲이 성기면 큰 짐승이 오지 아니하고, 나무가 없으면 큰 새가 깃들이지 않는다.   **– 소서 안례편(素書 安禮篇)**

❧ 자기의 위치를 잘 알고 올바로 즐기는 법을 아는 것이야말로 절대적인 완전, 신과 같은 완전을 가져 올 수 있다.

     – 몽테뉴

❧ 남을 욕함으로써 너의 입을 더럽히지 말라. 남을 해치려고 한 말은 반드시 도로 네 앞으로 돌아온다. 나쁜 말은 사람을 해친다고 한다. 그러나 그것을 나쁜 말을 듣는 사람이 아니라 나쁜 말을 한 사람을 해친다는 뜻이다.

     – 유대교 명언

❧ 마음은 겸손하고 허탈하게 가져야 한다. 마음이 겸손하고 허탈하면 곧 의리(義理)라는 것이 들어와 자리 잡는다. 마음속에 의리라는 것이 들어와 자리를 잡게 되면, 자연 그 마음속에 허욕이라는 것이 들어가지 못한다.

     – 채근담(菜根譚)

빈곤한 집이라도 깨끗이 집안을 청소하고, 가난한 집 여자라도 깨끗이 머리에 빗질을 하면 보기에 예쁘다고까지 할 것은 없어도 자연히 품격과 기품이 나타나는 법이다. 그러므로 군자(君子)도 한 번 곤궁과 근심과 쓸쓸함을 당할지라도 자포자기(自暴自棄)해서는 안 된다.

                      – 채근담(菜根譚)

남의 결점이 눈에 띄게 되는 것은 자기 자신을 잊어버렸을 때 생기는 현상이다. 가끔 우리는 남을 비난함으로써 그저 아무 소득도 없이 남에게 입버릇이 고약하다는 말만 듣게 될 때가 있다.

                      – 회남자(淮南子)

남의 단점을 비방하는 것은 좋지 못한 일이다. 남의 단점은 덮어 주어야 한다. 만일 남의 단점을 세상에 드러낸다면 그것부터가 자기의 단점이니, 결국 자기의 단점으로 남의 단점을 공격하는 것에 지나지 않는다.

                      – 채근담(菜根譚)

과실을 범하고도 바로 잡지 않음을 곧 과실이라 한다. 과실을 범하거든 바로 잡기를 꺼려하지 말라.   – 공자(孔子)

❧ 좋은 일은 문 밖을 나서지 않으나, 궂은 일은 천리를 간다.

　　　　　　　　　　　　　　　　　　　　　– 사문유취(事文類聚)

❧ 선비가 도(道)에 뜻을 두면서 나쁜 옷을 입는 것과 험한 음식을 먹는 것을 부끄러워한다면 서로 의논할 상대가 못 된다.

　　　　　　　　　　　　　　　　　　　　　　　– 논어(論語)

❧ 도리에 어긋나는 재물은 멀리하고, 지나친 술은 경계하고, 반드시 이웃은 가려서 살고, 벗은 반드시 가리어 사귀라.

　　　　　　　　　　　　　　　　　　　　　　– 신종제(神宗帝)

❧ 도덕상의 노력은 항상 계속됨이 필요하다. 그 까닭은 속된 욕심이 항상 끊임없이 성장해 가기 때문이다. 인간이 정신에 대한 수양을 그치면 곧 육체가 그를 정복하고 마는 것이다.

　　　　　　　　　　　　　　　　　　　　　　　– 톨스토이

03
인간의 위대성을
알라

❧ 고뇌는 활동에 대한 박차(拍車)이다. 그리고 활동 속에
   서만 우리는 우리의 생명을 느낀다.   – 칸트

❧ 인간의 가치는 그 사람이 소유하는 진리에 의해서 측정
   할 수 없으며, 그 진리의 파악에 대하여 그 사람이 기울
   인 고통에 의해서 측정된다.   – 레싱

❧ 질투심이 강한 사람의 사랑은 증오심으로 변한다. 질투
   는 남보다도 자기를 해치는 기술이다.   – 뒤마

❧ 자기의 직업을 떠벌려 자랑하는 인간만큼 가련(可憐)한
   것은 없다.   – 페느롱

❧ 무엇이든 가치 있게 쓰는 것을 이용이라 한다. 인간이 물체를 이용하는 경우는 일방적 이용 가치만이 문제되겠으나, 인간이 인간을 이용하는 경우는 상대적 이용 가치가 문제된다. — 아나톨 프랑스

❧ 부(富)와 귀(貴)를 부러워하여 가난하고 천한 것을 싫어하여 '거친 음식을 먹고 보잘 것 없는 옷을 입는 것(惡衣惡食)'을 심히 부끄러워하는 사람은 더불어 이야기할 수 없는 사람이다. — 이율곡(李栗谷)

❧ 세상 사람들은 공리(功利)를 좋아하고 쥐꼬리만한 명성이라도 싫다고 하지 않는다. 그러나 군자는 값싼 이름과 초개같은 공리를 탐내거나 그리워하지 않는다. — 논어(論語)

❧ 남의 과실을 듣거든 마치 내 과실을 듣는 것과 같이 하여 두려워할 것이다. — 마원(馬援)

❧ 정의란 집의 기둥과 같다. 기둥을 빼 버리면 그 집은 결국 무너지고 만다. 그러므로 정의란 사람의 경우에도 마찬가지이다. — 아담 스미스

❧ 인간은 날 때부터 사회적 동물이다.   – 아리스토텔레스

❧ 온 세상이 나를 비방하더라도 화를 내서는 안 된다. 곧 그 비방 속에 어떤 근거가 있나 없나를 잘 생각해 보지 않으면 안 된다.   – 흄

❧ 고대광실(高臺廣室) 좋은 집에 있노라면, 사람은 삼간모옥(三間茅屋)오막살이 집에 있을 때와는 생각이 달라진다. 그러므로 네 방을 보여 달라! 그러면 네 성격을 알 것이다.   – 도스토예프스키

❧ '신은 초인종을 누르지 않고 들어온다' 는 말이 있다. 그 뜻은 우리들과 영원과의 사이에는 장벽이 없다는 것, 즉 인간의 인과(因果)는 영원히 연결되어 있는 것을 말함이다.   – 에머슨

❧ 이 세상에 인간처럼 흉악한 동물은 없다. 늑대는 서로 잡아먹는 일이 없는데 인간은 서로 헐뜯는 일이 한두 가지가 아니다.   – 가르신

❧ 불가사의한 것은 많이 있다. 그러나 인간만큼 불가사의한 것은 거의 없다.

– 소포클레스

❧ 아마도 인간의 또 하나의 진정한 가치는 자신을 경멸할 수 있다는 것이리라.

– 산타야나

❧ 사람의 가치는 그 사람이 한평생을 두고 얻은 평판에 따라서 평가되는 것이 아니라, 죽은 뒤에 남긴 흔적이 얼마만한 가치를 지니고 있느냐에 따라 평가된다.

– 브란슈뷔크

❧ 어떠한 직업이라도 자기가 지배하는 한 유쾌한 것이며, 반대로 그 직업에 복종하게 되면 불쾌한 것이다. 그러므로 인간의 생애에 있어서 가장 중요한 것은 직업의 선택이다.

– 알랑

❧ 대단한 일 같아도 우선 착수를 해 보십시오! 일에 손을 댄다면 그것으로써 일의 반은 끝난 것입니다. 그러면 아직 반이 남았겠습니다. 한 번 더 착수해 보십시오! 자, 그리고 나니 일이 다 끝나버렸습니다.

– 아우소니우스

❧ 사람은 부끄러움을 느끼는 일이 많으면 많을수록 염치 없는 일, 수치스러운 일들을 아니 한다. 그러므로 부끄러움을 느끼는 사람일수록 남의 존경을 받는다.

- 버나드 쇼

❧ 인간이란 이렇게도 되었다가 저렇게도 되고, 마음가는 대로 살아가는 것이기 때문에 오늘의 착한 사람도 내일 이면 악당이 될 수도 있다.

- 고리키

❧ 나쁜 성격의 사람을 보고 분함을 참지 못하는 사람은 극히 좋은 사람이라고 할 수는 없다. 왜냐하면 장사를 하는 데는 은전도 필요하지만 동전도 필요하듯이, 세상에는 이런 사람도 있고 저런 사람도 있기 때문이다.

- 라 브뤼에르

❧ '이 돼지는 내 것이다. 이 금은(金銀)도 내 것이다' 라고 말하는 것은 어리석은 사람의 생각이다. 왜냐하면 그 자신까지 자기 것이 못 되는데, 어떻게 돼지나 금은이 그 사람의 것이 될 수 있겠는가?

- 석가모니

❧ 내가 생각하건대 잘한 사람이라고 하는 것은 다른 사람이 아니라 자기가 할 수 있는 일을 한 사람이다. 그런데 범인들은 할 수 있는 일은 하지 않고 할 수 없는 일만 바라고 있다. 내가 할 수 있는 정도의 일은 때를 놓치지 말고 하라! 그것으로 사람은 충분한 것이다. 인생의 불행은 자기가 할 수 있는 일을 하지 않는 데에 그 근원이 있다.   – 로망 롤랑

❧ 절제를 할 줄 모르는 사람은 자유인이 될 수 없다.
                                                 – 피타고라스

❧ 우리는 자기의 의견이나 판단을 상대방이 반대할 때 화를 낸다. 그러나 그 화내는 근원을 잘 살펴보면 우리의 의견이나 판단이 정당하다는 완전한 확신은 없는 것이다. 만약 어떤 사람이 당신 보고 둘에다 둘을 합하면 다섯이라고 했다면 당신은 화를 낼 것인가? 웃어 버릴 것인가? 화를 낸다는 것은 먼저 당신 자신의 판단이 불확실한 데서 나온 감정임을 알아야 한다.   – 버트란트 러셀

❧ 인간의 마음은 육체와 함께 완전히 멸망해 버리는 것이 아니다. 반드시 어느 영원한 것이 남는 법이다.

– 스피노자

❧ 세상에 가장 좋은 벗은 나 자신이며, 세상에서 가장 나쁜 것도 나 자신이다. 나를 구할 수 있는 가장 큰 힘도 나 자신 속에 있으며 나를 가장 심악하게 해하는 무서운 칼날도 내 자신 속에 있다. 이 두 가지 내 자신 중의 어느 것을 좇느냐에 운명이 결정된다.

– 웰만

❧ 자기를 알려면 다른 사람의 경우를 보면 된다. 언제나 다른 사람의 존재는 자기 자신을 비치는 거울이다.

– 비어스

❧ 대체로 남을 신용하는 사람은 자기가 성실한 사람이기에 자기 본위로 다른 사람도 그러하리라 생각하는 것이다. 또 남을 의심하는 사람은 자기 자신이 속임으로 남도 그러하리라 생각하는 것이다.

– 채근담(菜根譚)

❧ 정다운 말로써 상대방을 정복할 수 없는 사람은, 엄한 말로써도 정복할 수 없다.
　　　　　　　　　　　　　　　　　　　　　　－ 체호프

❧ 군자는 사사로운 일을 위해서 공사를 해치는 일을 아니 한다.(君子不以私害公)
　　　　　　　　　　　　　　　　　　　　　　－ 관자(管子)

❧ 인간은 불길이 위로 오르고 돌멩이가 아래로 떨어지듯이 행동하기 위해 태어났다. 아무런 일에도 종사하고 있지 않음은 인간에 있어서는 이 세상에 존재하지 않음과 마찬가지다.
　　　　　　　　　　　　　　　　　　　　　　－ 셰익스피어

❧ 한 사람의 혹은 몇 사람의 노예가 되지 말라. 당신이 하지 않으면 안 될 일, 그리고 당신이 할 수 있는 일에 있어서 모든 사람들에게 소속되는 편이 좋다.
　　　　　　　　　　　　　　　　　　　　　　－ 시세로

❧ 인간 생활에 있어서 정신적인 성장은 의식하지 않고, 다만 동물적인 생활만을 아는 인간 상태는 두렵기 한량없다. 그 사람이 오래 살면 살수록 진실의 인간은 시들어 버린다.
　　　　　　　　　　　　　　　　　　　　　　－ 조오지 엘리어트

❧ 인간의 마음이란 때로는 완성된 상태에 있고, 때로는 부패한 상태에 놓일 때도 있다. 그런데 인간의 마음이 완성된 상태에 있을 때 오히려 주의해야 한다. 왜냐하면 인간의 마음이 부패하고 악해질 것을 방지하고 쫓아낼 때는 인간의 마음이 완성된 상태에 있을 때이기 때문이다.

– 베이컨

❧ 사람이 만일 부(富)하고 족하면 자연 그 집이 빛나고 윤택하다. 하물며 뜻을 안에 두고 성실하면, 덕이 더하여 그 몸도 또한 윤택해진다.

– 대학(大學)

❧ 도(道)가 가까운 곳에 있거늘 먼 데에서 구하여, 일이 쉬운 데에 있거늘 어려운 데에서 구하나니, 사람 사람이 그 부모에게 효도하며 어른을 섬길 줄 알면 반드시 평화로운 세상을 이룰 것이다.

– 맹자(孟子)

❧ 아첨이란 배우들이 베일을 사이에 두고 맞추는 키스와도 같다.

– 위고

❧ 자기가 똑똑하다고 생각하는 사람은 더할 나위 없는 바보이다. 왜냐하면 인간은 단 한 번이라도 어리석은 짓을 하지 않는 일이 없기 때문이다.   - 볼테르

❧ 사람이 성(誠)과 신(信)이 없으면 말과 행동이 모두 허위에 흘러, 도저히 사람의 값을 지니지 못할 것이다. 이것은 마차에 비하면 수레 바퀴의 가르나무가 없는 것과 마찬가지다.   - 논어(論語)

❧ 뛰어난 사람이라는 말을 남으로부터 듣는 인간에게는 사려(思慮) 분별 따위는 필요치 않다. 때로는 오히려 있어서는 못쓸 경우조차 있다. 영리한 자 가운데 좋은 녀석이 있을 리가 만무하다.   - 스타인벡

❧ 경제가 허용하는 한, 몸에 걸치는 것에는 돈을 아끼지 말 것이다. 그렇다고 해서 지나치게 옷으로 몸을 꾸민다는 것도 못쓸 버릇이다. 호사하는 것은 삼가야 한다. 왜냐하면 대개 입은 것으로 미루어 그의 인품을 알 수가 있기 때문이다.   - 셰익스피어

❧ 사람의 마음과 몸이 활달하고 명랑하면 그 사람의 마음이 바르지 아니함이 없고, 몸이 깨끗하지 아니함이 없다.

‒ 대학(大學)

❧ 인간은 자기 자신을 알아야 한다. 그것이 진리를 발견하는 데는 도움을 주지는 않지만 최소한 자기의 생활을 하는 데는 도움을 준다.

‒ 파스칼

❧ 사람마다 귀하고자 함은 다 같이 가지고 있는 소원이다. 그러나 사람이 몸에 귀한 것을 두었건만 그것은 생각지 아니하고 남이 주는 벼슬만을 귀하게 여긴다면, 그는 진실한 귀함을 모르는 사람이다.

‒ 맹자(孟子)

❧ 만족함을 아는 사람은 가난하고 지위가 없어도 즐거워한다. 만족함을 알지 못하는 사람은 부자가 되고 벼슬에 올라도 역시 근심한다.

‒ 열자(列子)

❧ 무릇 사람의 마음은 자로 잴 수 없으며, 바닷물은 말로 되지 못한다.

‒ 강태공(姜太公)

❧ 지각이 있는 자는 맑기가 물과 같으며, 어진 자는 그 마음의 푸르름이 산과 같으니, 지각이 있는 자는 사람을 움직이고, 어진 자는 항상 그 태도가 고요하다. 그러기에 지자(知者)는 마음이 즐거우며 인자(仁者)는 그 수명이 길다.

— 공자(孔子)

❧ 군자는 무릇 남의 작은 잘못을 책망하지 않는다. 덕이 있는 사람은 무릇 남이 감추려고 하는 일은 파내지 않는다. 지각이 있는 사람은 남의 옛적 죄악을 생각지 않는다.

— 채근담(菜根譚)

❧ 사람이 할 도리를 깨닫고도 자랑하지 않으며, 배움이 깊어지고도 싫어하지 아니하며, 뜻을 같이 하면서도 항상 서로 돕기에 게으르지 아니하면 우선 군자라고 할 것이다.

— 논어(論語)

❧ 군자는 충성된 믿음을 가지고 오직 성실한 마음으로 행동할 것이며, 세속의 잡된 일에 그 마음을 어지럽히지 말라. 이것을 극복한 후에야 인격을 갖출 수 있다.

— 이율곡(李栗谷)

❧ 소인을 상대로 하여 나무라지 말라. 소인의 상대가 되기
  엔 따로 상대할 인간이 있다. 또 군자에 대해서 아첨해
  서는 안 된다. 원래 군자의 마음이란 공명무사해서 아무
  런 아첨을 할지라도 특별한 은혜를 베풀지 않는다.

  - 채근담(菜根譚)

❧ 여자와 소인은 다루기 힘들다. 가까이 하면 불손해지고
  멀리하면 원한을 품는다. - 공자(孔子)

❧ 자기를 굽혀서 부귀를 얻음은 뜻을 굽히지 않음으로써
  빈천하기만 못 하다. - 공부(孔敷)

❧ 뜻이 있는 자는 마침내 일을 이루고 만다. 그리고 뜻을
  잘못 채우면 야욕으로 변하기 쉬운 것이다. 우리가 즐거
  움을 다하지 않는 것과 같이 뜻을 항상 지나치게 갖지
  말라. - 후한서(後漢書)

❧ 대개 덕이 있는 사람은 그 마음이 부끄럽지 아니하여,
  자연 넓고 크고 너그럽고 평화로워 온 몸이 윤택해진다.

  - 대학(大學)

❧ 군자와 소인의 구별은 의(義)와 이(利)에 있다. 군자는 주로 의를 존중하지만, 소인은 이로움을 존중하기에 고심한다. 그러므로 어떠한 방법으로라도 소인을 잘 일러 주어 이로운 사람이 되도록 하는 것이 가장 참된 군자의 도의심이다.

- 공자(孔子)

❧ 대장부는 착한 것을 보는 밝음으로 명예와 지조(志操)를 태산보다 더 중하게 여기고, 마음 쓰는 것이 정함으로 죽고 사는 것을 홍모(鴻毛)처럼 가볍게 여긴다.

- 경행록(景行錄)

❧ 먼저 자기를 비웃는 사람은 남의 비웃음을 받지 않는다. 진실한 행동과 말씨는 간단하다. 언제나 자기를 꾸짖고 반성하는 사람은 그 행동부터 간단명료하기 때문에 어디를 가나 비난을 받는 일이 없다.

- 노자(老子)

❧ 부자라고 권하지 아니하고 가난하다고 멀리하지 아니하는 것이야말로 대장부라 할 것이다. 부자라고 가까이 하고 가난하다고 물리치는 이야말로 작은 무리들이 하는 짓이다.

- 소동파(蘇東坡)

❧ 마땅히 말해야 할 때 말하지 못하는 사람은 전진할 수 없는 사람이다. 그 대신 마땅히 말하지 않아야 할 때 그 것을 참지 못하는 사람은 처세(處世)의 요결(要訣)을 모 르는 사람이다. 마땅히 말해야 할 때 말하는 사람은 용 기를 가진 사람이요, 마땅히 말해선 안 될 때 참지 못하 는 사람은 바보나 마찬가지다.   – 스마일즈

❧ 인간은 소란한 분위기에 익숙해지는 사람과, 남의 입을 막으려고 하는 사람과 두 가지 종류가 있다. 소란한 분 위기에 익숙해지는 사람은 타인의 행동에는 절대로 간 섭하지 않는다. 그러나 남의 입을 막으려는 사람은 곁에 서 남의 말소리만 들려도, 의자를 조금만 움직여도, 곧 화를 낸다. 이런 사람은 이 세상에서 자기와 반대되는 사람을 피하고 저와 닮은 사람만을 찾는다.   – 알랑

❧ 미소는 정신이 뛰어나고 훌륭하다는 것의 가장 미묘하 고도 뚜렷한 표식이다. 미소는 마치 포동포동한 꽃망울 이 입을 벌리고 향내를 풍기는 순간과 같이 아름답고 순 결하다.   – 상트 뵈에브

❧ 신경질이 있는 사람은 자기 자신에게 귀를 기울이는 일이 가장 적다.
　　　　　　　　　　　　　　　　　　　　　– 프루스트

❧ 사람에게는 세 가지 유혹이 있다. 지저분한 육체의 향락과, 잘났다고 뽐내는 교만과, 대단히 불온한 욕심이 그것이다. 모든 불행은 이 같은 유혹을 물리치지 못하고 과거에서 미래까지 영원히 계속된다.
　　　　　　　　　　　　　　　　　　　　　– 레나우

❧ 현명한 사람은 자기 자신의 정열의 주인이 될 수 있지만, 어리석은 사람은 자기 자신의 정열의 노예가 되어 버리고 만다.
　　　　　　　　　　　　　　　　　　　　　– 실래지우스

❧ 자기가 알고 있는 것을 연구하며 사랑하고 있는 사람일수록 주의 깊게 보는 것, 이것이 곧 성숙한 인간의 즐거움이다.
　　　　　　　　　　　　　　　　　　　　　– 상트 뵈에브

❧ 법을 두려워하면 늘 즐겁고, 공도(公道)를 속이면 날마다 근심이 되느니라.
　　　　　　　　　　　　　　　　　　　　– 명심보감(明心寶鑑)

❧ 흙이 모이면 산과 언덕을 이룰 수 있고, 물이 모이면 강과 바다를 이룰 수 있고, 행실(行實)이 모이면 군자(君子)가 될 수 있나니라.(土積而成山阜 水積而成江海 行積而成君子)

— 설원(說苑)

❧ 인간은 자기가 존재하고 있는 이유를 알고 있다. 인간은 자기를 의식하고 자기 세계를 탈주하며, 계획을 세웠다가는 변경한다.

— K. T. 야스퍼스

❧ 사람이 너무 젊으면 올바른 판단을 내리지 못한다. 그 대신 또 너무 늙어도 그렇다. 대개 사람은 마흔이 되어서야 자기의 어리석음을 알고 부족한 것을 고칠 줄 안다.

— 장자(莊子)

❧ 입은 사람을 상하게 하는 도끼(斧)요, 말은 혀를 베는 칼이니 어느 곳에서나 입을 닫고 혀를 깊이 감추어 몸을 편하게 할 것이다.

— 공총자(孔叢子)

❧ 예로부터 재물을 아끼는 대인(大人)이 없고 재주가 둔한 소인(小人)이 없다.

— 명심보감(明心寶鑑)

❧ 자기가 하는 말을 듣게만 할 것이 아니라 이해를 시켜야 한다. 즉 기억력과 지성(知性)과 상상력이 동등하게 조화를 이루고 있어야 한다. — 주베르

❧ 권세와 공명은 누구라도 탐내는 것이며 영화는 모두가 부러워한다. 그러나 이런 것에 마음을 두지 않는 사람은 결백한 사람이다. 또 권모술수는 세상을 속이고 사람을 농락하는 것으로 이것을 알면서도 마음속에 두지 않는 사람은 고상한 사람이다. 그러므로 이런 사람들은 진흙 속에서도, 진흙물에 물들지 않는 아름다운 연꽃과 같다. — 채근담(菜根譚)

❧ 대부분의 사람들이 매사(每事)에 불만을 품고 있지만, 그것은 하나와 없음의 차이가 하나와 천(千)과의 차이보다도, 더 크다는 것을 모르기 때문이다. — 베르네

❧ 존장(尊長)에게는 공경하고 두려워하지만 굴하라는 것은 아니며, 곤궁한 사람은 불쌍히 여겨야 하지만 무조건 도와주라는 것은 아니다. 공경하는 것도 모두 예에 벗어나지만 않으면 족하다. — 대학(大學)

❧ 남자가 나이 장성하거든 술먹기를 배우지 말고, 여자가 나이 장성하거든 놀러다니지 말지니라.　– 명심보감(明心寶鑑)

❧ 기쁜 일이 있을 때, 그 기쁨에 넘친 나머지 일의 어렵고 쉬운 것을 생각지도 않고 경솔히 떠맡아서는 안 된다. 술이 취한 김에 일의 선악을 가리지 않고 제멋대로 흥분하고 노기를 띠어서는 안 된다. 사업이 마음대로 돼서 재미있다고 함부로 일을 벌려서는 안 된다. 또 무슨 일을 하다가 그것이 귀찮아서 중도에서 포기하는 일은 좋지 못한 일이다.　– 채근담(菜根譚)

❧ 남을 평만 듣고 판단하지 말라. 그대 자신도 자기를 잘못 판단하게 될지도 모르기 때문이다.　– 앙리 드 레니에

❧ 당신이 할 일은 당신이 찾아 해라. 그렇지 않으면 당신이 할 일은 끝내 당신을 찾아다닐 것이다.　– 프랭클린

❧ 힘은 희망을 가지는 사람들에게 있고, 용기는 속에 있는 의지에서 일어나는 것이다.　– 펄 벅

❧ 나라에 충성을 바치는 사람과 부모에게 효성을 하는 사람은 그 절개를 세상에 알리고자 하는 것이 아니다. 그러므로 그런 사람은 세상이 모르더라도 그 절개와 행실을 하는 법이 없다.　　　　　　　　　　－ 회남자(淮南子)

❧ 옳지 않은 일을 설득시키기 위한 잔소리는 옳은 일을 설득시키기 위한 때보다 자연 많게 된다. 옳은 일이라야 상대방을 설득시킬 수 있는 것이니, 옳지 않은 일은 자기부터 납득해야 될 것이다.　　　　　　－ 좌전(左傳)

❧ 서로 닮은 두 얼굴은 따로 따로 있을 때는 별로 사람들을 웃기는 일이 없지만, 둘이 나란히 있으면 닮았다는 것만으로도 사람을 웃긴다. 이와 마찬가지로 자기의 결점을 자기 자신이 가려내긴 힘든 노릇이다.　　－ 파스칼

❧ 백리 길은 구 십리를 그 절반으로 보아야 한다. 왜냐하면, 마지막에 다다르면 의례히 어려운 길이 가로 놓여 있기 때문이다.　　　　　　　　　　－ 전국책(戰國策)

❧ 우울이란… 인간이 자기 자신의 생활이나, 이 세상 모든 생활 속에 그 의의를 발견하지 못했을 때에 생기는 마음의 상태이다.
— 서양 명언

❧ 남이 하지 못하는 좋은 일을 내 스스로 끝까지 행하면, 능히 감동시킬 수 있을 것이다.
— 맹자(孟子)

❧ 덕은 적은데 지위는 높고, 지혜는 적은데 꾀함이 크면, 화(禍)가 없는 자 적으니라.
— 주역(周易)

❧ 사람이 고금(古今)의 일에 통하지 못하면 말과 소에게 옷을 입힌 것과 같다.
— 열자(列子)

❧ 진기한 것을 좋아하고 이상한 것을 좋아하는 사람은 깊고 큰 뜻이 없다. 왜냐하면 세상에서 존경하고 기뻐하는 것은 신기하고 묘한 것이 아니고 도리어 평범한 일 가운데 있기 때문이다.
— 채근담(菜根譚)

❦ 이 세상에 있어서 만족하게 처세하는 길(道)은 정직이나 조금도 구부러지지 않는 길이다. 어디까지나 바르고 꼿꼿한 마음을 간직하여 나아가는 것이 당연한 일일 것이다. 허위의 행동을 할수록 화(禍)를 당하여 죽는 데까지 이르는 것이니, 삼가 허위의 행동을 자행(恣行)하는 일이 없도록 할 것이다.

　　　　　　　　　　　　　　　　　　　　　- 공자(孔子)

❦ 오늘 한 가지 어려운 일을 행하고, 내일 또 한 가지 어려운 일을 행하면 모든 일이 자연 견고해질 수 있다.

　　　　　　　　　　　　　　　　- 여씨동몽훈(呂氏童蒙訓)

❦ 우리들이 바라고 또한 소중히 생각하는 용기는 떳떳하지 못하게 죽는 용기가 아니라 씩씩하게 살아가는 용기인 것이다.

　　　　　　　　　　　　　　　　　　　　　　- 칼라일

❦ 공자의 제자인 자로(子路)라는 이는 남이 허물 있음을 알리어 주면 기뻐했고, 우(禹) 임금은 착한 말을 들으면 절을 하였다.

　　　　　　　　　　　　　　　　　　　　　- 맹자(孟子)

❧ 물고기도 내가 원하는 것이며 곰발바닥도 내가 원하는 것이지만, 이 두 가지를 함께 가질 수 없다면 물고기를 버리고 차라리 곰발바닥을 취하겠다. 삶도 내가 원하는 것이며 의(義) 또한 내가 원하는 것이지만, 이 두 가지를 함께 얻을 수 없다면 삶의 버리고 차라리 의를 취하겠다.

— 맹자(孟子)

❧ 비록 못 입어도 남의 옷을 입지 마라, 비록 못 먹어도 남의 밥을 빌(乞)지 마라, 한적 곳 때 짙은 후면 고쳐 씻기 어려우리.

— 정철(鄭澈)

❧ 술이 취한 가운데에도 탈선된 말이 없음은 참다운 군자의 행신(行身)이며, 재물 거래에도 시종(始終)을 분명히 함은 대장부의 할 일이다. 한구석에 틀어 박혀서 무용한 인물이 되지 말고, 좀 더 활기(活氣) 있는 동작을 가져야만 한다.

— 명심보감(明心寶鑑)

❧ 간교(奸巧)로써 남을 이기지 말고, 권모(權謀)로써 남을 이기지 말며, 싸움으로써 남을 이기지 말라. — 장자(莊子)

❧ 그대는 그대를 인도해 줄 빛을 찾아라! 그대는 낮이나 밤이나 쉬지 않고 찾아다녀야 한다. 그러자면 그대는 그대 자신의 마음속을 되돌아보라! 그대가 찾아 구하던 빛은 그대 자신 속에 있을 것이다. — 페르시아 명언

❧ 시끄러운 도회의 경박한 사람들과 사귀느니보다 산중의 노옹(老翁)을 사귀는 것이 낫고, 부귀를 누리는 사람들에게 굽실거리는 것보다 삼간두옥(三間斗屋)의 선비와 친한 것이 좋을 것이다. 거리의 소문과 풍설을 듣느니보다 초부(樵夫)의 노래와 목동의 노래를 듣는 것이 낫고, 현재 흔히 볼 수 있는 사람들의 아름답지 못한 행동과 과오를 듣느니보다는 옛날 사람들의 훌륭한 말과 행적을 서로 이야기하는 것이 이로울 것이다. — 채근담(菜根譚)

❧ 남의 집에 갔을 때 집의 사람이 와서 손님이 문에 이르렀다고 하거든, 비록 일이 있을지라도 버리고 곧 일어나서 집에 돌아와 손님을 보아라. — 명심보감(明心寶鑑)

❧ 오곡(五穀)은 종자의 아름다운 모습을 보이지만, 정말 익지 아니하면 피만도 못 하니라. — 맹자(孟子)

❧ 곤란이 크면 클수록 그 곤란을 이겨 내는 명예는 더욱
크다.

— 몰리에르

❧ 앞에 가던 수레가 전복되는 것을 보고, 뒤에 따라가던
수레는 이것을 보고 조심하지 않을 수 없는 것과 같이
현명한 사람은 먼저 사람의 실패를 귀담아 들었다. 앞날
에 닥칠 일을 막아내야 할 것이다.

— 논어(論語)

❧ 당신이 훌륭한 사람을 대할 때, 그 사람이 가진 덕을 자
기 자신도 가지고 있는가 생각해 보라. 그리고 나쁜 사
람을 대할 때, 그 사람이 지은 죄가 자기에게도 있지 않
은가 돌아보라.

— 맹자(孟子)

❧ 사람이 흥분하면 보아도 잘못 보는 법이다. 그러므로 분
할 때라도 마음은 한층 가라앉아야 한다. 또 사람이 흥
분하면 들어도 들리지 않는 법이다. 그러므로 불쾌한 소
리를 들었을 때일수록 한 귀로는 흘려버려야 한다.

— 채근담(菜根譚)

❧ 남으로부터 사랑을 받고자 하거든 먼저 남을 사랑하라. 남이 복종해 주기를 바라거든 먼저 남에게 복종하라.

— 공자(孔子)

❧ 입에 넣어서 상쾌하고 맛이 좋은 것은 거의 위장을 해하고, 골수를 썩히는 독약과도 같다. 그러니 이것을 다 먹지 말고 반쯤만 하면 전혀 해되지 않는다. 재미있고 상쾌한 일은 몸을 망치고 패가(敗家)하는 수가 많다. 그러나 지나치게 즐기지 않고 반쯤 즐겨 두면, 나중에 결코 후회되는 일이 없을 것이다.

— 채근담(菜根譚)

❧ 군자는 사람을 지나치게 믿지 않으며 지나치게 의심하지 않는다. 또 군자는 설사 사람과 교제를 끊어도 악담을 입에 담지 않는다.

— 사마천(司馬遷)

❧ 뛰어나게 선량한 사람은 실제로 착한 행동을 하지만 역시 그것을 나타내지 않는다. 선량한 정도가 얕은 사람은 자기만의 확신을 하기 때문에 그것을 남에게 선전하려고 애를 쓴다.

— 노자(老子)

❧ 말을 앞세우고 달콤하게 하는 사람은 덕을 어지럽히기 쉬운 사람이요, 얼굴에 지나친 애교와 너무 다정한 웃음을 띠는 사람은 믿음직한 사람이 못 된다.   – 논어(論語)

❧ 취한 후에 꺼낸 말은 깬 후에 뉘우칠 것이요, 건강할 때에 몸을 조심(操心)하지 아니하면 병든 후에 뉘우쳐진다.

    – 구래공 육회명(寇來公 六悔銘)

❧ 악마는 인간을 유혹하지는 않는다. 오히려 악마를 유혹하는 것은 인간이다.   – 조지 엘리어트

❧ 예로부터 군자는 도(道)를 닦는 데 근심하여 가난한 것을 걱정하지 않는 법이다. 군자는 당초부터 의식주(衣食住)에 뜻을 두어 학문과 언행을 배우는 것은 아니다. 오직 추구하는 것은 도(道)일 따름이다. 아무리 못 당할 난관일지라도 잘 싸워서 이치에 달통(達通)하는 것이 목적이다.   – 논어(論語)

❧ 용감한 사람일수록 자신의 운명을 자신이 만들어낸다.

    – 세르반데스

❧ 거짓과 간사한 뜻을 갖지 말 것이며, 바르고 꼿꼿한 행실을 가지면 도학군자(道學君子)에 가까울 것이다.

— 소학(小學)

❧ 날카로운 기지(機智)는 날카로운 손칼과 같이 곧잘 그 주인의 손가락을 다치게 한다. 기지를 함부로 쓰지 말라. 자칫하면 자기를 울리기가 쉽다.

— 에라스무스

❧ 매(鷹)는 사나운 날짐승이지만 서 있는 걸 보면 마치 잠을 자는 것과 같고, 호랑이는 맹수지만 걸어가는 걸 보면 마치 병들어 지친 것 같다. 그러나 이것이야말로 사람을 움켜잡고 잡아먹는 수단이기 때문에 맹수, 맹금이란 명칭도 여기서부터 생기는 것이다. 그러므로 군자는 너무 총명을 나타내지 말 것이며, 재능을 갖추어 마음대로 휘두르지 말라. 그렇게 한다면 그 사람에게 일을 맡겨도 좋다고 생각할 것이다.

— 채근담(菜根譚)

❧ 비록 지극히 어리석은 사람이라도 남을 책(責)하는 데는 밝고, 비록 총명한 사람일지라도 자기를 책하는 데는 어둡다.

— 범충실공(范忠室公)

❧ 청렴결백(淸廉潔白)한 사람은 남을 용납하는 도량(度量)이 부족하다. 관인대도(寬仁大度)의 사람은 결단력이 부족하다. 총명한 사람은 지나치게 총명을 남용한다. 정직한 이는 곧잘 교만으로 흐르기 쉽다. 그러나 청렴결백하고도 능히 사람을 용납하는 도량이 있고, 관인대도이면서도 결단을 잘하고, 총명하면서도 욕먹지 않고, 정직하면서도 교에 흐르지 않는다면 참으로 훌륭한 덕망가라고 할 수 있다.

– 채근담(菜根譚)

❧ 극복하면서 반성하고, 그릇된 길의 도중에서 '내가 잘못이었다'고 자기의 과실을 찾아내고 그리고 제 자신을 아끼면서 제 자신을 꾸짖는 사람을 나는 좋아한다.

– 헤라클레이토스

❧ 사람의 마음속에 있는 덕성(德性)은 보석과 같다. 왜냐하면 사람의 덕성은 어떠한 일이 생기든 그것은 천연(天然)의 미(美)를 언제까지나 보존하기 때문이다.

– 오비디우스

❧ 다른 사람에게나 세상에 봉사하는 것을 주로 하는 사업은 번영하고 빛이 난다. 그러나 자기만의 이득을 위주로 하는 사업은 좀이 먹듯 사그러져 간다.   – 포드

❧ 사람은 결점(缺點)을 그대로 바로 잡을 수 없다. 그러기 위해서는 먼저 그 결점을 달갑게 인정하는 것이 필요하다.   – 지드

❧ 남을 사랑하는 데는 겸손하고 화합함을 첫째로 삼으며, 늘 과거의 잘못을 생각하고 매양 미래의 허물을 생각하라.   – 신종제(神宗帝)

❧ 오늘은 오늘의 일만을 생각하는 데 그치고, 무엇이든 한꺼번에 하지 않으려 하는 것, 이것이 현명한 사람의 방법이다.   – 세르반데스

❧ 인(仁)은 사람의 마음이요, 의(義)는 사람의 길이다. 옳은 길을 버리고 그른 길을 밟으면 그 참음을 구하기는 매우 어렵다.   – 맹자(孟子)

🌿 인간은 그가 사랑하는 사람에게 가장 쉽사리 속아 넘어
간다. — 몰리에르

🌿 사람의 성품은 물과 같아서 물이 한번 쏟아지면 다시 주
워 담을 수 없다. — 경행록(景行錄)

🌿 허물은 경솔하고 거만한 곳에서 생기고, 죄는 착하지 않
은 곳에서 생긴다. — 명심보감(明心寶鑑)

🌿 인간의 심성(心性)은 본래가 깨끗한 것이다. 인간의 허
물이란 그 심성 위에 묻은 때에 지나지 않는다. 그러므
로 인간의 모든 허물은 지혜라는 목욕물을 끓여 씻어 버
려야 된다. — 불경(佛經)

🌿 옳은 말을 옳게 한다고 다 옳은 말이 못 될 때가 많다.
그래서 옳지 않게 들을 수 있는 많은 사람들에게 자랑삼
아 하는 옳은 말이란 실상은 그른 말보다 더 큰 화근을
가져오는 수가 있다. — 잠부론(潛夫論)

❧ 이 세상을 헤쳐 나가는 데 함부로 다투어서는 안 된다. 남을 밀어 해치기보다는 먼저 어떠한 경우에라도 일보를 양보하는 것이 좋다. 즉 일보를 물러서는 일은 곧 일보 전진하는 것이다. — 채근담(菜根譚)

❧ 아름다운 것이 있으면 반드시 추한 것이 있기 마련이다. 비단 아름답고 추한 것뿐만 아니라. 선악이나 남녀 그리고 고저(高低)와 청탁(淸濁) 등 세상일은 모두 비교되기 마련이다. 그러므로 사람이 스스로 아름다움을 자랑하거나 깨끗함을 자랑하지 않는다면 구태여 세상 사람은 추하다든가, 더럽다든가 하는 비평을 하지 않을 것이다. — 채근담(菜根譚)

❧ 인생에 있어서의 운명은 물 위에 있는 어부와 같다. 악착스레 살려는 인간들 틈으로 미끼가 달린 낚시 바늘을 던져 본다. 그러면 사람들은 잘 살피지도 않고 탐욕스런 입으로 미끼를 덥석 먹어 버린다. 그 순간 운명은 휙 낚싯대를 걷어 올리는 것이다. 그 순간 그 낚시에 걸린 인간은 땅에 뒹굴고 발버둥친다. — 고리키

❧ 참으로 완전한 것은 하늘의 법칙이다. 그러므로 자기완
성 즉 하늘의 법칙을 깨닫기 위해서 항상 끊임없이 자기
완성을 위해서 노력하는 사람은 성인이다. 성인은 선과
악을 구별할 줄 안다. 그는 선은 찾아내고 그 선을 잃지
않으려고 항상 노력한다.　　　　　　　　　－ 공자(孔子)

❧ 늘 악한 일을 일삼는 사람은 간간이 착한 일을 하더라도
남이 믿지 않는다.　　　　　　　　　　　－ 잠부론(潛夫論)

❧ 인간은 자연 가운데에서도 가장 연약한 한 줄기 갈대에
지나지 않는다. 그러나 인간은 생각하는 갈대다. 우주는
인간을 누르고 꺾기 위해 천재지변을 일으킨다. 그래서
인간은 때로 우주의 횡포로 해서 희생을 당하는 수가 많
다. 하지만 인간은 어디까지나 숭고하다. 왜냐하면 인간
은 자기가 죽는다는 것과, 또 우주에 대한 자기의 우위
(優位)를 알고 있기 때문이다.　　　　　　　　－ 파스칼

❧ 절대적인 진리는 손쉽게 붙들 수 있는 가까운 곳에 있는
법이다. 그것은 어떤 사람의 손을 빌어서 붙드는 것이
아니고 자기 스스로 붙들기 마련이다.　　　　－ 사르트르

❧ 희망한다는 것이 진실로 의욕하는 것은 아니다. 때문에 가령 시인이 백만 원을 희망한다고 해서 백만 원이 생겨지는 것은 아닐 것이다. 그는 다만 악어가 가죽을 남기고, 새가 깃을 남기듯, 자기 본성대로 아름다운 시를 만들 뿐이다.

— 알랑

❧ 병이 든 다음에야 비로소 건강이 보배라는 것을 알고, 난세(亂世)에 처한 다음에야 비로소 태평 시대의 행복함을 알게 된다. 행복을 바라는 것이 곧 재화를 부르는 원인이 되고 생명을 탐내는 것이 죽음을 재촉하는 것을 아는 사람은 곧 탁견(卓見)이 있는 즉 탁월한 사람이다.

— 채근담(菜根譚)

❧ 잘못으로 이르는 길은 수없이 많으나 진리에 이르는 길은 다만 하나뿐이다.

— 루소

❧ 나는 날 때부터 지혜와 덕행과 학문을 아는 자가 된 것은 아니다. 오직 옛 어른들의 가르침을 배우고 힘써 따름으로써 그 지혜와 덕행과 학문을 얻은 것이다.

— 논어(論語)

❧ 어진 사람도 만 가지 생각 가운데 한 번은 실수할 때가 있으며, 어리석은 사람도 천 가지 생각 가운데 한 번은 얻은 것이 있다. 그러므로 실성한 사람의 말일지라도, 예전 성인은 소홀히 하지 않았다.(智者千慮必有一失 愚者千慮必有一得)
　　　　　　　　　　　　　　　　　　　　　　　　　– 명심보감(明心寶鑑)

❧ 모방에 의해서 위대해진 사람은 일찍이 한 사람도 없었다.
　　　　　　　　　　　　　　　　　　　　　　　　　– 사무엘 존슨

❧ 진실도 때로는 우리를 다치게 할 때가 있다. 그러나 그것은 머지않아 치료를 받을 수 있는 가벼운 상처이다.
　　　　　　　　　　　　　　　　　　　　　　　　　– 지드

❧ 세계는 평균적인 것에 의해서 성립되어 있으나 그 가치는 극단적인 것에 의해서만 산출된다.
　　　　　　　　　　　　　　　　　　　　　　　　　– 발레리

❧ 대체로 성공한 사람을 보면, 그들의 이기심에 크게 작용되고 있음을 엿볼 수 있다. 그러나 진실로 크게 그리고 빛나는 성공은 '공정(公正)'이란 간판이 붙어 있음을 알 수 있다.
　　　　　　　　　　　　　　　　　　　　　　　　　– 힐티

❧ 영웅이라 해서 평범한 사람보다 용기가 더 있는 것은 아니다. 다만 영웅은 약 오 분쯤 용기가 더 길뿐이다.

– 에머슨

❧ 성공의 영광을 동경함을 나무랄 일이 아니다. 다만 영광만을 동경하여 그 날을 낭비하는 일을 나무라야 한다.

– 뽀앙까레

❧ 자신은 성공의 제일의 비결이다.

– 에머슨

❧ 일단 성공하는 날, 그 성공으로써 어떻게 할 것인가를 사람이 배우지 못했다면, 성공의 달성도 결국은 그 인간을 권태의 제물로 만드는 데 지나지 않게 된다.

– 러셀

❧ 사람은 누구나 성공하고 싶어 한다. 어떤 사람에겐 그것이 하나의 병처럼 되어서 자나 깨나 염두에서 떠나지를 않는다. 그러나 성공하는 것이 그렇게 어려운 것만은 아니다. 다만 그 방법을 그르치기 때문에 성공을 못하는 것이다.

– 동양 명언

✧ 성공하는 사람은 추(錐)처럼 어떤 일점을 향하여 작용한다.
                                                                    – 보비

✧ 인생의 시초는 곤란이다. 그러나 성실한 마음으로 물리칠 수 없는 곤란이란 거의 없다.
                                                                    – 소크라테스

✧ 성공하기를 바라는 자는 마음의 안정, 자기 자신 및 타인에 대한 정신의 평화 그리고 또 대개는 자존심까지도 포기하여야 할 것이다.
                                                                    – 힐티

✧ 성공에는 허다한 공포와 불쾌함이 없는 바도 아니요, 실패라고 해서 만족이나 희망이 없는 것도 아니다.
                                                                    – 베이컨

✧ 인생에 있어서 성공하려거든 어리석은 듯이 보이면서도 속으로는 영리하여야 한다.
                                                                    – 몽테스키외

✧ 그대가 어떤 신분이나 어떤 계급일지라도 노동을 사랑하라. 일하는 것은 인간에게 부과된 운명이라고 생각하라.
                                                                    – 톨스토이

✤ 만약 여러분이 인생에 있어서 성공하기를 바라거든 굳게 참아서 마음에 흔들림이 없는 것을 벗으로 삼고, 경험을 현명한 조언자로 하며, 주의력을 형으로 삼고, 희망을 수호신으로 하라.

– 에디슨

✤ 인간의 근로에는 일정한 조건이 있다. 그 하나는 다음과 같은 것으로 성립된다. 즉 우리들의 목적이 먼 곳에 있으면 있을수록 그리고 우리들이 자기의 근로의 결과를 보고 싶다는 생각이 적으면 적을수록 우리들의 성공의 정도는 더욱 더 크고 넓은 것으로 성립되고 있는 것이다.

– 존 러스킨

✤ 그대가 얻고 싶은 것을 남이 가졌거든, 남이 그것을 얻기에 바친 노력만큼 그대도 노력하라. 이 세상의 모든 물건은 대가 없이 얻을 수는 없는 일이다. 남이 노력해서 얻은 것을 그대는 어찌 팔짱을 끼고 바라보고 있는가? – 힐티

✤ 마음이 약한 인간에게 있어서는 성공할 것이 무엇보다도 필요하다. 칭찬이 교훈이 되며, 찬탄(讚嘆)이 강장제가 된다.

– 아미엘

❧ 사람이 위대하게 되는 것은 노력에 의하여 얻어진다. 문
명이란 참다운 노력의 산물인 것이다.　　　　　– 스마일즈

❧ 우리가 매일 수염을 깍지만 곧 자란다. 살아 있는 동안
은 매일 면도를 안 할 수 없다. 우리들의 마음도 이와 같
이 나쁜 생각을 잘라 내지 않으면 안 된다.　　　　– 루텔

❧ 인간은 일할 수 있는 동물이다. 인간은 일할수록 끝없는
힘이 솟아난다. 그러므로 인간이 하려고 하기만 하면 무
슨 일이든지 해낼 수 있는 것이다.　　　　　　　– 고리키

❧ 우리는 자기 의견에 사로잡혀서는 안 된다. 낡은 생각을
버리고 새로운 의견을 성취해야 한다. 바람의 방향이 달
라진 것을 모르고, 언제나 마찬가지로 돛을 달고 있는
뱃사공은 끝내 그 목적하는 항구에는 도착하지 못한다.

　　　　　　　　　　　　　　　　　　　　– 헨리 죠지

❧ 실패란 말은 좋은 말이다. 실패—다시 말해서 손실이란
것은 상인에게 붙어 다니는 것이며, 언제나 상인을 견제
하는 인력의 역할을 하기 때문이다.　　　　　　　– 알랑

❧ 보지도 듣지도 못한 일에 관해서 자기 마음을 괴롭히지 마라! 자기에게 관계없는 일에 뛰어 들지 말라! 다만 다른 사람이 그른 짓을 하고 있는 동안에도 자기만은 자기 완성의 길로 바르게 나아가 속히 성공하도록 힘쓰는 것이 훨씬 유리하다.

- 칼라일

❧ 악한 일은 하기 쉽다. 또한 우리들에게 불행을 가져오는 일을 하기는 쉽다. 우리들에게 참된 행복과 참된 선(善)을 가져오는 것은 근로와 노력에 의해서만 가능하다.

- 석가모니

❧ 성공은 사람이 얻을 수 있는 최고의 포상이다. 명성은 제2의 재산이다. 그리고 이 두 가지의 은혜를 다 같이 누리고 있는 사람은 지상의 왕관을 물려받은 사람이다.

- 핀다로스

❧ 성공의 일순간은 실패의 수년을 보상해 준다.

- 로버트 브라우닝

❧ 크게 성공하지 못할 사람은 남이 하라고 하는 일을 할 수 없는 사람과 남이 하라는 것밖에 하지 못하는 사람이다.

- 서양 명언

❧ 세상에는 성공하기를 바라는 사람이 태반이다. 그러나 많은 사람 가운데서 일단 성공하는 날, 그 성공으로써 어떻게 할 것인가를 배우고 연구하려는 사람이 많지 않다. 만약 자기의 성공으로써 어떻게 하겠다는 것을 연구하고 배우지 못한다면, 그 사람은 성공을 한다 해도 결국은 권태의 제물이 되고 말 것이다.

- 러셀

❧ 성공의 앞날에도 허다한 공포와 불쾌가 따르지 않으리라고는 장담 못 한다. 그렇다고 해서 실패의 앞날에도 만족이나 희망이 없는 것은 아니다.

- 베이컨

❧ 야심가는 항상 크나큰 행운과 재물이 굴러들 것이라고 믿기 때문에 그 무엇을 뒤쫓아 다닌다. 그러나 그 사람에게 돌아오는 것은 단지 피로와 분주한 나날 뿐이다.

- 알랑

❧ 뜻을 가지고 있는 사람은 한두 사람의 선배나 지기(知己)를 가지고 있지만, 야심을 가지고 있는 사람은 그가 출세하는 데 도움이 되는 사람의 수만큼 그의 상전(上典)이 수두룩하다. — 서전(書傳)

❧ 자기 주머니 속에 있는 잔돈은 남의 주머니속의 큰돈보다 낫다. 티끌도 모으면 태산이 되기 때문이다.
— 세르반테스

❧ 재산은 결코 만족을 주는 것이 아니다. 점점 모여 가는 데 따라서 사람의 욕심이 늘어가는 것이다. 재산으로 해서 일어나는 여러 가지 욕심을 억제하고 적게 탐을 내서 오래도록 지닐 방침을 세워놓아야 한다. 그것이 처음에 모으는 것보다 더 어려운 일이다. — 채근담(菜根譚)

❧ 사람의 마음속에 망상(妄想)과 번뇌(煩惱)가 가득함은, 즉 물욕(物慾)으로 인한 것이다. 만일 마음속에 물욕이 없다면, 마치 가을하늘과 같고 날씨 좋은 날의 바다와 같다. — 채근담(菜根譚)

❧ 논밭은 잡초로 말미암아 망가지고고, 사람은 탐욕에 의해서 망가진다.   – 법구경(法句經)

❧ 맹수(猛獸)는 굴복시키기 쉬우나 욕심 많은 사람을 굴복시키기는 매우 어려우며, 계곡은 아무리 깊어도 물로써 채울 수 있으나 사람의 욕심은 도저히 만족시킬 수 없다.   – 명심보감(明心寶鑑)

❧ 속담에 이르기를, 자식의 악한 것은 아비가 알기 쉬우나 사랑에 빠져 그 악한 것을 알지 못하고, 곡식 싹의 무성한 것을 농부는 알기 쉬우나 탐욕에 어두워 그것을 알지 못하니 진실로 애석한 일이다.   – 대학(大學)

❧ 남을 해롭게 하고 자기만 이익하면 마침내 자손이 현달(顯達)할 수 없으니, 여러 사람을 해치고 부자가 되면 어찌 오래도록 부귀할 수 있으랴.   – 진종제(眞宗帝)

❧ 은혜를 베풀거든 도로 닫을 생각을 말고, 남에게 주었거든 후회하지 말지니라.   – 명심보감(明心寶鑑)

❦ 사람이 누구에게서도 사랑을 못 받는다는 것은 큰 괴로움이다. 반대로 아무도 믿을 사람이 없다면 그 사람은 살면서도 죽은 것이나 다름없다.   – 라이스너

❦ 윗사람이라고 쓸데없이 아부함이 없고, 아랫사람이라고 쓸데없이 교만하지 않는다면 그는 우선 신념이 있는 사람이다.   – 양자(楊子)

❦ 환락은 잠깐만 하고 오래 지속하지 말라. 삼가는 마음을 내지 못하고 숨어서 오래 끈다면, 그 대가는 노쇠와 더불어 그대로 나타난다.   – 백낙천(白樂天)

❦ 스스로 반성해서 옳은 것 같으면, 비록 천만인이 대적하더라도 그들 앞에 나아가겠다.   – 맹자(孟子)

❦ 굴이 그 껍질에 얽매어 있듯이 인간은 그 육체에 얽매어 있다. 왜냐하면 인간은 항상 맛있는 것, 모양있는 것, 편한 것, 즐거운 것 등을 찾는 고민이 있기 때문이다.   – 플라톤

❧ 빵을 얻기 위해서 순진함을 잃느니보다, 차라리 굶는 편이 온당하다.
　　　　　　　　　　　　　　　　　　　　　 – 도로우

❧ 어진 사람은 도덕상의 가르침을 지킬 때 그는 그것을 남이 모르게 한다. 그리고 행동을 누가 알아주지 않아도 결코 섭섭하게 생각하지 않는다.　　　 – 공자(孔子)

❧ 죄는 반드시 그 주인을 찾는다. 그러므로 사람은 아무것도 숨길 필요가 없도록 살라. 그렇다고 자신이 깨끗하다고 해서 자랑하거나 보이거나 할 생각도 갖지 말라.
　　　　　　　　　　　　　　　　　　 – 경행록(景行錄)

❧ 당신의 육체는 당신의 마음이 담겨진 그릇이다. 거기에는 선과 악이 가득 차 있다. 이런 경우 당신은 남편이며, 당신의 이지(理智)는 아내라는 것을 잊어서는 안 된다.
　　　　　　　　　　　　　　　　　　　 – 세이후씰크

❧ 아담은 사과가 먹고 싶어서 먹은 것이 아니다. 금지되어 있었으므로 먹은 것이다.　　　　　　　 – 막트웬

❦ 일시적인 것에 마음이 끌리고 물욕에 사로잡혀서 자기 마음속의 자유를 요구하는 넋이 있다는 것조차 깨닫지 못하고 산다는 것은, 그런 자유를 성취시키기 위해서 죽음을 맹세할 줄 모르는 사람이다.　　　　－ 라매에

❦ 우리들은 모든 면에서 자유를 누리고 있다. 그러나 자유의 고마움을 진실로 깨닫는 사람이 과연 몇 명이나 될지 의문이다. 그래서 많은 사람들은 방종하기 쉽다. 이 방종이야말로 자유의 크나큰 적이다.　　　　－ 아나톨 프랑스

❦ 자유를 사랑하지 않는 인간은 존재하지 못한다. 그러나 정의를 사랑하는 사람일수록 모든 사람을 위해서 자유를 필요로 하고, 부정한 사람일수록 자기만을 위해서 자유를 요구한다.　　　　－ 베르네

❦ 내게 자유를 달라. 아니면 죽음을 달라.　　－ 파트릭 헨리

❦ 이상적 만족의 생활은 금전의 많음에 있지 않고 욕심의 적음에 있다.　　　　－ 에픽테토스

✈ 오늘날처럼 개인의 자유를 보장받은 시대는 일찍이 없었다고 해도 좋을 것이다. 이것은 과거의 역사를 들추어 보면 누구나 수긍할 수 있는 사실이다. 그렇다고 해서 다른 사람과의 정신을 무시하고 개인주의에만 생활의 원칙을 둔다면 그것은 잘못이다. 옛적으로부터 오늘에 이르기까지 사람은 늘 서로 협조하면서 내려왔으며, 그 협조 정신의 결과가 인류 문화의 발전을 가져 왔던 것이다. 우리 개인은 각기 자기의 행복을 마음껏 누릴 자유가 있는 반면에 시대나 사회에 발맞추어 협조해 나가는 데가 있지 않으면 안 된다. 결국 우리는 시대의 아들이며 사회의 일원이기 때문이다.　－ 버트란트 러셀

✈ 자기의 빈곤을 수치로 여김은 부끄러워할 일이다. 그러나 자신의 빈곤을 극복하려고 노력하지 않음은 더 불명예스러운 일이다.　－ 투키디데스

✈ 단지 돈을 모으기 위하여 절약하는 것은 불행한 짓이지만, 남에게 의탁하지 않고 독립하기 위하여 절약하는 것은 당연한 일이고 또 남자다운 일이다.　－ 에이브리

❧ 부자는 결코 친척을 좋아하지 않는다.
　　　　　　　　　　　　　　　　　　　　－ 속담

❧ 사랑이나 일, 가정이나 믿음, 예술이나 학문, 지위나 영예가 아무리 좋다 해도, 사람이 배가 고프면 그것들은 마치 그림의 떡과 같이 여겨질 것이다.
　　　　　　　　　　　　　　　　　　　　－ O. 헨리

❧ 큰돈을 버는 것은 용감한 일이다. 또 돈을 모아 두는 데는 상당한 지혜가 필요하다. 그러나 돈을 많이 모아 둔 사람 중에는 돈을 값있게 잘 쓸 줄 아는 예술적인 소양을 가진 사람이 드물다.
　　　　　　　　　　　　　　　　　　　　－ 어우에르바흐

❧ 수고하지 아니하고 까닭이 없이 많은 돈을 얻으면, 큰 복이 있는 것이 아니라 반드시 큰 화가 있으리라.
　　　　　　　　　　　　　　　　　　　　－ 소동파(蘇東坡)

❧ 부자는 딴 나라에 가도 도처에 자기 집이 있지만, 가난뱅이는 제 집이 있어도 낯설다.
　　　　　　　　　　　　　　　　　　　　－ 루카아트

❧ 의리가 끊어지고 친근함이 갈라지는 것은 오로지 돈 때문인 것이다.(義斷親疎 只爲錢)
　　　　　　　　　　　　　　　　　　　　－ 명심보감(明心寶鑑)

❧ 말이 많고 실수하는 것은 다 술을 너무 먹기 때문이오, 의가 끊어지고 친하던 것이 갈라지는 것은 다만 돈 때문이다.

— 명심보감(明心寶鑑)

❧ 어진 사람이 재물이 많으면 그 뜻을 손상시키고, 어리석은 사람이 재물이 많으면 그 허물을 더하느니라.

— 명심보감(明心寶鑑)

❧ 돈이 행복을 준다는 것은 옛날부터의 미신이다. 오직 진정한 행복을 얻으려는 사람에겐 돈은 다만 장난감으로밖엔 안 보인다.

— 동양 명언

❧ 마누라와 돈지갑은 되도록이면 숨겨 두는 것이 좋다. 너무 자주 남의 눈에 띄게 하면 자꾸만 눈독을 들이기 쉬운 위험성이 많다.

— 프랭클린

❧ 재산을 만드는 일에 재산을 소비해서는 안 되는 것처럼 행복을 만들지 않고 행복을 소비해서는 안 된다.

— G. B. 쇼

❧ 부귀를 누려도 방탕하지 말 것이며, 비천해도 지조를 버리지 말 것이며, 싸움터에서도 굴하지 아니하면, 이는 곧 대장부다운 행동이라 하겠다.   — 맹자(孟子)

❧ 절약은 빈부를 가릴 것 없이 사람이면 반드시 힘써야 할 것으로서, 만일 절제하는 데 힘쓰지 않을 때에는 자선을 행하고 사랑을 베풀고자 해도 할 수 없을 것이다. 이른 바 금전을 물 쓰듯 소비하는 무리들을 보라! 그들은 티끌만큼이라도 남을 구조할 수 없을 뿐 아니라 자기 자녀의 교양도 게을리 해서 양심을 잃고 그 자신마저 망치고 만다.   — 스마일즈

❧ 돈은 밑 없는 깊은 물속과 같다. 명예도, 양심도, 의리도, 다 그 속에 빠지고 만다.   — 카즈레

❧ 돈은 절대적인 힘을 가진다. 그와 동시에 평등의 극치이기도 하다. 돈이 가지는 위대한 힘은 바로 그것이다. 돈은 모든 불평등을 평등하게 만든다. 돈, 그것은 아무리 되지 못한 인간이라도 최고급의 지위로 이끌어 주는 단 하나의 길이다.   — 도스토예프스키

❧ 욕정으로 사귀는 자는 욕정이 다하면 사랑이 마르고, 재물로 사귀는 자는 재물이 다하면 사귐이 끊어진다.

– 전국책(戰國策)

❧ 우리의 내부에 보존되는 미덕이란 보석의 성질을 가지고 있지 않으면 안 된다. 이를테면 어떠한 일이 일어나더라도 그것은 천연의 미(美)를 영구불변하게 유지하는 것이다.

– 아우렐리우스

❧ 참으로 위대한 인간에게 최초의 시련은 그의 겸손이라고 생각한다.

– 존 러스킨

❧ 겸손하고 양보하는 마음은 인격을 완성하는 데 절대 필요한 양식이다. 이러한 인격 완성의 양식이 떨어지면 사람들은 교만하고 악해진다.

– 존 러스킨

❧ 겸손이 없는 사람은 언제나 남을 비난한다. 그런 사람은 다만 남의 잘못된 것만을 인정한다. 그렇기 때문에 그 사람 자신의 욕망과 죄는 점점 더 커가는 것이다.

– 톨스토이

❦ 공손한 사람은 남을 업신여기지 아니하고, 검소한 사람
은 남의 것을 빼앗지 않느니라.
　　　　　　　　　　　　　　　　　　　　　－ 맹자(孟子)

❦ 자기 몸이 귀하다 하여 남을 천하게 여기지 말고, 자기
가 크다고 하여 남의 작은 것을 업신여기지 말라.

　　　　　　　　　　　　　　　　　　　　　－ 강태공(姜太公)

❦ 친절은 이 세상을 아름답게 한다. 모든 비난을 해결한
다. 얽힌 것을 풀어 헤치고 곤란한 일을 수월하게 하고,
암담한 것을 즐거움으로 바꾼다.　　　　　　　－ 톨스토이

❦ 옛 친구를 만나거든 전보다 한층 친밀하게 교제하라. 또
불우한 환경에 빠졌다든지, 운수가 나빠 역경에 빠진 사
람을 대할 땐 그가 환경이 좋았을 때나 번영했던 때보다
더욱 정중히 하라.　　　　　　　　　　　　－ 채근담(菜根譚)

❦ 교묘하게 꾸며서 말하고, 빈틈없는 태도로 응대하는 사
람은 깊은 사랑과 덕을 갖추고 있는 경우가 드물다.

　　　　　　　　　　　　　　　　　　　　　－ 중국 명언

❧ 자기 자신에 대해서는 엄격하라. 남에게 대해서는 겸손하라! 그때 당신에게는 적이 없어질 것이다.   – 중국 명언

❧ 당신은 자기가 친절하기 때문에 도리어 남에게 경멸을 당하리라고 두려워 말라! 재주가 능한 목수는, 목수의 일을 조금도 모르는 사람이 자기의 재주를 칭찬하지 않는다고 해서 비관하지 않는다.   – 노자(老子)

❧ 어떠한 일이든지 견딜 수 있는 사람은 무슨 일이든지 해낼 수 있다. 인내는 인간이 지닐 수 있는 미덕이기도 하다.   – 루터

❧ 인내하는 힘을 기르려면 음악가만큼의 연습이 필요하다, 그런데 우리들은 언제나 연습조차 하는 것까지 잊어버릴 때가 많다.   – 존 러스킨

❧ 희망은 마치 튼튼한 지팡이와도 같다. 인내(忍耐)란 나그네의 봇짐과도 같다. 그렇기 때문에 인생이란 그것을 가지고 낯선 고장과 무덤을 지나 영원한 나그네 길을 떠나는 것과 같다.   – 로카우

❧ 한여름은 으레 더운 것이다. 이때 덥다고 성화를 한들 더위는 결코 피할 수 없는 것이다. 그것보다는 덥다고 성화하는 마음을 가라앉히면 몸은 편하고 더위도 덜할 것이다. 이와 마찬가지로 인간은 형편이 좋은 때도 있으며 좋지 못해 궁박(窮迫)할 때도 있다. 그런데 이같이 궁박하다고 성화하고 떠들어 본들 그 궁박과 곤란이 달아날 리 만무하다. 그보다도 가난을 근심하고 슬퍼하는 마음을 축출해 버리면 마음은 항상 편해지고 형편도 피게 될 것이다. 때문에 중요한 것은 마음먹기에 따라 더위를 피할 수도 있으며 빈곤에서 벗어날 수도 있다.

― 채근담(菜根譚)

❧ 작은 병을 견디지 못하고 작은 분함을 참지 못하는 사람은 큰일을 당해선, 다만 스스로 아득하고 어지러워 엎치락뒤치락 할 뿐이다.

― 명심보감(明心寶鑑)

❧ 나는 끝까지 참는다. 만약 결과가 내가 올바른 것으로 나타난다면 남이 무어라고 해도 관계가 없다. 그러나 반대로 결과가 나의 악한 것을 나타난다면 열 사람의 천사가 나를 옳다고 하더라도 아무 소용이 없다.

― 링컨

❧ 사랑은 오래 참고, 온유하며, 질투하는 자가 되지 아니
하며, 자랑하지 아니하며, 교만하지 아니하며, 무례하지
아니하며, 자기의 유익함을 구하지 아니하며, 성내지 아
니하며, 악한 것을 생각하지 아니하며, 불의를 기뻐하지
아니하며, 오직 진리와 함께 기뻐하고, 모든 것을 참으
며, 모든 것을 믿으며, 모든 것을 견디는 것이다.

— 성경(聖經)

❧ 사람마다 가정생활을 하는 데 있어서 제일 중요한 일
은… 무엇보다도 인내 그것이다.　　　　　— 체호프

❧ 착한 일이 적다고 해서 아니하는 일이 있어서는 안 되
며, 악한 일이 적다고 해서 하는 일이 있어서는 안 된다.

— 소열제 유비(昭烈帝 劉備)

❧ 착한 사람은 반드시 착한 일을 즐겨하고, 착하지 않은
사람은 간악한 말로 그 더러운 행실을 드러낸다. 이것은
곧 선과 악이 확연히 다른 점을 나타내는 것이다.

— 격몽요결(擊蒙要訣)

❧ 선을 행하는 데는 노력이 필요하다. 그러나 악을 억제하려면 보다 더 노력이 필요하다.　　　　　　　　－ 톨스토이

❧ 괴로워도 살아야 하고 싸워야 한다. 괴로움이든 싸움이든 씩씩하게 견디어 냄으로써 하나의 인간이 된다.

　　　　　　　　　　　　　　　　　　　　－ 로망 롤랑

❧ 남과 원수를 맺는 것은 화를 심는 일이다. 착한 일을 버리고 하지 않는 것은 곧 자기의 양심을 속이는 적(賊)이다.

　　　　　　　　　　　　　　　　　－ 경행록(景行錄)

❧ 사랑하는 사이라도 그 악함을 알아야 하고, 미워하는 사이라도 그 착함을 알아야 한다.　　　　－ 예기(禮記)

❧ 착한 사람을 좋아하고 악한 사람을 싫어하는 것은 사람마다 가지고 있는 감정이다. 이 중에는 욕심으로 공정한 것을 잊어버리고 부정한 데 빠지는 사람도 있지만, 오직 어질고 착한 사람은 그 마음이 공평하여 조금이라도 사리사욕을 채우려고 들지 않는다.　　　　－ 논어(論語)

❧ 대장부가 마땅히 남을 용서할지언정, 남에게 용서를 받는 사람이 되어서는 안 된다.(大丈夫當容人 無爲人所容)

– 명심보감(明心寶鑑)

❧ 착한 일을 할지라도 아무 보답이 없는 수가 있다. 그러나 그것은 단호박과 같이 남모르게 풀 속에서 점점 자라나는 것이니 언젠가는 보답이 있을 것이다. 반대로 악한 일을 할지라도 아무 죄과를 받지 않는 것 같으나, 그것은 마치 뜰 앞에 쌓인 봄눈과 같아서 어느 땐가는 세상에 드러나게 마련이다.

– 채근담(菜根譚)

❧ 악한 일을 행하고 그것을 남이 알까 두려워함은 아직 그 악 가운데 선(善)을 행하는 길이 있다는 증거이다. 선을 행하고 나서 남이 빨리 알아주기를 바라는 것은 그 선 속에 악의 뿌리가 있는 까닭이다.

– 채근담(菜根譚)

❧ 좋은 사람이란 자기의 과오를 인정하고 자기의 선을 잊어버리는 사람이다. 그러나 악인은 그와 반대다. 그러므로 착한 사람이 되려면 자기를 용서하지 말라. 그 때 당신은 남을 용서할 수가 있을 것이다.

– 서양 명언

❧ 극단은 부덕(不德)이다. 그것은 사람에게서 나온다. 모든 균형(均衡)은 옳다. 그것은 신으로부터 나온다.

– 라 브뤼에르

❧ 남에게 관대했으면 그만큼 내 마음이 넉넉해지지만, 만약에 야속하게 굴었다면 그만큼 내 마음이 좁아진 것을 느낀다. '남을 때린 사람은 잠을 이루지 못 한다' 는 말은 이 말과 격이 맞는 말이다.

– 주자(朱子)

❧ 모든 사람들이여, 인간 세상에 악이 어디서 나오는가를 알고 싶거든 누구보다도 먼저 그대 자신을 보라. 왜냐하면, 그대 자신이 먼저 악의 샘이 되기 쉽기 때문이다.

– 루소

❧ 자기보다 나은 사람에게 아부하는 사람은 자기만 못한 사람을 경멸하기 쉽다. 그러나 자기보다 못한 사람을 노상 지나치게 두둔하는 자라고 해서 그 사람이 정당한 사람이라고는 할 수 없다. 왜냐하면 그런 사람은 흔히 자기보다 나은 사람을 시기하기 쉽기 때문이다.

– 경행록(景行錄)

❧ 게으른 사람이 이 세상에서 성공을 한 예는 한 사람도 없다. 왜냐하면 게으름과 졸음은 이미 반죽음이 된 상태나 조금도 다름없기 때문이다. — 하라버튼 TC

❧ 오히려 소인들로부터 욕을 먹을 지라도, 소인들이 기뻐하고 아첨하는 바가 되지 않도록 하라! 그것으로 소인들이 넘겨다 볼 수 있는 틈이 생기기 때문이다. 오히려 군자에게 바른 꾸중을 들을지언정 군자로부터 관용되어선 안 된다. 즉 그 놈은 꾸짖어도 소용이 없다고 생각하기 때문이다. — 채근담(菜根譚)

❧ 거짓말은 눈덩어리와 같다. 때문에 거짓말은 굴릴수록 점점 커져만 간다. — 루터

❧ 도덕은 종교에서 독립하지 못한다. 왜냐하면 도덕은 종교의 결과이기 때문이다. 도덕이란 언제나 앞으로만 나아가는 것이다. 그리고 그것은 언제든지 새로 다시 출발하는 것이다. — 칸트

❧ 성실이야말로 도덕의 핵심이다. — 토머스 헉슬리

❧ 부당한 이득을 얻지 말라. 그것은 손해와 꼭 같은 것이다.

　　　　　　　　　　　　　　　　　　　　　　　　－ 헤시오도스

❧ 궂은 날씨의 본성은 한두 번 내리는 비에 있는 것이 아니다. 며칠을 연속해서 그러려는 경향에 있는 것처럼, 전쟁의 본성도 실재의 싸움에 있는 것이 아니라 그 반대적 현상에 대한 보증이 없는 기간 동안 줄곧 거기에 기울어지는 공공연한 경향에 있는 것이다. 그 밖의 기간은 모두 평화인 것이다.

　　　　　　　　　　　　　　　　　　　　　　　　－ 토머스 홉즈

❧ 다음의 것을 명심하라. 즉 인생에 있어서 육욕에서 벗어난 그대의 정신은 참으로 강한 것이 될 것이다. 그리고 그 이상으로 신뢰할 만하며 또한 악(惡)에서 벗어나는 길은 다시없을 것이다. 이런 사실을 모르는 자는 장님이며, 알면서 실행하지 않는 자는 불행한 인간이다.

　　　　　　　　　　　　　　　　　　　　　　　　－ 아우렐리우스

❧ 절제와 근면은 인간에게 참다운 처방이다. 즉 일은 식욕을 돋우고 절제는 그것은 통제하는 힘이 된다.　　－ 루소

- 악의 근원을 초자연적인 것에 있다고 믿을 필요가 없다. 인간 스스로 모든 악덕을 저지를 수 있기 때문이다.

  – 죠셉 콘래드

- 나쁜 일을 한 사람이 괴로워하는 것은 정한 이치이다. 죄에 이긴 사람 자신이 모든 죄에서 몸을 깨끗이 할 수 있다. 깨끗한 사람이 되는 것은 당신 자신에게 달린 일이다. 다른 어떠한 사람도 당신을 구원할 수는 없다.

  – 불경(佛經)

- 교만은 자기 자신뿐만 아니라 모든 사람의 모든 죄를 옹호하는 것이다. 왜냐하면 교만은 비난당하는 것을 싫어하고 죄를 뉘우쳐 고치는 것을 거절하기 때문이다. 또한 교만은 죄를 감추고 변호한다.

  – 빠구스텔

- 본인에게조차 알리지 않으려는 동정은 참된 동정이요 진실로 본인을 위하는 동정이다. 본인보다 남에게 알리려는 동정은 거짓 동정이니 이는 오로지 자기를 위하는 동정이다.

  – 공자가어(孔子家語)

❤ 당신이 한 일이 무엇이나 말썽이 있으면 그것은 곧 나쁜 행위라고 말해도 좋다. 양심이 주는 결정은 꼿꼿하며 그리고 단순하기 때문이다. — 채근담(菜根譚)

❤ 어떠한 사업을 하든지 도덕으로 단단한 토대를 삼지 않고도 성공한 사업이 세상에 있다면 그것은 어디까지나 한때의 성공일 뿐 곧 무너진다. 그것은 마치 주춧돌이 단단치 못한 데 세워진 기둥과 석가래가 튼튼하게 오래 부지할 수 없는 것과 같다. — 채근담(菜根譚)

❤ 사람을 미치게 할 만큼 어려운 일에 부딪쳤을 때 또는 폭풍이나 홍수와 같이 무서운 힘에 휘몰렸을 때도 나의 정신은 어떤 움직일 수 없는 확신에 매달려 있다. 즉 나는 이 세상에 죄를 지은 일이 없다는 것을 믿고 있기 때문이다. — 휘티어

❤ 육체가 지적(知的)인 일로 인하여 괴로움을 받는 것은 착한 일이다. 반대로 지적 힘이 육체적인 욕망 때문에 괴로움을 받을 때는 그것은 곧 악이다. — 탈무드

❧ 사람은 나쁜 짓을 저지르고 나면 항상 꺼림칙한 마음이 드는 법이다. 남을 해쳤을 경우 해를 입은 상대는 언제나 원한을 품고 자기를 미워하고 있을 것이다. 그렇기 때문에 나쁜 짓을 한 사람은 아무리 태연한 체 하더라도 뜻하지 않은 양심의 가책을 받게 되며 저도 모르게 혀나 안색이 자백을 하고 만다.   – 발작

❧ 인간은 지혜와 양심으로 살아야 한다. 돈이 없다고 해도 결국은 살아 갈 수 있지 않았던가. 대체로 황금이라고 하는 것은 우리에게 양심이 흐려질 때 자취를 드러낸다.   – 고리키

❧ 양심은 누구나 억제할 수 없다. 그것은 위로는 제왕으로부터 밑으로는 나무꾼에 이르기까지 꺾지 못한다. 왜냐하면 양심은 하느님의 지상 명령이기 때문이다.   – 위고

❧ 사람이 충성되지 아니하면 모든 일이 실속이 없다. 또한 사람이 악한 일은 하기 쉽고 착한 일은 하기 어려우므로 반드시 옳은 것으로 주장을 삼으라.   – 이율곡(李栗谷)

❧ 양심은 어떠한 과학의 힘보다도 강하고 현명하다.

                                                    – 라데이러

❧ 누구나 신분의 고하를 막론하고 친구의 협조에 의하지 아니하고는 인격의 완전을 기하지 못한다. 친척과 화목하고 현인을 벗삼으며 옛날 친구들을 잊어버리지 않았다고 하면 사람의 덕은 돈후하게 되는 것이다.

                                                    – 시경(詩經)

❧ 남의 결점이 눈에 띄게 되는 것은 자기 자신을 잊어버렸을 때 일어나는 현상이다.   – 톨스토이

❧ 그 사람과 같은 입장에서 보지 않거든 그 사람을 비난하지 말라! 남의 입장을 충분히 이해한다는 것은 사랑의 첫 걸음이다.

                                                    – 라마구리시나

❧ 어리석은 자는 친절한 사람이 될 만한 인물을 갖추지 못하는 것이 보통이고, 남에게 친절하다는 것은 늘 그 자신의 인품을 높이는 것이 된다.   – 라 로슈푸코

❧ 굽은 막대기를 똑바로 하기 위해서는 우리들은 막대기를 반대쪽으로 굽힌다. — 몽테뉴

❧ 복수와 사랑에 있어서 여자는 남자보다 잔인하다. — 니체

❧ 국가도 인간도 변함이 없다. 국가도 인간의 여러 가지 성격에서 이루어진다. — 플라톤

❧ 공화국은 사치에 의해서 멸망하고 전제국가는 빈곤에 의해서 멸망한다. — 몽테스큐

❧ 평화는 예술의 보모(保母)이다. — 셰익스피어

❧ 전쟁이 나쁜 것이라고 생각되는 한 전쟁은 언제까지나 그 매력을 지닐 것이다. 전쟁이 야비한 것이라고 생각되는 한 그것은 인기를 잃을 것이다. — 오스카 와일드

❧ 전쟁은 도적을 만들고 평화가 그들을 교수형에 처한다. — 서양 속담

❧ 전쟁은 짐승을 위해서 있는 것이지 인간을 위해서는 있지 않다.
　　　　　　　　　　　　　　　　　　　　　　　　– 에라스무스

❧ 싸움에는 확실히 도박적인 데가 있다. 싸움을 만들어내는 것은 권태에서도 온다. 그 증거로 싸움을 제일 좋아하는 사람은 할 일이나 걱정거리가 적은 인간들이다. 이런 원인을 똑똑히 알고 있다면 누가 큰소리를 치더라도 그리 당황해지지 않을 것이다.
　　　　　　　　　　　　　　　　　　　　　　　　– 알랑

04
행복은 선택

❧ 사랑을 하고 있는 동안은 누구든지 시인이다.　　─ 플라톤

❧ 남에게서 사랑을 받지 못하는 사람은 남을 사랑하지 않는 사람이다.　　─ 라파아텔

❧ 참다운 사랑의 힘은 태산(泰山)보다도 강하다. 그러므로 그 힘은 어떠한 힘을 가지고 있는 황금일지라도 무너뜨리지 못한다.　　─ 소포클레스

❧ 인생에 있어서 가장 즐거운 시간은 아무도 모를 둘만의 말로 누가 보아도 아름답고 맑은 수정과 같은 이야기를 주고받을 때일 것이다.　　─ 괴테

❦ 사랑이란 온실의 꽃이 아니라 야생식물이다. 습한 밤에
도 생겨나고 햇빛이 비치는 낮에도 생겨난다. 야생의 씨
앗에서 발생하여 사나운 바람에 불려 거리로 돌아다닌
다. 어떤 야생식물이 우연히 우리들 정원의 울타리 안에
서 활짝 피게 되면 우리는 그것을 꽃이라 부른다. 그리
고 그것이 울타리 밖에서 핀다면 잡초라 부른다. 그러나
꽃이든 잡초든 그 향기와 색깔은 여전히 야생적이다.

– 존 골즈워디

❦ 남자가 여자를 사랑하려거든 그 여자의 연약한 점 불완
전한 점을 다 알고 난 뒤에 사랑하라!   – 오스카 와일드

❦ 교양 있는 가정환경, 진실한 재산과 고상한 취미, 꾸준
히 탐구하는 학문, 이런 점들이 잘 어울리는 남녀 사이
의 사랑은 잘 꼬아진 끈과 같이 여물다.   – 레싱

❦ 기쁠 때나 절망을 느낄 때나 사랑이 무엇인가를 알고 있
는 것은 여자뿐이다. 남에게 있어서 사랑이란 일부는 공
상이요 거만이요 탐욕(貪慾)이다.   – 칼 임세르만

❧ 사랑이 극치(極致)에 도달했다는 것은 하느님의 사랑에 있어서도 극히 어려운 것이다.   – 푸부리우스 시루스

❧ 두 개의 정신이 영원히 결합됨을 서로가 느낄 때는 참으로 위대하다. 모든 험로(險路)에 있어 서로 의지하며, 모든 고뇌에 있어 서로 도우며, 그리고 최후 이별의 순간에도 서로가 떨어지지 않기 위해서 결합할 때엔 참으로 위대한 힘을 발휘한다.   – 조지 엘리어트

❧ 애정에는 한 가지 법칙밖에 없다. 그것은 사랑하는 사람을 행복하게 만드는 것이다.   – 스탕달

❧ 자기를 동정해 주는 사람을 사랑하는 것은 아주 쉬운 일이다. 그러나 자기를 속이고 배반하고 중상하는 사람을 비난하지 않는다는 것은 어려운 일이다.   – 불경(佛經)

❧ 나는 부인들과 함께 있기를 좋아한다. 나는 그들의 아름다움을 좋아한다. 나는 그들의 섬세함을 좋아한다. 나는 그들의 쾌활함을 좋아한다. 그리고 나는 그들의 침묵을 좋아하고 싶다.   – 사무엘 존슨

❧ 사랑을 두려워함은 인생을 두려워함이다. 그리고 인생을 두려워하는 자가 있다면 그는 이미 십중팔구는 죽은 것이나 다름없다.
　　　　　　　　　　　　　　　　　　　　　　　　－ 러셀

❧ 여자는 눈물을 보고 이를 믿지 말라. 왜냐하면 마음대로 되지 않을 때에 우는 것은 여자의 천성이기 때문이다.
　　　　　　　　　　　　　　　　　　　　　　－ 소크라테스

❧ 얼마라고 계산할 수 있는 사랑은 빈곤한 사랑이다.
　　　　　　　　　　　　　　　　　　　　　　－ 셰익스피어

❧ 진정으로 사랑하는 사나이는 여인 앞에서는 어쩔 줄 몰라 하고 졸렬하며 애교도 제대로 보이지 못하는 것이다.
　　　　　　　　　　　　　　　　　　　　　　　　－ 칸트

❧ 여자가 제일 사랑하는 즐거움은 남자의 자기 기만을 폭로하는 것인데 그럼에도 불구하고 남자의 제일 큰 즐거움은 그들 여자를 즐겁게 해 주려는 그것이다. － 버나드 쇼

❧ 처음에 미인을 꽃에 비유한 사람은 천재이지만 두 번째로 같은 말을 한 인간은 바보이다.   – 볼테르

❧ 한 번의 눈짓 한 번의 악수 그리고 얼마쯤 가망이 있을 듯한 회답 따위에 의해서 곧 원기를 회복하는 것이 연애를 하고 있는 남녀이다.   – 모로아

❧ 과연 당신은 언제나 저를 사랑해 주셨어요. 하지만 이 집은 장난하는 집에 지나지 않았어요. 내가 친정에서 아버지의 인형에 지나지 않았던 것처럼 여기 와서는 당신의 인형 같은 아내에 지나지 않았어요. 그리고 이번에는 우리 애들이 나의 인형이 되었답니다. 그래서 어린애들이 내가 함께 어울려 놀면 기뻐하듯이 당신이 나와 함께 어울려 놀아 주시면 즐거워하는 것이 저였어요. 그리고 이것이 우리들의 결혼 생활이라는 것이었습니다.   – 입센

❧ 군자는 자기의 몸이 어진 데 거처하는 것을 미덕으로 여긴다. 그래서 어진 마을을 가려서 사는 자리에는 풍속과 습관이 인후(仁厚)해지는 것이니 뜻 있는 사람은 반드시 고장도 가려서 사느니라.   – 논어(論語)

❧ 지갑 속이 텅 빈 연후의 절약은 이미 때가 늦은 절약이다.

— 세네카

❧ 습관은 어떤 것이고 간에 결코 좋은 것은 아니다. 좋은 행실이라도 습관은 좋은 것은 아니다. 그것이 습관이 된 까닭으로 좋은 행실도 도덕적인 것이 되지 못하고 만다.

— 서양 명언

❧ 사치가 로마를 쓰러뜨렸다. 추위를 막기 위해서는 한 벌의 외투면 족하다. 만약 이 경계선을 넘어서 의복의 색깔이나 모양에 관심이 쏠린다면 색다른 열 벌의 외투도 부족하게 될 것이다. 이것이 사치의 큰 위험이다. — 힐티

❧ 남에게 물을 것이 아니라 스스로 행동해야 한다. 명예나 보수를 바라지 말고 너 자신을 희생하라. 그러면 비로소 너의 생활을 참으로 충실하게 할 수 있다. — 베토벤

❧ 이 세상에서 산다는 것은 일종의 연극이며 장부를 적는 것과는 판이하게 다르다. 그러므로 자신에 대하여 충실히 살려면 몇 번이든지 미리 준비를 해야 한다. — 사로우얀

❧ 건강을 유지한다는 것은 자기에 대한 의무인 동시에 사회에 대한 의무이다. 오늘날 백 살이 넘게 장수한 사람은 모두가 다 여름이나 겨울이나 새벽에 일어난 사람들이다.

- 푸시킨

❧ 사치한 자는 부유해도 오히려 만족할 줄 모르고, 검약한 자는 가난하면서도 여유·있음을 따르지 못한다.

- 채근담(菜根譚)

❧ 손님을 대접함에 넉넉하게 하지 아니할 수 없으며 집을 다스림에 검소(儉素)하게 하지 아니할 수 없느니라.

- 명심보감(明心寶鑑)

❧ 의복은 사치하지 말 것이며 음식은 맛을 취해 먹지 말라! 다만 추운 것을 막아내고 굶주림을 면하면 족할 것이다.

- 이율곡(李栗谷)

❧ 도박은 탐욕의 자식이요 부정(不正)의 형제이며 불행의 아버지이다.

- 워싱턴

❧ 재산은 인간의 도덕적 가치나 지능적 가치를 이룩하는 것이 아니다. 평범한 인간에게는 그것은 단지 타락의 매개물이 될 뿐이다. 그러나 재산이 확고한 인간의 수중에 있으면 유력한 지렛대가 된다.   – 모파상

❧ 사치하면 교만하고 불손해진다. 인색하면 즉 무례하고 인정 없다. 이 두 가지는 모두 사람이 취할 바 아니로되 그 중에 하나를 고른다면 차라리 인색한 것이 나을 것이다.   – 논어(論語)

❧ 괴로움을 겪은 다음에 즐거움을 깨닫고, 분망(奔忙)한 시간을 보낸 다음에 비로소 한적함을 즐기게 된다. 이것이 인간 생활에 있어서는 꼭 있어야 할 보약이다.   – 백낙

❧ 나는 부모의 재산을 상속한 사람들을 많이 보았다. 하지만 그 가운데는 똑똑한 사람도 있고 어리석은 사람은 있어도 부모의 장점과 미덕을 상속했다는 사람은 하나도 없다.   – 에피쿠로스

❧ 저주 받을 세 가지의 습관이 있으니 고기와 술과 담배가 그것이다. 이 세 가지는 인생을 행복하게 할 가능성을 없애 버리려 자신을 동물과 같게 만드는 것이다. 예를 들어서 가장 야만적인 미개인은 육식밖에 모른다. 그러므로 야채를 먹는다는 것은 인간 최초의 그리고 자연적인 교화의 결과다. — 아미엘

❧ 나의 직무는 나의 건강이라는 것이다. 자기의 몸을 위하는 일이면 무엇이든지 좋다고 하며 '선'이라고 불러야 한다. — 앙드레 지드

❧ 아내도 없거니와 자식도 없는 사람은 책이나 세상에서 가정의 신비를 백년을 연구해 본들 그 신비에 대해서는 무엇 하나 알아내지 못한다. — 미슐레

❧ 남자는 대체로 자기 아내가 특별한 재주가 있는 것보다 맛있는 음식을 만들어 상 위에 올려 놔 주는 것을 기쁘게 여긴다. — 사무엘 존슨

❧ 부귀도 영화도 그리고 학식도 미덕도 명예도 사랑도 건
강이 없으면 낡고 사라져 버린다.　　　　　　－ 몽테뉴

❧ 저녁 무렵이 되면 사람마다 가정을 생각한다. 그것은 이
미 가정의 행복을 맛본 자이며 인생의 태양을 쪼인 사람
이다. 그러므로 가정을 사랑하는 자는 그 빛을 받아서
밝은 평화의 꽃이 피어난다.　　　　　　－ 베히슈타인

❧ 부모 섬기기를 지성으로 섬기리라, 이른 새벽에 깨끗이
씻고 간밤의 건강을 물으며 옆에서 모시고 섬기기를 몸
이 다하도록 소홀히 하지 않으리라.　　　　－ 박인로(朴仁老)

❧ 남으로 섬긴 것이 부부같이 중할런가, 사람의 백복(百
福)이 부부에 갖았거든, 이리 중한 사이에 아니 화(和)코
어찌하리.　　　　　　　　　　　　　　－ 박인로(朴仁老)

❧ 부부 섬길 적에 하 중케 생겼으니, 부창부수(夫唱婦隨)
하야 일가천지화(一家天地和)하리라, 날마다 거안제미
(擧案齊眉)를 맹광(孟光) 같게 하여라.　　　－ 박인로(朴仁老)

❧ 부모가 나를 낳으시고 스승이 나를 가르치시니 부모 아니면 낳지 못하고 가르침이 아니면 알지 못할 것이다. 그러므로 이 큰 덕을 잊는 사람은 세상에 감히 용납할 수 없을 것이다.

– 소학(小學)

❧ 효자가 부모를 섬기는 도리는 부모의 그 마음을 즐겁게 하며 그 뜻을 어기지 아니하고 거처와 음식에 지성봉양(至誠奉養)하는 것이다.

– 소학(小學)

❧ 자연 가운데서 아들딸의 성장과 행복을 기뻐하는 어머니의 기쁨만치 거룩하고 사람을 감동시키는 기쁨은 없다.

– 장 파울

❧ 남의 아들이 된 사람으로서 효도하는 이외에 더 착한 일은 없다. 남의 어버이가 된 사람으로서는 자애 이외에 더 착한 일이 없다.

– 대학(大學)

❧ 항상 바르게 하라! 특히 아이들에게 대해서 바르게 하라! 아이들과 약속한 것은 반드시 지켜라! 그렇지 못하면 당신은 아이들에게 허위를 가르치는 것이다.

– 탈무드

❦ 부모 섬기기를 효도로 하는 사람은 곧 나라에도 충성을 한다. 그러므로 효도는 나라를 섬기는 것이 되고 공손함은 어른을 섬기는 것이요 사랑함은 대중에게 봉사하는 것이다.
— 대학(大學)

❦ 형제는 부모의 육체를 받아 한 몸과 같으니 저와 너의 사이가 없을 것이며 의복과 음식을 다같이 할 것이니, 설혹 형은 주리며 아우는 배부르고 아우는 춥고 형은 따스하면 어찌 심신이 편안하겠는가?
— 격몽요결(擊蒙要訣)

❦ 두 팔에 자식을 안고 있는 어머니를 보는 것처럼 매력이 있는 일은 없다. 그리고 여러 자식들에게 둘러싸인 어머니처럼 존귀한 것은 없다.
— 괴테

❦ 어버이는 아들의 덕을 말하지 말 것이며 아들은 어버이의 허물을 말하지 말지니라.
— 명심보감(明心寶鑑)

❦ 남편이 그 아내를 의심하지 않으면 아내는 반드시 정숙하고, 아내가 남편을 의심하지 않으면 남편은 반드시 순종한다.
— 자화(子華)

❧ 남의 자손된 자 부모가 생존해 계시면 부모의 사랑하는 뜻을 받들어 먼 곳에 머무르지 아니한다. 그러므로 남의 자식된 자가 먼 곳에 가면 반드시 그 소재(所在)를 분명히 한다.

– 논어(論語)

❧ 결코 죽느냐 사느냐 하는 아슬아슬한 지경까지 이르지 말도록 하라. 그것이 부부 생활의 첫째의 비결이다.

– 도스토예프스키

❧ 아내를 얻으려거든 자기와 같은 신분의 집에서 얻으라. 만약 자기보다 신분이 높은 사람과 결혼하게 되면 그 사람이 자기의 배우자로 보이는 것이 아니라 집주인 같이 보일 것이다.

– 크레오부루스

❧ 이해성이 있는 남편은 절대로 성을 내는 법이 없다. 폭풍에 휩쓸린 뱃사람처럼 이해성이 있는 남편은 돛 줄을 늦춘다. 그리고는 형편을 살핀다. 조만간 잠잠해질 때가 있을 것이라고!

– 모로아

❧ 집에 어진 아내가 있으면 남편이 뜻하지 않은 화(禍)를 당하지 아니한다.
― 명심보감(明心寶鑑)

❧ 식탁에서 함께 식사를 하고 있는 부부의 모양을 보라! 그들이 식사를 하고 있는 다정하고 흐뭇한 시간은 부부 생활의 시간의 길이와 곧잘 비례된다.
― 모로아

❧ 처자를 사랑하는 마음으로 부모를 섬기면 그 효도가 극진할 것이요, 부귀를 보전하는 마음으로 임금을 받들면 어디가나 충성되지 않음이 없을 것이다.
― 채근담(菜根譚)

❧ 어리석은 사람은 아내를 두려워하고 어진 여자는 남편을 공경하느니라.
― 명심보감(明心寶鑑)

❧ 가정을 지키고 잘 다스리는 데에 두 가지 훈계의 말이 있다. 첫째 너그럽고 따뜻한 마음으로 집안을 다스리지 않으면 안 된다. 그리고 정이 골고루 미치면 아무도 불평하지 않는다. 둘째 낭비를 삼가고 절약해야 한다. 절약하면 식구마다 아쉬움이 없다.
― 채근담(菜根譚)

❧ 어버이에게 효도하면 자식도 또한 효도하나니 자신이 이미 불효하였는데 자식이 어찌 효도하겠는가?

– 명심보감(明心寶鑑)

❧ 형제 내실 적에 동기로 삼겼으니, 골육지친(骨肉之親)이 형제같이 중할런가, 일생에 우애지정(友愛之情)을 한 몸 같이 하리라.

– 박인로(朴仁老)

❧ 어버이 받들기를 아이 기르듯 해야 한다. 때문에 모든 일을 집이 넉넉하지 아니하다고 미루지 말라.

– 명심보감(明心寶鑑)

❧ 문에 들어설 때 안에서 물레 소리와 베짜는 소리가 들리고 밖에서 글 읽는 소리가 들리면 그 집이 정돈되어 있음을 넉넉히 알 수 있다.

– 노자(老子)

❧ 우정은 평등한 사람 간의 사욕 없는 상거래며, 사랑은 폭군과 노예 간의 비열한 거래이다.

– 올리버 골드스미드

❧ 남편은 당신의 주인이며 당신의 생명이고 당신의 수호
자입니다. 그럴 수밖에 없는 것이 당신을 위해 주고 오
로지 당신을 편안히 살게 하려는 한 가지 마음으로 손이
발이 되도록 일하고 있습니다. 바다나 육지나 가리지 않
고 폭풍우 이는 밤에도 잠자지 않으며 엄동설한도 겁내
지 않습니다. 그런데도 남자는 아무 대가도 바라지 않습
니다. 바라는 것은 오직 당신의 애정과 정다운 얼굴과
온순한 마음 그것뿐입니다.　　　　　　　　　　－ 셰익스피어

❧ 아비된 자는 자기의 덕성(德性)과 기량(器量)에 따라서
존경을 받으며 그 자애와 정다운 마음에 따라서 애모(愛
慕)를 받아야 한다. 귀중한 물건은 재가 되어도 그 가치
를 지닌다.　　　　　　　　　　　　　　　　　　－ 몽테뉴

❧ 사람은 남을 칭찬함으로써 자기가 얕아지는 것이 아니
다. 도리어 자기를 상대방과 같은 위치에 놓은 것이 된다.
　　　　　　　　　　　　　　　　　　　　　　　－ 괴테

❧ 결혼이란 제도의 도움으로 연애가 뿌리 깊고 건전하게
계속되는 것처럼 자라나는 우정도 일종의 구속을 받는
것이 필요하다.　　　　　　　　　　　　　　　－ 모로아

❧ 다정한 벗이란 먼 데 있는 것이 아니고 가까운 데 있다. 왜냐하면 사귀지 못할 친구는 늘 멀리 떨어져 있기 마련이기 때문이다.   - 톨스토이

❧ 벗이 네게 화를 내거든 너에 대해서 대단히 친절을 베풀 기회를 만들어 주어라. 그러면 그들의 마음은 풀리지 않을 수 없을 것이며 다시 너를 사랑하게 될 것이다.   - 장 파울

❧ 돈을 빌려 달라는 청을 거절함으로써 친구를 잃어버리는 일은 전혀 없겠지만 반대로 돈을 빌려 주면 흔히 친구를 잃기 쉽다.   - 쇼펜하우어

❧ 속으로는 생각해도 입 밖에 내지 말며 서로 사귐에는 친해도 분수에 넘지 말라. 그러나 일단 마음에 든 친구는 쇠사슬로 묶어서라도 놓치지 말라.   - 셰익스피어

❧ 참다운 벗 참다운 애인들끼리의 다툼은 대수로운 것이 아니다. 서로 전혀 이해하고 있지 않은 사람들끼리의 싸움만이 위험하다.   - 에셴바흐

❧ 먼 데 있는 물이 가까운 곳에 있는 불을 끄지 못하고 먼 곳에 있는 친척이 가까운 이웃만 같지 못하다.

— 명심보감(明心寶鑑)

❧ 의리가 있는 선비는 자기 마음을 속이지 못하며 청렴결백한 선비는 턱 없이 남의 물건을 욕심 내지 않는다.

— 설원 설총편(說苑 說叢篇)

❧ 한 사람의 진실한 벗은 천 명의 적이 우리들을 불행하게 만드는 그 힘 이상으로 우리들의 행복을 위해 이바지한다.

— 에셴바흐

❧ 먼 곳에서 벗이 찾아오면 즐거운 일이 아니냐. — 공자(孔子)

❧ 열매를 맺지 않는 꽃은 심지 말 것이다. 의리 없는 친구는 가히 사귀어서는 안 된다.

— 명심보감(明心寶鑑)

❧ 친절한 벗의 선물은 아무리 사소한 것일지라도 가치 있는 것으로 여겨야 한다. 친절한 마음씨만으로도 이내 하나의 선물이 되기 때문이다.

— 디오크리토스

❧ 그 사람을 모르거든 그 벗을 보라! 사람은 서로 뜻이 맞는 사람끼리 벗 삼기 때문이다.   – 메난드로스

❧ 서로 아는 사람은 세상에 가득하지만 마음을 아는 사람은 정말 몇 사람이나 되는지 알 수 없다.   – 명심보감(明心寶鑑)

❧ 사람을 사귀는 데 있어서 특별히 친절해지지 아니하면 도리어 원망을 초래할 수 있느니라.   – 초사(楚辭)

❧ 사람과 사람끼리 함께 웃고 함께 우는 즐거움만큼 사람의 마음을 서로 맺어 주는 것은 없다.   – 루소

❧ 시종 변치 않는 벗이란 온갖 재산 가운데서도 가장 큰 것이지만 그 대신 이것은 사람들이 가장 등한히 하는 재산이기도 하다.   – 라 로슈푸코

❧ 황금은 대개 뜨거운 불 속에서 시험되며 우정은 대개 역경 속에서 시험된다.   – 메난드로스

❥ 물이 지나치게 맑으면 사는 고기가 없고, 사람이 지나치게 비판적이면 사귀는 벗이 없다.   − 맹자(孟子)

❥ 남자와 여자는 두 개의 악보이다. 그것 없이는 인류의 영혼의 악기는 바르고 충분한 곡을 표현할 수 없다.

          − 마드지니

❥ 남성은 여성을 존경하라! 여성은 하늘나라의 장미를 지상에 있는 남성에게 심어 준다.   − 실러

❥ 아름다운 여자란 남자의 공상을 타오르게 하며 괴로움을 덜어 주는 힘을 가지고 있다.   − 푸시킨

❥ 분별이 없는 남자는 여자와 같이 어울려 농담을 하며 시시덕거린다. 그러나 분별 있는 남자는 친해질수록 예의를 지킨다.   − 체스터필드

❥ 촛불이 꺼지면 여인은 모두 아름다운 법이다.

          − 플루타크영웅전

❧ 남자의 정신은 태양이 빛나는 낮과 같다. 반대로 여자의 정신은 달빛이 밝은 밤과 같다. 그래서 남자는 태양이 비치는 낮이 아무리 어둡다 하더라도 가장 밝은 밤보다도 밝다고 자부한다.   – 베르네

❧ 여자는 남자의 약점이나 단점을 너그럽게 분석하려 들지 않는다. 왜냐하면 여자는 늘 완전한 남자를 요구하는 습성이 있기 때문이다.   – 체호프

❧ 얼핏 보기에 광분(狂奔)하는 것 같은 청년의 힘은 혈기가 왕성한 것에 지나지 않을 때가 많다. 성숙한 남자의 정열은 조용하고 깊숙한 마음속에 싹튼다.   – 오토 라익스너

❧ 그대가 많은 일을 하던 적은 일을 하던 문제가 되지 않는다. 세상이 바라는 것은 오로지 그대의 목적뿐이다. 왜냐하면 목적과 방향은 남자의 생명이기 때문이다.   – 바우에른 펠트

❧ 여자의 마음은 남자의 마음보다 더 맑다. 단지 남자의 마음보다 더 잘 변할 따름이다.   – 하아포오드

❧ 여자는 꽃과 같다. 양귀비꽃 같은 요염한 여자는 싫증이 나도 모란 꽃같이 아름답고 너그러운 여자는 절대로 싫증이 나는 일이 없다.
                                                                     – 몽테뉴

❧ 여자는 여성 본래의 자태로서 남자 앞에 섰을 때 남자를 위한 일체의 것이 될 수 있지만, 남성화된 소위 지나친 자유의 여성으로서 존재할 때는 남자의 장난감에 지나지 않는다.
                                                            – 덴마크 명언

❧ 처녀의 단정한 조심성은 남성이 평가하는 가치에 따라 오르고 내린다. 그것은 남성의 질투심이 그 가치를 유지하고 있기 때문이다.
                                                      – 앙드레 지드

❧ 여자는 누구든지 각각 자기 자신의 복장을 가져야 한다. 그러나 이만한 일도 깨닫지 못하는 여자가 수천, 수만 명이 있다. 오직 유행에 따르는 복장만 하기 때문이다.
                                                – 도스토예프스키

❧ 유순하고 정렬(貞烈)한 것은 부인의 덕이요, 부지런하고 검소한 것은 부인의 복이니라.
                                                    – 명심보감(明心寶鑑)

❧ 어진 부인은 남편을 귀하게 하고 악한 부인은 남편을 천하게 하느니라. — 명심보감(明心寶鑑)

❧ 신혼한 부인은 남편 집의 세세한 일을 자기 친정에 전해 말하지 말라. — 명심보감(明心寶鑑)

❧ 진실은 오직 한 여성만을 사랑할 줄 아는 남성을 만들고, 근면은 무엇이든지 한 가지 일에 몰두하는 천재를 만든다. — 서양 명언

❧ 흔히 젊은 남자들이란 여자에게 애정을 토로하길 즐겨 하지만 그 여자의 자유를 보장하는 일은 조금도 생각하지 않는다. — 로망

❧ 남자의 사명은 넓고 다양하며, 여자의 사명은 일률적이고 좁다. 그러나 여자의 사명은 더 깊은 데가 있다. — 톨스토이

❧ 옛날부터 현숙한 부인일수록 임신 중에는 태아를 교양하는 데 힘써 왔으므로 자녀를 낳으면 반드시 용모가 단정하고 재주가 비상하였다. — 열녀전(烈女傳)

❧ 아내란 무엇인가? 정확하게 말하자면 그것은 벗이다. 다시 말하면 부부는 사슬로 결합된 벗이다. 그렇기 때문에 부부는 발을 맞추어 걷도록 해야 한다. 그렇지 않으면 사슬에 마음이 쏠려 걸을 수 없게 된다. — 고리키

❧ 여자는 정말 손해를 볼 때가 많다. 남자를 잘 대접해 주고 사랑한다는 표시를 해 주면 줄수록 그만큼 빨리 남자는 싫증을 내고 만다. — 헤밍웨이

❧ 해야 할 또 한 가지의 일은 남자가 더한층 여자에게 가까워지고 자기 자신을 나타내어 여자에게서 온갖 용기를 얻는 일이며, 여자는 남자를 믿고 받아들이는 일이다. 이것이 출발이다. — 로렌스

❧ 연애가 성가신 것은 그것이 공범자 없이는 해낼 수 없는 죄악이라는 점에 있다. — 보들레르

❧ 아름다운 여자가 다른 여자의 아름다움을 칭찬했다고 하면 칭찬받은 여자보다 칭찬한 여자 쪽이 더 아름답다고 결론지어도 된다. — 아우구스티누스

❧ 여성에게는 본능적으로 모성애가 있다. 어머니의 어린 애에 대한 사랑에는 아름답고 위대한 것이 있다. 그러나 본능적인 사랑만으로는 자녀를 잘 키울 수는 없다. 이지의 힘이 감정과 합쳐서 모성애를 다듬어 넓은 폭을 가질 것이 필요하다. 어머니 자신의 마음이 맑지 않고서는 올바르게 자녀를 인도할 수 없다. 어머니 자신이 총명하고 어질고, 굳센 의지를 지니며, 용감히 활동하는 힘을 나타낸다면 입으로 말하지 않아도 자연적으로 좋은 감화를 줄 수 있다.　　　　　　　　　　　　　　　　　－ 페스탈로치

❧ 여자는 훌륭한 남자를 사랑하게 됨으로써 자기 자신의 가치를 의식하지 못하게 된다. 남자는 고귀한 여성을 사랑하게 됨으로써 비로소 자기의 가치를 의식하게 된다.
　　　　　　　　　　　　　　　　　　　　　－ 에센바흐

❧ 남자는 사랑을 사랑하는 데서 시작하여 여자를 사랑하는 것으로 끝낸다. 여자는 남자를 사랑하는 데서부터 시작하여 사랑을 사랑하는 것으로 끝낸다.　　　－ 구르몽

❧ 남자는 아내나 애인이 싫어지면 도망치려고 한다. 그러나 여자는 미워하는 남자에게 보복하려고 손아귀에 잡아 두려고 한다.
　　　　　　　　　　　　　　　　　　　　　　　　　– 보봐르

❧ 남자는 늘 여자의 첫째 애인이 되고 싶어 하지만 이것은 어리석은 허영심이다. 여자는 보다 더 빈틈없는 본능을 갖고 있다. 여자가 바라는 바는 남자의 마지막 애인이 되는 것이다.
　　　　　　　　　　　　　　　　　　　　　　– 오스카 와일드

❧ 그 여자를 제 것으로 만들 수 없는 기간 동안만 남자는 여자에게 열광하는 것이다.
　　　　　　　　　　　　　　　　　　　　　　– 키에르케고르

❧ 연애가 줄 수 있는 최대의 행복은 사랑하는 여자의 손을 처음으로 쥐는 것이다.
　　　　　　　　　　　　　　　　　　　　　　　　– 스탕달

❧ 여성에게 있어서는 연애는 언제나 영혼에서 감각으로 옮아가며, 남성에게 있어서는 언제나 감각에서 영혼으로 옮아간다.
　　　　　　　　　　　　　　　　　　　　　　　　– 엘렌 케이

❧ 우리가 이 세상에서 경험하는 모든 연애는 같은 법칙에 따라 나타났다가는 사라진다.   – 스탕달

❧ 사랑을 하게 되어서 인생이 훌륭해졌다면 그리고 사랑을 하게 되어서 비로소 자기가 살아 있다는 것을 깨닫게 되었다면, 그것은 정말 진실한 사랑이다.   – 서양 명언

❧ 연애는 남자에게 있어서는 일시적인 변덕에 지나지 않을지 모르지만, 여자에게 있어서는 삶이 아니면 죽음이다.   – E. W. 윌콕스

❧ 연애하는 남녀는 이상한 안경을 끼기 마련이다. 구리를 황금으로, 가난함을 풍족한 것으로 보이게 한다. 그러기 때문에 상대방의 눈에 난 다래끼조차도 진주알같이 보이고 만다.   – 세르반테스

❧ 성실하게 사랑하며 조용히 침묵을 지켜라! 성실한 사랑은 많은 말을 필요로 하지 않는다.   – 프리드리히 쩨에라인

❧ 깊은 사랑은 침묵을 재촉한다. 큰소리로 자랑스럽게 그 것을 지껄이는 사람에게는 숭고한 마음이 깃들어 있지 않다.   – 아우구스트 랑바인

❧ 사랑의 고뇌처럼 달콤한 것은 없고 사랑의 슬픔처럼 즐 거운 것은 없으며, 사랑의 괴로움처럼 기쁜 것은 없고 사랑에 죽는 것처럼 행복한 일은 없다.   – 모리츠 아른트

❧ 사랑의 괴로움은, 사랑과 마찬가지로 누구에게도 나누 어 줄 수 없는 끝없는 것이다.   – 괴테

❧ 선물은 그 어머니에게 하지만 마음속으로 생각하고 있 는 것은 그 어머니의 딸이다.   – 괴테

❧ 책을 읽어 보아도, 이야기나 역사에서 들어보아도, 참다 운 사랑이란 결코 순조롭게 진행된 예가 없는 것 같다.   – 셰익스피어

❧ 사랑은 결혼의 새벽 결혼은 사랑의 황혼이라는 프랑스 의 말이 있다.   – 드 삐노

❧ 사랑을 할 줄 아는 사람은 자기의 정열을 지배할 줄 아
는 사람이다. 반대로 사랑을 할 줄 모르는 사람은 자기
의 정열에 지배받는 사람이다.   – 호라티우스

❧ 좋아졌다 싫어졌다 하는 것이 인간의 습성이다. 그런데
도 사랑의 파탄을 걱정하면서 서로들 나무라는 것은 어
리석은 짓이다.   – 체호프

❧ 향락의 대상이 되지 않는 여자는 참된 사랑을 받고 있는
여자이다.   – 보들레르

❧ 마음의 만족을 얻지 못하는 여자는 사치품을 갖고자 한
다. 그러나 남자를 진정 사랑하고 만족할 줄 아는 여자
는 즐겨 널빤지 위에서도 잔다.   – D. H. 로렌스

❧ 남자는 심심하기 때문에 결혼하고 여자는 호기심 때문
에 결혼하다. 그리고 쌍방이 다 실망한다.   – 오스카 와일드

❧ 결혼 전에는 두 눈을 크게 뜨고 보라. 결혼한 뒤에는 한
쪽 눈을 감으라.   – 토마스 플러

❧ 결혼은 새장과 같은 것이다. 밖에 있는 새들은 부질없이 들어가려고 하고 안의 새들은 부질없이 나오려고 애쓴다.   - 몽테뉴

❧ 결혼함과 동시에 남자에게는 세상이 일변한다. 이미 벌써 거기에는 아무 것도 생각지 않고 서성거릴 수 있는 길가의 돌은 없어지고 만다. 길은 다만 길고 곧게 그리고 먼지가 뽀얗고, 묘지로 통할 따름이다.   - 스티븐슨

❧ 어쨌든 결혼하라. 만일 그대가 선한 아내를 얻는다면 그대는 아주 행복하리라. 만일 그대가 악한 아내를 얻는다면 그대는 철학자가 되리라. 그리고 그것은 누구에게나 좋은 일이다.   - 소크라테스

❧ 되도록 빨리 결혼하는 것은 여자의 비즈니스이며, 되도록 결혼하지 않는 것은 남자의 비즈니스이다. - G. B. 쇼

❧ 결혼, 어떠한 나침반도 일찍이 항로를 발견한 적이 없는 거친 바다.   - 하이네

❧ 결혼이란 남자는 자기의 자유를 걸고, 여자는 행복을 걸고 뽑는 추천함이다.

– 류우

❧ 아내와 아이를 가진 사나이는 운명에 몸을 저당 잡힌 것이나 다름이 없다.

– 프란시스 베이컨

❧ 죽음으로써 모든 비극은 끝나고 결혼으로써 모든 희극은 끝난다.

– 바이런

❧ 가정이야말로 고달픈 인생의 안식처요, 모든 싸움이 자취를 감추고 사랑이 싹트는 곳이요, 큰 자가 작아지고 작은 자가 커지는 곳이다. 가정은 안심하고 모든 것은 맡길 수 있으며 서로 의지하고 사랑하며 사랑을 받는 곳이다.

– H. G. 웰즈

❧ 독신자는 결혼한 사람들이 가지는 가치를 거의 갖지 못한다. 왜냐하면 그는 한 개의 불완전한 동물이며, 가위의 한 쪽 날과 같기 때문이다.

– 벤자민 프랭클린

❧ 그 여성이 만약 남자였더라면 반드시 벗으로 삼았을 것이라고 생각되는 여자가 아니거든 아내로 삼지 말라!

– 주베르

❧ 행복하지 못한 결혼은 아내가 남편을 길러 줄 울타리를 만들려 하지 않고, 다만 남편을 붙들어 둘 그물을 만들기에 정신이 팔려 있기 때문이다.

– 조나단 스위프트

❧ 한 사람의 부친은 백 사람의 교장보다 낫다.

– 조오지 허버트

❧ 결혼은 남녀가 서로 즐기기 위해 만들어낸 행위는 아니다. 오직 창조하고 건설하기 위해 만들어진 결합이다.

– 알랑

❧ 결혼생활에 큰 행복을 기대해서 실망하지 않도록 주의하라. 꾀꼬리는 봄에 2, 3개월 동안은 울지만 알을 까고 나면 그 후로는 내내 울지 않는다는 것을 기억해야 한다.

– 토머스 파이터

❧ 금전을 위해 결혼하는 사람만큼 나쁜 사람은 없다. 그리고 연애를 위해 결혼하는 사람만큼 어리석은 사람은 없다.

- 사무엘 존슨

❧ 결혼에 성공할 가장 중요한 조건은 약혼 시절에 있어서 영원한 결합을 맺고 싶다는 의지가 참되어야 한다.

- 모로아

❧ 결혼이 다른 어떠한 결합의 형식보다도 뛰어난 것은 그것이 남녀에게 서로 생애를 마칠 때까지 맞출 수 있는 시간을 주기 때문이다.

- 모로아

❧ 결혼이란 것은 단순히 만들어 놓은 행복의 요리를 먹는 것이 아니고, 이제부터 노력하여 행복의 요리를 둘이서 만들어 먹는 것이어야 한다.

- 피카이로

05
고독을 물리쳐라

❧ 깊이 생각하라. 그리고 먼저 그대의 사상을 풍부히 하라. 천하 만물 모두가 다 인간의 사상에서 생긴 것이다. 저 거대한 건축물이라 할지라도 먼저 인간의 두뇌 속에 그 형체를 이룩하고 그런 연후에 그것이 건축으로 되어 나타난 것이다. 현실이란 사상의 그림자에 지나지 않는다.

– 칼라일

❧ 청년기는 주관이 지배하고 노년기는 사색이 지배한다. 말하자면 청년기에는 작가로서 적합한 시기요 노년기는 철학에 적합한 시대이다. 실천하기에 있어서도 청년기는 주관과 인상에 따라 결심하지만 노년기는 주로 사색에 따라 결심한다.

– 쇼펜하우어

❧ 세 가지 길에 의해서 우리들은 성지(聖地)에 도달할 수가 있다. 그 중 하나가 사색이고 이것은 가장 높은 길이다. 둘째는 모방에 의함이고 이것은 가장 쉬운 길이다. 그리고 셋째는 경험에 의함이며 이것은 가장 괴로운 길이다.

－ 공자(孔子)

❧ 생각은 전쟁에 나가는 날처럼 하고 마음은 늘 다리를 건너는 것과 같이 하라!

－ 명심보감(明心寶鑑)

❧ 청춘은 인생에게 있어서 단 한 번밖에 없다.

－ 롱펠로우

❧ 젊을 때 우리는 배우고, 나이가 들어 우리는 이해한다.

－ 에센바흐

❧ 청년은 완전한 것을 사랑하지 않기 쉽다. 왜냐하면 그들은 할 일이 너무 많기 때문에 중간에 싫증을 내거나 따분하게 여기기 때문이다.

－ 발레리

❧ 만일 내가 신이었다면 나는 청춘을 인생의 마지막에다 놓았을 것이리라.

－ 아나톨 프랑스

❧ 사람이 지녀야 할 품성을 청년 시절에 갖게 되면 눈부신 빛을 주고, 노년에까지 지니게 되면 남에게 공경을 받을 위엄을 준다.　　　　　　　　　　　　　　　　　– 에머슨

❧ 젊은 시절은 다시 돌아오지 않는다. 오늘 이 날은 두 번 다시 밝지 않는다. 틈이 있을 때마다 공부에 열중하라. 세월은 사람을 기다리지 않는다.　　　　　　– 도연명(陶淵明)

❧ 인생에 있어서 가장 해로운 착각은 인간이 시시각각 죽음에 가까워지고 있다는 사실을 잊어버리고 있는 점이다. 사람들이 젊으면 젊을수록 이 착각의 정도도 더욱 심하다.　　　　　　　　　　　　　　　　– 인도 명언

❧ 청년에게 권하고 싶은 말은 오직 세 마디다. 청년들아 일하라! 청년들아 더욱 일하라! 청년들아 끝까지 일하라! 이 세 마디이다.　　　　　　　　　　　　　　– 비스마르크

❧ 젊을 때 지나치게 방종하면 마음의 윤기가 없어진다. 그렇다고 젊을 때 지나치게 절제하면 또한 머리가 굳어진다.　　　　　　　　　　　　　　　　　– 상트 뵈에브

❧ 어떻게 죽느냐 하는 것이 문제가 아니라 어떻게 살아야
하는 것이 문제다.   – S. 존슨

❧ 영혼이 깃든 청춘은 그렇게 쉽사리 사라지지 않는다.
                        – 한스 카로사

❧ 죽은 사람을 눈물로 애도함으로써 숭상하지 말라. 살았
을 때의 생생한 추억을 소중히 함으로써 죽은 사람을 숭
상해야 한다.   – 잠부론(潛夫論)

❧ 인간을 제외하고는 어떤 생물도 자살을 하지 않으며 자
살의 흉내도 내지 못한다. 왜냐하면 그들은 죽음 그 자
체를 모르기 때문이다. 반대로 인간은 인생의 괴로움 속
에서 벗어날 수 있다는 것을 하등 동물과는 다른 고상한
상징처럼 생각한다. 그러나 인간은 그 상징이 직접 행동
으로 옮아간 경우에 그 행동이 참으로 비겁하다는 것을
모를 때가 있다.   – 파브르

❧ 완전히 모순 없는 인간은 오직 죽은 자 뿐이다.
                       – 주리안 헉슬리

❦ 당신은 때때로 남을 질투하고 분노하고 복수를 하려고 생각할 것이다. 그러나 그 사람이 내일이면 죽는 사람이라고 생각을 해 보자! 그 사람에 대한 당신의 악감정은 씻은 듯 사라질 것이다.　　　　　　　　　　－ 세네카

❦ 잘 지낸 하루가 행복한 잠을 이루게 하는 것처럼 잘 보낸 인생은 행복한 죽음을 가져 온다.　　－ 레오나르도 다빈치

❦ 행운의 사냥꾼만큼 경멸할 성격은 없다.　　　　－ 골드스미드

❦ 우리들은 운명에 의해 강하게 다듬어지기도 하고 또 순하게 다듬어지기도 한다. 그러나 그것은 인간의 신념과 노력과 소질에 따라 좌우된다.　　　　　　　　－ 에센바흐

❦ 사람들은 행복과 불행은 모두 운명에 달렸다고 생각하고 있다. 그러나 실제로 운명은 우리들을 행복하게 만들지도 않거니와 불행에 빠뜨리지도 않는다. 운명이란 우리들에게 그 기회와 재료와 씨를 제공할 따름이다.

　　　　　　　　　　　　　　　　　　　　－ 몽테뉴

❧ 인간의 일생을 지배하는 것은 운명이지 지혜가 아니다.

- 시세로

❧ 인간은 운명에게 도전한다. 언제든지 한 번은 모든 것을 바치고 몸을 위험에 내맡기지 않고서는 그 대가로서 오는 커다란 행복과 자유를 얻을 수 없다.　- 몽테를랑

❧ 만약 세상에 숙명이란 것이 있다면 그것은 자기가 스스로 결정짓지 못하는 가운데 비추어지는 모든 현상이라 하겠다.

- 로망 롤랑

❧ 운명 속에 우연이란 존재하지 않는다. 인간은 모든 운명에 봉착하기 이전에 이미 스스로 운명을 만들고 있다.

- 윌슨

❧ 운명은 용감한 사람을 사랑한다.　- 베르길리우스

❧ 인간의 운명이여, 너는 어쩌면 그렇게 바람과 흡사하냐.

- 괴테

❧ 자기를 위해서 무엇이든 탐내지 말라. 구하지 말고, 마음을 동하지 말고, 부러워하지 말라. 사람들의 장래도 네 운명도 너로선 항상 미지의 것이어야 한다. 그러나 무슨 사태가 발생하든 마음만은 단단히 먹고 용감하게 살아야 한다. 그리고 나서 하느님에게 모든 것을 맡겨야 한다. – 톨스토이

❧ 어떠한 역경과 혼란 속에서도 이성으로써 과감하게 일을 처리하는 사람이 위대한 것이다. 운명은 사람을 차별하지 않는다. 사람 자신이 운명을 무겁게 짊어지기도 하고 가볍게 처리하기도 할 뿐이다. 운명이 무거운 것이 아니라 나 자신이 약한 것이다. 내가 약하면 운명은 그만큼 강해진다. 비겁한 자는 늘 운명이란 갈퀴에 걸리고 만다. – 세네카

❧ 모든 재물과 보배 가운데서 단 한 가지만을 골라야 한다면 나는 만족을 택하겠다. 행복을 가짐으로써 부러워하는 자들을 괴롭히고 싶지는 않다. 내 마음이 즐거우면 그것으로 충분하다. – 아르놀트 쉬미트

❧ 나는 어떠한 사람으로부터도 지배를 받고 싶지 않다. 그렇게 되면 나 이외에 나를 지배하는 자가 없고 자기가 하고 싶은 것도 할 수 있다. 하고 싶은 것을 하는 사람은 즐길 수 있다. 즐길 수 있는 사람은 만족한다. 그리고 만족하는 사람은 그 이상 탐나는 것이 없는 것이다 그러므로 어떤 일이 일어나도 내 마음은 아쉬움이 없다.

– 세르반테스

❧ 자기의 행동에 만족할 수 있고 또 많은 일을 하고서도 하나도 후회하는 일이 없는 사람은 진실로 고결한 사람이다.

– 서양 명언

❧ 인간의 대부분은 자기만족에 지나치게 집착하는 결과 만족을 잃으면 비탄에 빠지고 마는 것이다. 그러나 기쁨을 알고 동시에 그 기쁨의 원인이 사라지더라도 한탄을 하지 않는 사람만이 옳은 사람이다.

– 파스칼

❧ 우리의 운명은 반드시 인내에 의해 극복되는 것이다.

– 베르길리우스

❦ 자기를 만족시킨다는 것은 극히 드물다. 그만큼 만족이
란 어려운 것이다. 하물며 남을 만족시킨다는 것은 한층
더 어려운 일이다.
　　　　　　　　　　　　　　　　　　　　　　－ 괴테

❦ 대부분의 사람들이 매사(毎事)에 불만을 품고 있지만 그
것은 하나와 둘과의 차이가 하나와 백과의 차이보다 더
크다는 것을 모르기 때문이다.
　　　　　　　　　　　　　　　　　　　　－ 베드네

❦ 만족함을 알면 즐거울 것이오, 탐내기를 힘쓰면 근심이
생기느니라.
　　　　　　　　　　　　　　　　　－ 명심보감(明心寶鑑)

❦ 자기를 만족시킬 일을 못 하는 사람은 자기가 할 수 있
는 일로써 만족할 수밖에 없다. 그러므로 남을 만족시킨
다는 것은 일생을 통해서도 몇 번이 될지 의문이다.
　　　　　　　　　　　　　　　　　　　　－ 가리이니

❦ 결코 만족을 스스로 구하지 말라. 그러나 한편 언제든지
만족을 발견하는 마음의 자세를 갖추고 있는 것이 좋다.
수족은 여의치 않더라도 당신의 마음은 자유스런 것이다.
　　　　　　　　　　　　　　　　　　　－ 존 러스킨

❧ 어떤 여자가 좋은 남편을 가졌느냐 하는 것은 그 여자의
얼굴을 보면 잘 알 수 있다.　　　　　　　　　− 괴테

❧ 즐거움에 찬 얼굴은 한 접시의 물로도 연회를 만들 수
있다.　　　　　　　　　　　　　　　　　　　− 허버트

❧ 클레오파트라의 코, 그것이 좀 더 낮았더라면 대지의 전
표면은 변했을 것이다.　　　　　　　　　　　− 파스칼

❧ 인간은 내용보다도 외견으로 판단하기 쉽다. 누구든지
눈을 가지고 있으나 통찰할 수 있는 재간이 있는 사람이
드물다.　　　　　　　　　　　　　　　　− 마키아벨리

❧ 남의 흉하고 추한 용모를 묘하고 아름답게 고쳐 만들 수
없듯이, 남의 마음이 허하고 약한 것을 또한 굳세게 만
들 수 없을 것이다.　　　　　　　　　　− 이율곡(李栗谷)

❧ 진정한 웅변은 필요한 것을 전부 말해 버리지 않고 필요
치 않은 것을 일체 말하지 않는 데 있다.　− 라 로슈푸코

❧ 웅변의 목적은 진리가 아니라 설득이다.   – 미코올리

❧ 웅변의 커다란 비결은 열성에 있다.   – 리튼

❧ 많이 알고 있는 사람이 말은 오히려 적다.   – 속담

❧ 웅변은 지식의 어린아이다.   – 디스렐리

❧ 웅변가란 어떠한 사람을 말하는 것인가? 보잘 것 없는 저급한 문제일지라도 유쾌하고 아름답게 다루는 사람이다. 숭고한 사건은 숭고한 대로 신중히 무게 있게 다루는 사람이다. 온건한 사건은 그 온건한 대로 적당히 다루는 것이다.   – 시세로

❧ 참다운 정열의 명령에 의해서 이루어진 결합이 아니라면 영원히 그 정당성을 주장할 수 있는 결합은 없다.

– 스탕달

06
예술과 문화의
즐거움

❧ 어린 아이는 어른의 아버지다.　　　　　　　　– 워즈워드

❧ 자기 자신의 부족한 점을 자식에게 실현되기를 바라는 것은 모든 부모의 경건한 소망이다.　　　　　　– 괴테

❧ 아이들에게는 항상 바르게 하라. 아이들과 약속한 일은 반드시 지키라! 그렇지 않다면 당신은 아이들에게 허위를 가르치는 것이 된다.　　　　　　　　　　　– 탈무드

❧ 건물을 볼 때는 세 가지를 주의해 보아야 한다. 그것이 올바른 장소에 서 있는가, 그것이 안전하게 건축되었는가, 그것이 성공적으로 관리되고 있는가?　　　　　– 괴테

❦ 과연 저 소녀는 아름답다. 그러나 아름답다고 생각하는 것은 내 눈이다.
　　　　　　　　　　　　　　　　　　　　　　　　－ 크세노폰

❦ 문학은 나의 유토피아다. 나는 여기서는 권리의 침해를 당하지 않는다. 어떠한 감각의 장벽도 내 책동무들의 향기롭고 우아한 이야기를 가로 막지 못한다. 그들은 아무런 거리낌이나 어색함이 없이 나에게 이야기를 건넨다.
　　　　　　　　　　　　　　　　　　　　　　　　－ 헬렌 켈러

❦ 예술은 인간의 빵이 아니라 할지라도 적어도 포도주이다.
　　　　　　　　　　　　　　　　　　　　　　　　－ 장 파울

❦ 예술가는 그 작품에 종속한다. 작품이 작가에 종속하는 것이 아니다.
　　　　　　　　　　　　　　　　　　　　　　　　－ 노발리스

❦ 예술은 말을 가지지 않은 시이다.　　　　　　－ 호라티우스

❦ 문학의 진보 즉 사고와 표현 기술의 완성은 자유의 건설과 그 보존에 필요하다.
　　　　　　　　　　　　　　　　　　　　　　　　－ 스탈 부인

❧ 아주 세련된 예술이라도 그것이 조금이라도 도덕적 이념이나 이상에서 이루어진 것이 못 되고 오직 그 자체의 만족에만 빠져 버린다면, 그런 예술은 한 개의 오락에 지나지 않는다.

– 칸트

❧ 참고 견디는 게 아니라 자진해서 하는 것 이것이 유쾌한 것의 본질이다. 그러나 사탕이나 과자는 입 속에서 녹이기만 하면 맛이 있듯이 많은 사람들은 그것과 마찬가지 방법으로 행복을 맛보려다가 실패했다. 음악은 듣기만 하고 스스로 노래하지 않으면 별로 재미가 없다. 그래서 어떤 사람들은 음악이 귀가 아닌 목청으로 맛보는 것이라고 말했다. 아름다운 그림도 그 즐거움은 제 손으로 색칠을 한다든가 수집을 하지 않으면 그다지 재미를 모른다. 때문에 인간의 행복은 그저 탐구하고 정복하는 데에 있다.

– 아리스토텔레스

❧ 어떤 책은 맛만 볼 것이고, 어떤 책은 통째로 삼켜 버릴 것이며 또 어떤 책은 씹어서 소화시켜야 할 것이다.

– 베이컨

✔ 독서는 다만 지식의 재료를 공급할 뿐 그것을 자기 것이 되게 하는 것은 사색의 힘이다.   − 로크

✔ 인생은 아주 짧다. 더욱이 그 중에 조용한 시간은 드물다. 우리는 쓸데없는 책을 읽음으로써 그 한 시간을 낭비해서는 안 된다. 적어도 두 번 읽지 않으면 정평 있는 좋은 책이라고 할 수 없다.   − 아놀드 베네르

✔ 책은 갓난아이와 같이 낳는 데 시간이 걸린다. 수주일 동안에 재빨리 쓴 책은 저자를 의심케 한다. 존경해 마지않는 여성은 9개월이 되지 않고는 결코 어린애를 낳지 않을 것이다.   − 하이네

✔ 사람들이 독서하는 데 있어서 입으로만 읽고 마음으로 체험하지 아니하며 몸으로 행하지 아니하면 글은 다만 글자에 지나지 않는다.   − 격몽요결(擊蒙要訣)

✔ 어떠한 재주꾼이라도 자기 자신을 위해서 이미 지나가 버린 시간을 다시 새겨 줄 시계를 만들 수는 없을 것이다.   − 디킨즈

❧ 과거는 지나간 버림받은 일이나 마찬가지다. 미래는 호사가들이나 생각하는 꿈과 마찬가지다. 이 두 가지는 우리의 힘으로 어떻게 할 수 없다. 그러므로 나는 현재 이외의 것에는 관심을 두지 않는다.   – 지드

❧ 불우한 처지에 처하기보다도 좋은 기회에 처하기가 더욱 어려운 일이다. 당신의 침대에 아름다운 선녀가 내려온다면 당신은 조심해야 할 것이다. 즉 호사다마(好事多魔)란 이런 것을 두고 하는 말이다.   – 알랭

❧ 때는 두 번 다시 오지 않는다. 때는 얻기가 매우 어려운 반면에 잃기는 쉽다.   – 사마천(司馬遷)

❧ 기회가 없음을 한탄하기는 쉬우나 한탄하는 때가 바로 기회라고 깨닫기는 어렵다. 이것은 마치 놓친 고기 생각에 낚시 밥을 챙기지 못하는 것과 다를 바 없다.

   – 채근담(採根譚)

❧ 지나간 일은 밝은 거울과 같이 알 수 있는 것이다. 그러나 미래의 일은 옻칠한 것 같이 어둡다.   – 명심보감(明心寶鑑)

❧ 시간을 지배할 줄 아는 사람은 인생을 지배할 줄 아는 사람이다. — 에센바흐

❧ 시간을 무용지물로 만들지 않는 것은 우선 시간뿐이다. — 르나아르

❧ 시간은 모든 것을 성숙시킨다. 시간의 힘은 모든 일을 명랑하게 만든다. 시간은 진리의 아버지이다. — 리블레

❧ 누가 당신더러 돈을 꾸어 달라면 당신은 주저할 것이다. 왜냐하면 당신이 써야 할 테니까. 그런데 어디로 놀러 가자면 당신은 대개 응할 것이다. 말하자면 돈보다 시간을 빌려 주는 편은 아주 관대해진다. 만일 사람들이 돈을 아끼듯 시간을 아낄 줄 안다면 그 사람은 자신과 남을 위해 많은 일을 할 수 있을 것이다. — 몽테뉴

❧ '때는 흘러간다'고 당신은 이따금 무의식중에라도 곧잘 이야기 할 것이다. 물론 때는 우두커니 서 있지 않는다. 그러나 흘러가는 것은 때뿐만 아니고 당신 자신도 흘러가는 것이다. — 탈무드

❧ 사람들은 보물을 찾아 헤매고 있다. 어디 가면 노다지가 있을까 하고 눈을 두루 살피고 있다. 그러나 보물은 우리의 눈앞에 있는 것이다. 현재 이 시간이 더 없는 보물이다. 모든 사람은 그에게 주어진 인생의 시간을 어떻게 이용했느냐에 따라 그의 장래를 결정하는 것이다.

— 벤 존슨

❧ 한 번 흘러가 버린 때는 아무리 애를 써도 다시 찾아올 수 없다. 한 번 범해 버린 죄악은 아무리 애를 써도 씻어 버릴 수 없다.

— 존 러스킨

❧ 때를 놓치지 않도록 애써서 노력하라! 세월은 사람을 기다리지 않는다.

— 도연명(陶淵明)

❧ 만약 우리들이 현재와 과거를 서로 경쟁시킨다면 반드시 미래를 놓쳐 버리고 말 것이다.

— 처어칠

❧ 시간은 잠시도 쉬지 않는다. 때문에 설혹 늦었다고 해서 주춤하고 시간을 흘려보내지 말라. 그럴수록 시간은 자꾸 흘러만 간다.

— 앙리 드레니에

❧ 미래를 신뢰하지 말라! 과거는 땅 속에 묻어 버리라! 다만 현재에 살고 현재에서 행동하라!　　　　　－ 롱펠로우

❧ 새가 날아가 버린 뒤에 꼬리를 잡으려는 것은 무리한 것이다.　　　　　－ 도스토예프스키

❧ 금으로 꿰맨 옷은 다시 얻을 수 있으나 청춘은 두 번 다시 얻지 못한다.　　　　　－ 왕걸(王傑)

❧ 때를 놓치지 말라! 이 말은 인간에게 주어진 영원한 교훈이다. 그러나 인간은 이것을 그리 대단치 않게 여기기 때문에 좋은 기회가 와도 그것을 잡을 줄은 모르고 때가 오지 않는다고 불평만 한다. 하지만 때는 누구에게나 오는 것이다.　　　　　－ 카네기

❧ 우리들 모두가 과거에 의해 살고 또 과거에 의해 멸한다. 그러므로 우리는 지나간 일로 마음을 괴롭혀서는 안 된다. 오직 내일은 무엇을 해야 할 것인가를 생각할 뿐이다.　　　　　－ 괴테

❧ 마음속에 미래에 있을 수 있는 일을 그려라. 그리고 자기를 과거에서 이어져 온 몸이라는 것을 생각하라. 저 미래에 삶을 생각한다면 연구하고 발명할 일이 끝이 없을 것이다.　　　　　　　　　　　　　　　　　　　– 니체

❧ 이제 우리가 교육을 찬성하는 것은 사람을 좀 더 일할 수 있는 사람으로 만들자는 것이 아니라 일하는 사람으로 하여금 좀 더 좋은 사람이 되게 하기 위함이다. 학교를 여는 자는 감옥을 닫는다.　　　　　　　　　　– 빅톨 위고

❧ 교육은 국가를 만들 수는 없으나 교육이 없는 국가는 마침내는 멸망을 면치 못한다.　　　　　　　　　　　　– 루즈벨트

❧ 교육의 참된 목적은 사람들에게 착한 일을 하도록 권할 뿐만 아니라 사람들에게 착한 일을 하는 그 자체에 기쁨을 발견하도록 하는 것이다. 또 사람들을 결백하게 만들 뿐 아니라 그 결백함을 사랑하도록 함에 있다. 정의를 지키게 할 뿐 아니라 정의를 목마르게 희구하게끔 만드는 데 있다.　　　　　　　　　　　　　　　　　– 존 러스킨

❧ 어릴 때의 교육을 즐거움으로 알라. 그러면 너의 타고난 성격을 더 쉽게 찾아낼 수 있으리라.　　　　　　– 플라톤

❧ 후회는 해봤자 소용이 없다는 말이 있지만, 후회한다고 이미 늦은 것은 아니다.　　　　　　　　　　　　– 톨스토이

❧ 잘못을 깨닫고 뉘우치는 마음으로 간 밭에는 흔히 더욱 악한 욕망이 무성하다.　　　　　　　　　　　　– 모리악

제 3부

50~60 대를

위한

♥ 새 마음의 샘터

새 마음의 샘터

01
희망은
인간의 빵

❧ 긴 희망은 짧은 경탄보다도 감미롭다.   – 장 파울

❧ 희망은 재산 가운데서 가장 유익한 것이거나 아니면 가장 해로운 것이거나 그 어느 편에 속하기 마련이다.

       – 보브나르그

❧ 우리가 나이를 먹게 되면 젊을 때의 행복보다도 그 때 품고 있던 소망이 한층 더 그립게 여겨지는 법이다.

       – 에센바흐

❧ 보다 많이 가지려는 것보다 보다 적게 바라는 정신을 항상 가져라.   – 토머스 아 켐피스

❧ 희망이란 영구히 사람의 가슴 속에서 사라지지 않는다. 그러므로 사람은 당장 행복하지 않아도 언젠가는 행복 해진다고 생각한다.

　　　　　　　　　　　　　　　　　　　　　－ 보 부

❧ 이상은 우리들 자신 속에 깃들어 있다. 따라서 이상을 달성하는데 나타나는 모든 장애 역시 우리들 자신 속에 있다.

　　　　　　　　　　　　　　　　　　　－ T. 칼라일

❧ 곤궁한 사람에게 마시게 할 약은 오직 희망뿐이다. 부유 한 사람에게 마시게 할 약은 오직 근검뿐이다.

　　　　　　　　　　　　　　　　　　　－ 셰익스피어

02
인생 예찬

❧ 인생은 짧고 예술은 길며, 기회는 달아나기 쉽고, 실험은 정확치 못하며 판단은 곤란하다. — 히포크라테스

❧ 세상엔 무엇 때문에 자비가 필요 하느냐고 반문하는 사람이 있다. 그런 사람은 다만 돈만이 인생의 전부라는 것만 알았지. 사랑의 빛이 없는 인생이 무가치하다는 것은 모르는 사람이다. — 실러

❧ 시간은 일종의 지나가는 사건들의 강물이며 그 물살은 세다. 그리하여 어떤 사물이 나타났는가 하면 순식간에 스쳐 가 버리고 다른 것이 그 자리를 대신 차지한다. 새로 등장한 것도 또한 곧 스쳐가 버리고 말 것이다. — 아우렐리우스

❧ 오래 살기 위해서는 천천히 사는 것이 필요하다.

— 키에르케고르

❧ 만일 인생에 재판이 있다면 나는 어떻게 오식(誤植)을 고칠 것인가.

— 존 구레아

❧ 애통하는 자는 복이 있나니 그들은 위로를 받을 것이다.

— 성경(聖經)

❧ 배를 타고 있을 경우, 언덕에 있는 물체 등이 위로 물러 가서 점점 작아지는 것을 봄으로써 비로소 배가 나아감 을 깨닫게 되는 것처럼 사람은 자기가 나이를 드는 것을 다른 사람들이 점점 젊은 것같이 생각이 드는 데서 깨닫 게 된다.

— 쇼펜하우어

❧ 인생은 한 잔의 차와 같다. 서둘러 마시면 그만큼 더 빨 리 찻종의 밑바닥이 보이기 때문이다.

— 바리

❧ 사람이 살아간다는 것은 일생을 두고 엷은 얼음을 밟는 것과 같다.

— 경행록(景行錄)

❧ 나는 흔히 생각해 본다. 만약 자각을 하고 인생을 한 번 더 새롭게 시작한다면 하고……, 이미 살아 온 인생은 말하자면 초안이요 새로운 인생을 정서라고 한다면, 그 때야말로 우리들은 무엇보다도 먼저 자기 자신을 되풀이하지 않으려고 힘쓸 것이다.　　　　　　　　　– 안톤 체호프

❧ 모든 인간의 일생은 신의 손에 의해서 쓰여진 동화에 지나지 않는다.　　　　　　　　　　　　　　　– 안데르센

❧ 인간의 재치가 얼마나 무상하며 하찮은 것인가 눈여겨보라. 어제까지만 해도 태아이던 것이 내일이면 뻣뻣한 시체나 한줌의 재가 되어 버리니, 내 몫으로 할당된 시간이란 그토록 짧은 것이니 이치에 맞게 살다가 즐겁게 죽어라. 마치 올리브 열매가 자기를 낳은 계절과 자기를 키워준 나무로부터 떨어지듯이.　　　　　– 아우렐리우스

❧ 작년에도 꽃이 지자 그 얼굴들이 달라지고, 금년에도 또 달라졌다.　꽃은 세월이 흐를수록 그 빛이 영롱하나 사람은 이마에 주름만 는다. 그리고 보면 인생 백 년은 길기도 하지만 짧기도 하다.　　　　　　　　– 한서(漢書)

❦ 노년은 우리들을 약하게 한다. 차차 우리들로 하여금 쾌락을 맛볼 수 없게 한다. 육체와 동시에 마음의 윤기도 앗아 버린다. 사랑과 우정을 멀리하면 마침내는 죽음의 관념으로 마음을 어둡게 한다. 암담한 조망(眺望) 그것이 노년기인 것이다.
　　　　　　　　　　　　　　　　　　　　　　　　– 모로아

❦ 인생이란 불충분한 전제(前提)에서 충분한 결론을 끌어낸다는 기술이다.
　　　　　　　　　　　　　　　　　　　　　　　　– 사무엘 버틀러

❦ 높은 곳에 오르면 마음이 활달해진다. 맑은 냇물에 몸을 적시면 속세를 떠난 것 같다. 눈 오는 밤 독서에 잠기면 기쁨과 즐거움에 가득 찬다. 이런 취미가 곧 인생의 참다운 모습이다.
　　　　　　　　　　　　　　　　　　　　　　　　– 채근담(菜根譚)

❦ 사람은 거짓말을 하고 자기를 속이지 못한다. 우리의 생명은 무엇보다도 소중하기 때문이다. 우리는 소중한 것에 대해서 충실하지 않을 수 없다.
　　　　　　　　　　　　　　　　　　　　　　　　– 슈바이처

❦ 고민은 순간일망정 지루하고, 행복은 순간일망정 아섭다.
　　　　　　　　　　　　　　　　　　　　　　　　– 보봐르

❦ 사람에게는 다만 세 가지 사건밖에 없다. 그것은 사람이 태어나는 것과 사는 것과 죽는 것뿐이다. 태어날 때는 자기도 모르고 죽을 때는 괴로워하며 살아 있는 동안은 잊어버리고 있다.

— 라 브뤼에르

❦ 모든 우주 만물 중에 생명을 가진 것은 반드시 죽음을 면치 못할 것이며, 서로 만남을 가진 자들은 후에 반드시 헤어짐을 어쩔 수 없을 것이다.(生者必滅 會者定離)

— 대반야경(大般若經)

❦ 인생은 걸어가는 그림자에 지나지 않는다. 한동안 무대 위에서 뒤뚱거리다 곧 소문조차 들을 수 없게 되는 가련한 배우인 것이다.

— 셰익스피어

❦ 인생은 고독 그것이다. 왜냐하면 인생은 남을 잘 모르기 때문이다.

— 헤세

❦ 파티에서 그러하듯이 인생에 있어서도 과음(過飮)을 하지 말고, 목이 마르기 전에 그 자리를 떠나는 것이 가장 좋다.

— 아리스토텔레스

❦ 나는 알몸으로 이 세상에 태어났다. 그러므로 나는 이 세상을 떠날 때도 알몸으로 갈 수 밖에 없다. – 세르반테스

❦ 인생이란 기껏해야 보채기 잘하는 아이와 같다. 잠이 들 때까지는 같이 놀아 주고 비위도 맞춰가며 멋대로 하게 버려둬야 하지만 일단 잠들고 나면 조금도 걱정할 것이 없다.
– 윌리엄 템플

❦ 큰 활자로 인쇄된 책이라고 해서 결코 읽기 쉬운 것은 아니다. 쉬는 날만 있는 인생도 역시 마찬가지다.
– 장 파울

❦ 노년기란 우리들을 약하게 만든다. 때문에 노년기란 인간의 쾌락조차 앗아가고 만다. 그리고 사랑이라든가 우정조차도 어둡게 만든다. 이것이 곧 노년기란 것이다.
– 모로아

❦ 노동으로 양념한 만족 속에서만 인생의 즐거움이 깃든다.
– 코체 부

❧ 육체적 노동은 정신적 고통을 해방한다. 그러므로 가난한 사람이 행복해진다. — 라 로슈푸코

❧ 일은 비록 적으나 하지 아니하면 이루어지지 못할 것이고, 자식은 비록 어질지라도 잘 가르치지 아니하면 현명하지 못하니라.(事雖小 不作不成 子雖賢 不敎不明)
— 장자(莊子)

❧ 일한 대가로 얻는 휴식은 일한 사람만이 맛보는 쾌락이다. 일하고 난 후가 아닌 휴식은 식욕이 없는 식사와 마찬가지로 즐거움이 없다. 가장 유쾌하면서도 가장 크게 보람되고 또 가장 값싸고 좋은 시간의 소비법은 항상 일하는 것이다. — 힐티

❧ 가장 편안하고 그리고 순수한 기쁨의 하나는 노동 뒤에 취하는 휴식에 있다. — 칸트

❧ 노동은 언제나 인류를 괴롭히고 있는 온갖 질병과 비참에 대한 최대의 치료법이다. — 칼라일

❧ 대지와 인간에게 필요한 것은 환락(歡樂)이 아니라 노동이다.
– 코리키

❧ 나는 언제나 노동하고 있다. 그리고 늘 생각한다. 내가 항상 어떠한 일에 당면했을 적에 당황하지 않고 곧 처리하는 것은 미리 여러 가지 경우에 대해서 잘 생각해 두었던 까닭이지 내가 천재라서 그런 것이 아니다.
– 나폴레옹

❧ 부지런한 사람의 손은 모든 것을 주물러 황금으로 변하게 하는 재주를 가지고 있다. 그것은 마치 자애로운 어머니의 손이 상처의 아픔을 덜어 주는 것처럼 위대한 힘과 같다.
– 롱피드

❧ 세상은 잡화상점과 같아서 물건을 산더미처럼 가지고 있으나, 그것을 노동과 교환해서 파는 근면에 의해서만 살 수 있다.
– 로가우

❧ 두 가지의 사업을 두고 무엇을 먼저 할 것인가? 하고 망설이는 사람은 결국 아무 일도 하지 못한다.   – 워즈워드

❧ 나라를 다스리는 재상(宰相)과 손재주로 번영을 꾀하는 직공 사이에는 단 한 가지의 차이점이 있을 뿐이다. 즉 재상의 직무가 직공의 직무보다 더 중요할지는 모르나, 그 직무를 훌륭하게 완수해야 한다는 점에 있어서 그 가치는 동일하다.

            – 쥬프로와

❧ 이 지상의 생활에는 절대적 행복이란 있을 수 없다. 행복은 그 내부에 행복의 요소를 숨기고 있거나 그렇지 않으면 항상 외부의 무엇에 의하여 행복을 받고 있는 것이다. 우리가 행복을 가지고 있는 것은 드물게도 없다. 우리들은 다만 행복을 바랄 뿐이다. 행복은 없다. 또 있을 리도 만무하다. 설사 인생에 의의나 목적이 있다 해도 그것은 우리들의 행복에 있는 것이 아니라 어떤 보다 더 합리적이고 위대한 것 중에 있다.

            – 체호프

❧ 인생에 일어난 일을 어떻게 받아들이느냐 하는 것은 일어난 일 못지않게 우리들의 행, 불행과 중요한 관련이 있다.

            – 훔볼트

❧ 행복한 생활이란 대체로 고요한 생활이어야 한다. 왜냐하면 고요하다는 그 분위기 속에서만이 참다운 환희가 살아갈 수 있기 때문이다.
　　　　　　　　　　　　　　　　　　　　– 버트란트 러셀

❧ 그대는 누구라도 그의 죽음의 본성을 알기 전에는 행복하다고 부르지 말라. 그는 고작 운이 좋았을 뿐이다.
　　　　　　　　　　　　　　　　　　　　– 헤로도토스

❧ 이 세상에 오래 지탱하는 것이란 하나도 없다. 커다란 기쁨도 다음 순간에는 이미 생기를 잃고, 또 다음 순간에는 더욱 그것이 희박하게 되며, 결국은 자기도 모르는 새에 흔적마저 없이 된다. 그것은 마치 물 위에 생긴 파문이 마침내 평범한 물 표면으로 휩쓸려 들어가는 것과 마찬가지다.
　　　　　　　　　　　　　　　　　　　　– 몽테뉴

❧ 행복에게는 날개가 있다. 붙들어 두기란 어려운 것이다.
　　　　　　　　　　　　　　　　　　　　– 실러

❧ 자기 자신을 희생하는 것처럼 행복한 일은 없다.
　　　　　　　　　　　　　　　　　　　　– 도스토예프스키

❧ 행복을 사치한 생활 속에서 구하는 것은 마치 태양을 그림에 그려 놓고 빛이 비치기를 기다리는 것이나 다름 없다.

- 나폴레옹

❧ 일이 잘 되었을 때에 받는 정중한 축복보다 일이 안 되었을 때에 받는 가벼운 위로가 감명이 큰 법이다. 뜻을 잃은 자는 사람을 그리워하고 뜻을 얻은 자는 사람을 귀찮아한다.

- 고서(古書)

❧ 사람들은 불행을 막는다며 장차 있을지도 모를 불행까지 걱정한다. 그러나 정말 불행을 막는 사람은 장차 있을 불행보다도 눈앞에 닥친 불행부터 견디어 나가는 데 정신을 쏟는다.

- 라 로슈푸코

❧ 천하의 크게 나쁜 것과 큰 화(禍)를 당하는 일은 모두 욕심없이 깨끗한 생활을 견디지 못해서 생긴다.

- 명심보감(明心寶鑑)

❧ 가난한 자는 복이 있나니 천국이 저희 것임이라.

- 성경(聖經)

🌱 이 세상에서 가장 행복한 사람이란 작은 재물로써 만족하는 사람이며, 위인과 야심가는 가장 딱한 사람들이다. 왜냐하면 그들이 행복해지기 위해서는 재물을 한량없이 긁어모아야만 되기 때문이다.   – 라 로슈푸코

🌱 사람들이 이 세상에서 가장 얻고 싶어하고 가장 좋은 것이라고 하는 것은 재물과 명예와 그리고 즐거움이라고 할 수 있다. 그러나 이 세 가지는 우리의 정신이 참되게 좋은 것을 발견하지 못하도록 하는 방해를 놓고 있다. 재물과 명예와 즐거움을 앞세우고 간다면, 우리는 참된 정신의 활동을 잃어버리고 말 것이다.   – 스피노자

🌱 아무리 자기의 허욕을 이겨내지 못할 경우가 있더라도 낙심을 안 하는 사람은 행복한 사람이다. 왜냐하면 두 개의 마음이 싸울 때마다 허욕에 찬 마음은 낙심하지 않는 마음에 약해지기 쉽기 때문이다.   – 탈무드

🌱 불행할 때보다 행복스러울 때에 도리어 믿음이 더욱 깊어진다, 결국 하늘에 은혜를 받는다기보다 차라리 감사드리기 위해서 믿음이 돈독해진다.   – 몽테뉴

❤ '나는 일생 동안 누구 하나 다치지 않았다' 뿐만 아니라 '나는 모든 사람들에 대한 봉사를 위하여 이 일생을 바쳤다' 하는 생각만이 임종(臨終)의 자리에 있는 사람에게 편안한 죽음을 가져 온다. – 마키아벨리

❤ 불행한 사람을 비웃지 말라. 자기의 행복이 영원한 것이라고 누가 장담할 것인가? – 라 퐁테에느

❤ 우리들 인간은 멀고 높고 깊은 곳만 보는 버릇이 있기 때문에 정작 발길에 뒹굴고 있는 행운은 볼 줄도 모르고, 대부분 손이 닿지 않은 것만 추구하고 있다. – 핀다로스

❤ 지난날의 불가능한 일이 오늘에 와서는 가능하게 되며, 전세기의 공상이 지금에 이르러서는 사실로서 우리들의 눈앞에 실현되고 있다. – 말코니

❤ 불행한 사람이란, 잠자는 것이 서투른 사람이 불면증을 자랑거리로 삼는 것처럼 항상 자기가 불행하다는 사실을 자랑삼는 사람이다. – 버트란트 러셀

❧ 자기가 불행하다고 생각하는 것은 인생에 대한 자기의 인식이 항상 부족한 데서 오는 오해이다.   – 몽테를랑

❧ 참다운 행복이란 이 세상에 있을 수 없다. 다만 행복이란 것이 있다고 한다면 그것은 불행이 오지 않는 것만으로도 크나큰 행복이라 하겠다.   – 구꼬

❧ 나는 이 세상에서 행복만큼 소중히 생각하는 것이 없다.   – 스탕달

❧ 편안한 것만을 찾는 정신을 끝내 버리지 못하는 사람은 행복을 차지할 수 없는 사람이다.   – 에센바흐

❧ 나는 지금까지 자기가 바라는 것을 만족시키려고 노력하는 것보다도 차라리 그것을 억제하는 것이 행복을 얻는 길이라고 생각하고 있다.   – J. S. 밀

❧ 신을 안다는 것과 신을 사랑한다는 것은 참으로 거리가 먼 일이다.   – 파스칼

❧ 노인은 친절한 가르침을 즐겨 베풀려 한다. 그것은 두 번 다시 나쁜 본보기를 남에게 보여줄 수 없기 때문에 그렇게 함으로써 스스로 위안을 얻으려 하기 때문이다.

- 라 로슈푸코

❧ 굳은 신념을 가진다는 것은 인간에게 있어서 가장 중요한 일이다. 그러나 아무리 굳은 신념이 있더라도 다만 침묵하고 가슴 속에 품은 채 넣어 두어서는 아무 것도 안 된다. 어떠한 대가를 지불하더라도 그렇다. 죽음을 걸고라도 반드시 자기도 신념을 발표하고 실행한다는 용기가 필요하다. 여기에 비로소 자기가 가진 신념이 생명을 띄게 되는 것이다.

- 로올리

❧ 신앙은 모든 지식의 처음이 아니라 끝이다.

- 괴테

❧ 하느님, 하느님하고 하느님만 찾는 사람이라고 전부 다 천당으로 가는 것은 아니다. 오직 하느님의 뜻을 실행하는 사람만이 천당으로 가는 것이다.

- 성경(聖經)

❧ 자연 법칙에는 예외라는 것이 하나도 없다. - 허버드 스펜서

❦ 당신이 인간의 마음이란 것을 구경하지 못한 것과 같이 신도 보지 못했을 것이다. 그러나 당신은 신의 모든 창조물을 통해서 신을 볼 수 있을 것이다. 그리고 또 당신은 자기 마음속에 있는 신의 힘을 무시할 수도 없는 것이다. 기억의 능력과 완성을 위해서 영원히 진전되는 능력 속에 나타난다.　　　　　　　　　　　－ 세네카

❦ 인간의 참된 신앙이란, 휴식을 얻기 위한 것이 아니다. 그것은 오로지 삶에 대한 힘을 얻기 위해서이다.

　　　　　　　　　　　　　　　　　　　　－ 존 러스킨

❦ 애정이 없으면서 결혼 생활을 하는 것은 신앙이 없으면서도 하느님께 예배하는 것과 같다. 인간으로서는 더할 나위 없이 비열하고 무의미한 행위이다.　　　－ 체호프

❦ 너무나도 적적한 사람은 마지막에 가서는 병에 걸리는 법이다.　　　　　　　　　　　　　　　　　－ 존 스타인벡

❦ 내가 고독할 때 나는 가장 고독하지 않다.　－ 키에르케고르

❧ 첫째 술잔은 갈증을 낮게 하고, 둘째 술잔은 영양이 되고, 셋째 잔은 유쾌한 기분을 준다. 그러나 넷째 잔에 가서는 사람을 미치광이로 만든다.　－ 영국 속담

❧ 아! 네 눈에 보이는 술의 정(精)이여, 내게 만일 적당한 이름이 없다면 우리는 너를 악마라 부를 것이다.

－ 셰익스피어

❧ 이치를 따지는 것은 어떤 경우에 있어서 어리석은 것이다. 하물며 술에 취하여 따지는 이치는 문제가 안 된다. 취하기 위해서 필요한 것은 술이지, 양심의 가책이나 이치가 아닐 것이다.　－ 고리키

❧ 자연의 움직임에 반해서 생기는 일체의 현상은 불쾌한 것이다. 그러나 자연의 움직임에 따라서 생기는 현상은 항상 쾌감을 주기 마련이다.　－ 몽테뉴

❧ 하늘은 나만을 덮어 주지 않고 땅은 나만을 실어 줌이 아니고, 해와 달도 또한 나만을 비쳐 주는 것이 아니다.

－ 예기(禮記)

❧ 자연은 사원(寺院)이 아니고 한결 큰 공장이다. 그리고 인간은 거기서 일하는 노동자이다.　　　　　　－ 투르게네프

❧ 한 줌의 모래 속에서 세계를 발견하고, 들에 핀 꽃 속에서 자연을 발견한다.　　　　　　　　　　　　－ 블레이크

❧ 우주의 삼라만상이 조물주의 손에서 나왔을 때 모든 것은 선이었으나, 인간의 손에 넘어 오면 모든 것이 부패해진다.　　　　　　　　　　　　　　　　　　－ 루소

❧ 세상을 살아가면서 모든 일마다 공이 있기를 바라서는 안 된다. 공이 따로 있는 것이 아니라 허물이 없으면 그것이 곧 공인 것이다. 남에게 무엇을 베풀 때는 자신의 덕에 감동할 것을 바라지 말아야 한다. 덕이 따로 있는 것이 아니다. 원망을 듣지 않으면 그것이 곧 덕이다.
　　　　　　　　　　　　　　　　　　－ 채근담(菜根譚)

❧ 선비가 투기하는 벗을 가지면 어진 사람과 사귀지 못하게 되며, 임금이 투기하는 신하(臣下)를 두면 어진 사람이 등용되지 못한다.　　　　　　　　　　　　－ 순자(荀子)

❦ 남의 잘못에 대해서 관용을 베풀라! 오늘 저지른 남의 잘못은 어제의 내 잘못이었던 것을 생각하라! 잘못이 없는 사람은 하나도 없다. 완전하지 못한 것이 사람이라는 점을 생각하고 진정으로 대해주지 않으면 안 된다. 우리는 어디까지나 정의를 받들어야 하지만 정의만으로 재판을 한다면, 우리들 중에 단 한 사람도 구함을 받지 못할 것이다.
　　　　　　　　　　　　　　　　　　　 – 셰익스피어

❦ 처세하는 데 반드시 공(功)을 구하지 말라. 별 허물없으면, 즉 그것이 공이다. 사람과 더불어 세상을 살아가는 데 덕을 느끼도록 하지 말라. 별 원망 없으면 그것이 곧 덕이다.
　　　　　　　　　　　　　　　　　 – 채근담(菜根譚)

❦ 남의 지난날의 행동과 언사만으로 그의 일평생을 꺾어서 단정하기는 어려운 일이다.
　　　　　　　　　　　　　　　 – 명심보감(明心寶鑑)

❦ 나무는 먹줄(墨繩)을 맞으면 곧게 되고, 사람은 남의 충고를 들으면 거룩하게 된다.
　　　　　　　　　　　　　　　 – 명심보감(明心寶鑑)

❦ 아랫사람이 훌륭한 충고를 하면 그것은 윗사람의 자랑거리가 된다. 그리고 윗사람이 실수를 하게 되면 그것은 곧 아랫사람의 실수에서 오는 것이다.　　– 도오루

❦ 송백(松柏)나무 아래에는 풀이 번식하려 해도, 큰 나무 세력에 눌려 생기를 내지 못한다.(松柏之下 其草不殖)
　　– 좌전(左傳)

❦ 후회란 무엇이냐? 사람마다 정말로 자기 자신만이 가지고 있는 하나의 큰 슬픔이다.　　– 에센바흐

❦ 나는 담이 약하다, 나는 재주가 없다, 나는 기억력이 없어졌다, 나는 나이를 먹었다고들 말하는 사람들이 있다. 이런 사람들은 싫은 낯을 씻고 거울을 들여다보라! 이런 것이 짜증이란 것이다.　　– 알랑

❦ 위신의 위(威)자는 내가 떨쳐내는 위엄이 아니요 남이 받쳐주는 위엄인 까닭에, 나만이 나타내는 위신은 내가 하는 내 자랑만도 같지 못하다.　　– 경행록(景行錄)

❧ 당신이 고마운 일을 해 준 사람들에게 그 고마운 일에 대한 치사는 받지 못할 것이다. 왜냐하면 그것은 죄인이라도 할 수 있는 일이니까. 그리고 돌아오기를 바라고 빌려 주는 일은 도저히 감사한 느낌을 상대에게 줄 수는 없는 것이다. 왜냐하면 그것은 죄인끼리도 할 수 있는 일에 지나지 않기 때문이다. — 성경(聖經)

❧ 산 사람의 정성이 아무리 지극해도 죽은 사람을 살려내는 기적은 생기지 않는다. 다만 죽은 사람의 뜻을 뜻 있게 되살리는 데에 정성의 참 뜻이 있다. — 경행록(景行錄)

❧ 자기 자신의 결점을 반성하고 있는 사람에게는 남의 결점을 보고 있을 틈이 없다. 그 사람의 입장에서 보지 않는 한 남의 일에 대해서 이러니 저러니 판단하지 말라.

— 동양 명언

❧ 부유한 자로부터 경멸을 받고도 견디어 낸다는 것은 쉬운 일이다. 그러나 빈궁한 자의 모습은 나의 마음을 깊이 꿰뚫는다. — 지드

❦ 호랑이를 그리자면, 몸뚱이와 가죽을 그릴 수 있지만 뼈다귀는 그릴 수 없으며, 사람의 얼굴도 알고 이름도 알지마는 그 마음만은 잘 알 수 없다. 남을 믿는 마음은 정직한 데서 나오는 것이지만, 남을 의심하는 마음은 정직하지 아니한 데서 나오는 것이니 반드시 삼가야 할지니라.

— 명심보감(明心寶鑑)

❦ 소크라테스는 그가 어떤 가문의 출생인가를 질문 받았을 때, '나는 모든 세계의 시민(市民)' 이라고 대답을 했다. 그는 자신을 우주 안 도처의 주민이며 시민이라고 생각하고 있다.

— 시세로

❦ 유혹에 진 사람을 멸시해서는 안 된다. 그 사람을 오히려 위로해 주도록 힘쓰라! 당신 자신이 남에게 위로를 받고자 할 때가 있었던 때를 생각하고……. — 쇼펜하우어

❦ 물에 빠졌을 때 그 흐름에 역행해서는 안 된다. 될 수 있는 한 흐름에 따라 그냥 내려가면, 아무리 약한 사람도 물가에나 언덕에 닿기 마련이다.

— 세르반테스

🌱 일이란 무너지기는 쉽고 이루기는 어렵다.　　– 사기(史記)

🌱 흥분이란 지각없는 일종의 실신 상태이다. 감정을 몹시
　　흥분시키는 어리석은 행위에서 벗어나려면, 흥분이란
　　병의 이유나 이름을 따질 것이 아니다. 인내와 이해라는
　　약으로 견디지 않으면 안 된다고 믿으면 된다. 그렇게만
　　믿으면 쓸데없는 흥분은 가벼운 체증처럼, 이론을 캘 필
　　요도 없는 우울증처럼 얼마 안 가서 가라앉고 마음이 편
　　해진다.　　– 알랑

🌱 남과의 언쟁에 있어서 화를 내기 시작하면 그 때는 벌써
　　진리를 위한 언쟁이 아니라 자기 자신을 위한 언쟁이 되
　　고 만다.　　– 칼라일

🌱 위에 있어서 교만하지 아니하면 지위가 높아져도 위태
　　롭지 않으며, 도리어 남에게 우러러 보인다.　　– 소학(小學)

🌱 더울 때 솜옷 입은 사람이 곁에 앉았거든 비록 뜨겁더라
　　도 더운 것을 말하지 말 것이오, 홑옷 입은 사람을 보면
　　비록 추운 겨울이라도 춥다고 하지 말라. – 명심보감(明心寶鑑)

❧ 사람들 틈에서 살고 있는 이상 비록 남이 천하고 불쌍히 여길 만큼 역경에 놓였더라도 그 괴로움을 천명이라고 생각하는 사람은 행복한 사람이다.   – 탈무드

❧ 복이 있다고 다 누리지 말라. 복이 다하면 몸이 빈궁해진다. 권세가 있다고 다 부리지 말라. 권세가 다하면 원수와 서로 만난다.   – 명심보감(明心寶鑑)

❧ 한갓 겉치레만 일삼으면 비록 팔, 구십 살을 살아도 그림자뿐이니라.   – 명심보감(明心寶鑑)

❧ 이 세상에서 우리들이 보고 있는 것, 우리들이 생각하는 모든 것은 그 근원을 우리들의 정신 가운데 가지고 있다.   – 서양 명언

❧ 대개 사람이 덕을 밝힐 줄 모르는 것이 아니지만, 원래 기품이 앞에서 거리끼고 물욕이 뒤에 가려서 비록 밝히고자 하나 이를 못 한다.   – 대학(大學)

❧ 육체의 등불은 눈이다. 그러므로 만약 당신의 눈이 깨끗하면 당신의 육체의 모든 부분도 깨끗할 것이다. 만약 눈에 병이 들었다면 당신의 육체 안에 있는 빛이 꺼진 것을 알 수 있다. — 성경(聖經)

❧ 변이란 별로 뜻하지 아니한 데서 나는 법이다.(變生不意) — 후한서(後漢書)

❧ 적은 것을 적다고 하지 말며, 천(賤)한 것을 천하게 여기지 말라.(毋少少 毋賤賤) — 관자(管子)

❧ 물은 건너 봐야 알고, 사람은 지내 봐야 안다. — 우리나라 속담

❧ 하나의 악한 일에 항복하면 또 다른 악한 일이 찾아온다. — 우리나라 속담

❧ 음탕하고 호화로운 말은 오직 입에 내지 아니할 뿐 아니라 만일 혹 듣더라도 귀를 기울이지 말라. — 채근담(菜根譚)

❦ 가득한 그릇에서 물이 흘러넘치지 않게 하려면, 아주 조심해서 그릇을 똑바로 들지 않으면 안 되고, 칼날이 잘 들게 하려면 끊임없이 숫돌에다 갈지 않으면 안 된다.

– 노자(老子)

❦ 처세하는 데 말이 많고 중심이 없는 사람은 그만큼 심신을 해치는 법이다. 그러므로 오직 심신을 잘 수양하면 반드시 그 마음 둘 바를 잘 알 수 있을 것이다.

– 이율곡(李栗谷)

❦ 차라리 밑 없는 항아리는 막을 수 있지만 코 아래 가로 놓인 입은 막기 어려우니라.

– 명심보감(明心寶鑑)

❦ 위태로운 것을 두려워하는 사람은 늘 안일(安逸)하고, 없어지는 것을 두려워하는 사람은 늘 여축(餘蓄)하게 된다.

– 소서(素書)

❦ 나는 수다를 떤 것을 번번이 후회한다. 그러나 잠자코 있는 것을 후회한 적은 없다.

– 우리나라 속담

❧ 사람이 수양을 쌓을수록 뜻과 이상이 크고 식견(識見)이
밝아서 충성스럽고 의로운 선비가 된다.　　　　　– 장자(莊子)

03
참으로 위대한
인간에게

❧ 인간은 진실에 대해서 얼음같이 차지만, 허위에 대해서
는 불처럼 뜨거워진다. — 라 퐁테에느

❧ 사람이 온 세상을 얻더라도 그 혼을 잃으면 무슨 소용이
있느냐. — 성경(聖經)

❧ 인간의 본질은 고뇌이며 자기 숙명에 대한 의식이다. 그
결과 온갖 공포, 죽음의 공포까지도 거기서 생긴다.
— 말로

❧ 인간이여, 너는 미소와 눈물 사이를 왕복하는 시계의 추
이다. — 바이런

❦ 하늘은 여자의 사랑과 같고, 바다는 남자의 사랑과 같다. 사람은 각기 아래와 위의 구별이 있고 한계가 있음을 깨달아야 할 것이다. — 모리스 톰프슨

❦ 역사는 인간을 현명하게 하고 시는 영리한 인간을 만든다. 수학은 인간을 고상하게 하고, 자연철학은 인간을 심오하게 하고, 도덕은 인간을 무겁게 만들며, 논리학과 수사학은 인간을 능한 논쟁자가 되게 한다. — 베이컨

❦ 인간이란 신의 실패작에 불과한가, 아니면 신이야말로 인간의 실패작인가. — 니체

❦ 인간은 유순한 동물, 즉 모든 것에 익숙하게 되는 그러한 존재다. — 도스토예프스키

❦ 아무 것도 탐내지 않는 것보다 더 강한 힘은 없다. 그러나 그것은 필요치 않다. 필요한 것은 신이 탐내는 것을 나도 탐내는 일이다. 즉 자기를 부정(否定)함으로써 자기 희생으로 발전해 나가는 일이다. — 아미엘

❧ 경험이 풍부한 노인은 무슨 곤란한 일에 부딪쳤을 때 급히 서두르지 않고 내일까지 기다리라고 말한다. 사실 하루가 지나면 선악을 불문하고 사정이 달라지는 수가 많다. 노인은 시간의 비밀을 알고 있기 때문이다. 사람의 머리로써 해결할 수 없는 문제를 시간은 가끔 해결해 주는 수가 있다. 오늘 해결하기 어려운 문제는 우선 하룻밤 푹 자고 내일 다시 생각해 보는 것도 상책이다. 곤란한 문제는 조급히 해결해 버리려고 서두르지 말고, 한 걸음 물러서서 잘 바라보는 것이 현명한 일이다. – 슈아프

❧ 모든 인간의 지식 중에서 가장 유용하면서도 가장 진보하지 않는 것은 인간에 관한 것으로 나는 생각된다.

– 루소

❧ 살아 있는 인간 쪽이 죽은 사람보다 더 자선을 필요로 한다. – G. 아놀드

❧ 가장 현명한 사람이라 할지라도 돈을 받으러 오는 사람보다 돈을 주러 오는 사람을 더 환영한다. – 리히텐베르히

❤ 모욕과 박해는 당하는 사람이 굴복하지 않는 한 그것은 도리어 그 사람을 편달(鞭撻)하는 교훈이 될 것이다.

－ 에머슨

❤ 군자는 마음의 수양이 되어 항상 그 마음이 넓고 넓은 하늘과 같아 온화한 태(態)가 나지만, 소인은 마음의 수양이 안 되어 항상 마음이 안정되지 않아 초조한 태가 보인다.

－ 논어(論語)

❤ 누구든 잠자리에 누운 얼굴을 보면 성인도 우인도 없다. 그러나 눈을 떴을 때 사람은 그 행동에서 높고 낮은 것이 갈라진다.

－ 니체

❤ 봄비는 기름과 같으나 길가는 사람은 길이 진탕이 된 것을 싫어하며, 가을 달은 빛이 밝으나 도둑은 그 밝게 비치는 것을 싫어하느니라.

－ 허경종(許敬宗)

❤ 자기라고 생각하는 그것이 자기가 아니다. 반성하고 사고(思考)하고 노력하는 것이 참된 자기 자신인 것이다.

－ 노만 필

❧ 자기를 알고자 하거든 남의 일에 대해서 주의해 보라. 반대로 남을 알고자 하거든 자기 마음을 들여다보라!

— 실러

❧ 고사리, 곰취, 머루 같은 산나물은 거름을 주고 키운 것이 아니다. 들짐승도 산이나 들에 사는 것으로 사람이 기르지 않는다. 그래도 산채나 들짐승은 일종의 풍미가 있다. 사람도 세상의 명예나 이목에 더럽혀지지 않는다면 그 품위가 한층 높을 것이다.

— 채근담(菜根譚)

❧ 사물에 근본과 끝이 있다 함은 대개 사람이 근본을 지킬 것을 가르치는 말이다. 공자가 '백성의 송사(訟事)를 받아서 시비곡직을 판단하는 것은 당연한 일이지만, 원칙적으로는 백성이 송사하는 일이 없어야 한다'는 말은 지극히 귀한 잠언이다.

— 대학(大學)

❧ 인격이 있는 사람이란 그 용모가 온화하면서도 엄숙하며, 그 자태가 위엄이 있으면서도 사납지 않으며, 그 행하는 바가 유유낙낙하면서도 부자유스럽지 않다.

— 논어(論語)

❧ 짐승은 먹기 위해서 먹는다. 때문에 짐승은 때와 장소를 가리지 않는다. 반대로 사람은 무엇보다도 살기 위해 먹는다. 때문에 사람은 때가 되지 않으면 먹지 않는다.

– 공자(孔子)

❧ 표범은 죽어서 가죽을 남기고, 사람은 죽어서 이름을 남긴다.

– 왕언장(王彦章)

❧ 산이 높고 험한 곳엔 나무가 없다. 그러나 골짜기엔 초록이 우거진다. 또 물결이 급한 곳엔 고기가 없지만, 물이 깊게 고인 곳엔 고기와 자라 등속이 떼로 모여 있다. 이와 같이 지나치게 고상한 행동과 고집스레 급격한 마음이란 군자가 깊이 경계할 점이다.

– 채근담(菜根譚)

❧ 아첨은 요부(妖婦) 같은 인간의 야심으로 가득 찬 거짓 애교이다. 그리고 아첨을 허용하는 자는 독사와 같은 야심으로 가득 찬 허영이 있기 때문이다.

– 라 로슈푸코

❧ 군자는 세상을 떠난 후에 이름을 남기지 못함을 근심한다.

– 가어(家語)

❧ 만약 사람의 가치가 그들의 하는 일에 의하여 결정된다면, 소나 말은 어떠한 사람보다도 더 가치가 있을지 모른다. 또한 소나 말은 일도 잘 할 뿐 아니라, 무엇보다도 잔소리를 하는 법이 없다.

– 고골리

❧ 사람은 눈이 두 개 있다고 해서 그만큼 더 조건이 좋은 것은 아니다. 한쪽 눈은 인생의 좋은 부분을 보며, 또 한쪽 눈은 나쁜 부분을 보는데 소용된다. 착한 것을 보는 쪽의 눈을 가려버리는 나쁜 버릇을 가진 사람은 많지만, 나쁜 것을 보는 눈을 가리려는 사람은 극히 드물다.

– 볼테르

❧ 몰라서 모른다는 대답은 안전은 하지만 깔뵈기 쉽고, 알면서 안다는 대답은 정직은 하지만 못 믿기 쉽다. 모르고서 안다는 사람은 알면서 모른다는 사람보다 다루기 쉽다.

– 경행록(景行錄)

❧ 온 세상의 모든 동물들에게 나는 이렇게 말하고 싶다. 그대들은 개나 돼지가 돼서 다만 즐겁게 지내는 것보다, 사람이 돼서 슬픔을 가져 보라고…….

– 소크라테스

❧ 사람 이외에는 도(道)가 없다. 즉 사람이 사람이 된 것은
도가 있는 까닭이다. 그러나 인심은 지각이 있으되 도는
적막부동(寂寞不動)하는 것이요, 사람은 싸워서 얻으려
고 하는데 큰 뜻이 있는 것이다. 도는 부채처럼 사람의
손에 매여 이리저리 흔들리는 것이 아니다.   – 논어(論語)

❧ 부잣집에는 세 사람 가족에 열다섯 개나 방이 있다. 그
러나 집 없는 나그네가 같이 하룻밤을 지내려도 도저히
들어갈 방이 없다. 이와 반대로 가난한 농부는 한 간 방
에 일곱 사람이 살고 있더라도 처음 만나는 나그네를 진
심으로 맞아들인다.   – 스코틀랜드 명언

❧ 하지 않으면 안 될 줄 알면서도 하지 않는 것은 어리석
은 사람의 행동이다. 해야 할 일은 곧바로 해 내는 사람
은 사리를 아는 사람이요, 틀림이 없는 사람이다.

                                   – 논어(論語)

❧ 궁하면 궁할수록 마음을 철석같이 가져라. 어려움을 당
할수록 한 발도 물러서지 말라. 늙을수록 방에만 들어
있지 말라. 이것이 군자의 할 일이다.   – 예기(禮記)

❦ 완고한 사람에겐 부드러운 말로써 깨닫도록 힘써야 한
다. 결코 노한다든지 그 사람을 미워해선 안 된다. 만일
그 사람을 미워한다면 자기까지 완고하다는 것을 알아
야 한다. 자기도 완고하면서 남의 완고함을 깨우친다는
것은 우스운 일이다.   – 채근담(菜根譚)

❦ 군자는 잠시라도 어진 마음을 버려서는 아니 된다. 의
(義)아닌 부(富)와 귀(貴)는 받지 아니하며, 아무리 빈곤
할지라도 모든 것을 극복해 내는 명랑한 마음만이 군자
다운 행동이다.(君子去人 惡乎成名)   – 논어(論語)

❦ 어리석은 자는 그 노여움을 낱낱이 나타낸다. 그러나 지
혜로운 자는 그 노여움을 마음속에 집어넣고 표면에 나
타내지 않는다.   – 구약성경(舊約聖經)

❦ 군자는 도를 근심하고 마땅히 가난을 근심하지 아니하
니 집이 가난하더라도 다만 궁한 것을 면하되 기한(飢
寒)만 면하면 된다. 그러므로 군자는 풍족한 생각에 사
로잡혀 마음을 괴롭히지 않는다.   – 격몽요결(擊蒙要訣)

❧ 게으름뱅이는 일주일에 엿새 동안의 휴일이 있었으면
한다.
– 레에만

❧ 모든 사람은 마음속에 거울을 가지고 있다. 그 거울에
의해서 자기 자신의 죄와 모든 나쁜 점을 뚜렷하게 비쳐
볼 수가 있다. 그러나 우리는 거의 그 거울에 비치는 것
은 자기가 아니라 어떤 다른 물체라고 생각한다.
– 쇼펜하우어

❧ 사람의 이름이 높아진다는 것은 그만한 가치가 있어서
높아지기도 하겠지만, 그 중에는 오히려 오해와 그릇된
계산의 결과일 때가 많다.
– 릴케

❧ 만약 선량한 사람들이 좀 더 영리해지고, 영리한 사람들
이 좀 더 선량해진다면, 이 세상은 훨씬 좋아질 것이다.
– 워즈워드

❧ 유유자적(悠悠自適)하게 걸어가는 자에게는 지나치게
먼 길이 없다. 꾸준히 준비하는 자에게는 이득이 또한
멀지 않다.
– 라 브뤼에르

❦ 집을 다스리지 못하는 자가 어찌 천하를 다스릴 수 있겠는가? 천하의 큰 공을 세우는 자는 반드시 그 집을 잘 다스린다.

— 헨리 포드

❦ 완전이란 것은 결코 모든 시대에 걸쳐 가치 있는 것은 아니다. 왜냐하면 모든 시대는 제각기 다른 완전을 가지고 있는 것이기 때문이다.

— 류시 마트리

❦ 사람을 꾸짖을 때 과실(過失)을 지나치게 말하지 말고, 이후에 과실이 없도록 하는 방법을 일러 주면 그 사람도 별로 불평불만을 갖지 않는다. 또 자신을 꾸짖음에 있어서도 과실 없을 때라도 혹 어디에 과실이 없지나 않나 하고 찾아보려고 한다면 덕은 점점 자라나게 된다.

— 홍자성(洪自誠)

❦ 마음이 맑고 깨끗한 사람은 온 세계가 맑고 깨끗하게 보이고, 마음이 잡된 사람은 온 세계가 또한 잡되고 더럽게 보인다.

— 불경(佛經)

❧ 어리석고 탁한 사람이 꾸짖고 성내는 것은 다 이치에 통하지 못한 까닭이다. 마음 위에 불을 지르지 말고 다만 귓가에 바람처럼 들은 체 만 체하라.   — 명심보감(明心寶鑑)

❧ 스스로 제 몸을 해롭게 하는 자는 더불어 말을 하지 못할 것이며, 스스로 제 몸을 버리는 자는 더불어 같이 함을 꺼리나니, 이에 예(禮)와 의(義)를 비방(誹謗)하는 자를 자포(自暴)라 이르고, 예와 의를 좇지 못하는 자는 자기(自棄)라 한다.   — 맹자(孟子)

❧ 사람이 착하지 못한 일을 하고도 그 이름을 세상에 날려 이 세상에는 다시 둘도 없는 인물인 체하며 갖은 그릇된 행동을 자행(恣行)하는 사람들은, 사람은 비록 벌하지 못할지라도 하늘이 반드시 벌을 주는 법이다.   — 장자(莊子)

❧ 사람은 날 때부터 근심이 뒤따르기 마련이다. 그러므로 사람은 항상 멀리서부터 조심하지 않으면 가까이에서 근심이 닥치는 법이다.   — 공자가어(孔子家語)

❧ 남이 해 주었으면 하고 자기가 생각하는 바를, 남에게 해 주어서는 안 된다. 남의 취미는 자기와 같지 않기 때문이다.
　　　　　　　　　　　　　　　　　　　　　　　　－ G. B. 쇼

❧ 누군가가 사람이 가득 찬 큰 건물 안에서 '불이야!' 하고 외치면 사람들은 혼란에 빠져 뜻하지 않은 불상사가 생기기 쉽다. 입으로 인해서 생기는 해독은 참으로 크다. 따라서 잘못된 말로 인한 해독이 눈에 보이지 않더라도 말로 인한 해독이 큰 예는 얼마든지 있다.　　　－ 서양 명언

❧ 승리를 지향하는 사람의 눈은 결코 곁눈질을 하지 않는다.
　　　　　　　　　　　　　　　　　　　　　　　　－ 디피루스

❧ 숭배나 존경은 그 사람의 과거 실적에 대한 감정이며 동경이다. 희망은 그 사람의 미래나 설계에 대한 감정이다. 그런데 세상엔 미래를 희망하지 못하고 과거를 숭배하지 못하는 사람일수록, 숭배하는 흉내를 내고 동경하기를 좋아하는 사람이 많다.　　　－ 잠부론(潛夫論)

❧ 마음이 성스러운 사람은 항상, 심덕을 기르기에 마음을 괴롭히고 행동하는 데는 냉정하다. 즉 마음이 성스러운 사람은 그 행동보다도 먼저 심덕을 닦기에 치중하기 때문이다.

− 노자(老子)

❧ 도끼를 맞더라도 바로 간(諫)하며, 솥에 넣어 죽이려 하여도 옳은 말을 다하면 그 사람은 나라에 충직한 사람이다.

− 포박자(抱朴子)

❧ 오직 사람의 심지(心志)는 어리석은 것을 지혜롭게 만들 수 있으며, 지각이 없는 것을 어질게 만들 수 있을 것이다.

− 다이엘

❧ 깨달은 사람일수록 그 마음속은 아무런 일도 없어 잔잔하다. 만사를 나로부터 시작하지 말라. '나'라는 것이 앞서니까 밤에 잠이 오지 않고, 생각이 많고, 때로는 이치도 자기에게 이롭도록 휘어잡으려고 한다.

− 홍자성(洪自誠)

❧ 아무 것도 바라지 않는 사람은 전부를 얻을 것이며, 자기를 잃어버리는 사람은 전 우주가 자기로 변한다.

― 에드윈 아놀드

❧ 노쇠(老衰)는 자연히 자기도 모르는 새에 기어드는 병이다. 그러나 우리는 노쇠가 우리들에게 끼치는 결함을 피하기 위해서, 또는 조금이라도 그런 것을 방지하기 위해서는 많은 수양을 쌓아야만 하고 많은 조심이 필요하다. 하지만 노쇠는 한 발짝씩 우리들을 정복해 오고 또 우리들을 끝없는 곳으로 데리고 가려고 애를 쓴다. ― 몽테뉴

❧ 오늘 한 가지 이치를 깨닫고 내일 한 가지 이치를 깨달아 오래도록 계속하면 무슨 일이든지 관철할 수 있다.

― 여씨동몽훈(呂氏童蒙訓)

❧ 환경이 인간을 만드는 것이 아니라 인간이 환경을 만드는 것이다. 왜냐하면 인간은 잘만 지도하면 참고 따라가기 때문이다. 오히려 인간은 인간의 지도를 받았으면 하는 생각을 가지기까지 한다. ― 디즈레일리

❧ 길이 멀어야 말(馬)의 힘을 알고, 날(日)이 오래 지나야만
그 마음을 알 수 있다. — 명심보감(明心寶鑑)

❧ 당신을 칭찬하는 사람들의 양(量)보다도 질(質)을 중히
알라. 왜냐하면 나쁜 사람에게 호감을 사지 않는 것은
그 사람의 자랑거리가 되기 때문이다. — 세네카

❧ 국가 관리로서 비행(非行)을 하면 물러갈 때에 뉘우칠
것이요, 부자가 검소하게 쓰지 아니하면 가난해져서 뉘
우칠 것이다. — 구래공 육회명(寇來公 六悔銘)

❧ 군자(君子)의 마음은 항상 청천백일(靑天白日)처럼 한 점의
구름도 가려지지 않아야 된다. 누가 보아도 군자는 공명정
대한 것이다. 저 사람은 속과 겉이 다르다거나 또는 말과
행동이 일치하지 않다는 말을 듣지 않도록 주의해야 한다.
수단꾼이라든가 또는 음흉하다는 말을 듣고서야 어찌 신
용(信用)과 존경(尊敬)을 받을 수 있을 것인가? 흔히 보는
일이지만 소인(小人)들은 자기의 재능을 남에게 자랑하려
고 애쓴다. 그러면서도 남이 알까 두려워하는 것이다. 이것
이 군자와 소인의 판이한 점이다. — 채근담(茶根譚)

❧ 부잣집에서 성장한 사람은 소원을 성취하는 일이 별로 없으며, 가난한 집에서 고생으로 자란 사람은 반드시 소기(所期)의 목적을 이룰 수 있다. 배가 부르고 등이 시리지 아니하면 없는 사람의 사정을 짐작하기 어려운 법이다. 이 세상에 모든 실정을 고루 알고 처세하여 가자면 고해역경(苦海逆境)을 잘 밟아야 한다. ‒ 채근담(菜根譚)

❧ 후예(後裔)란 말은 자손이란 뜻이다. 자기의 정신은 자손을 위하여 뿌리가 되는 것이기 때문에, 자기 마음이 올바른 길을 밟아 간다면 그 자손은 반드시 번영한다. 그러니 마치 뿌리를 단단히 심지 않은 나무의 가지와 잎이 무성하지 못하는 것과 같이 마음이 올바르지 못하면 자손의 번영을 바랄 수 없다. ‒ 채근담(菜根譚)

❧ 세상 사람이 입으로는 청렴을 귀중히 여기고 재물을 탐내서는 안 된다고 말하지 않는 사람이 없다. 그러나 실제로 행동하는 데 있어서는 모두가 청렴을 버리고 재물을 탐내는 사람이 많다. ‒ 잠부론(潛夫論)

❧ 아마도 세상에는 선인과 악인이 뚜렷하게 존재하지도 않을 것이다. 단지 경우에 따라서 선인도 되고 악인도 될 따름이다.　　　　　　　　　　　　　　 – 앙리 드 레니에

❧ 유혹에 대한 적당한 방어법은 여러 가지가 있지만, 무엇보다도 확실한 방법은 항상 겁내는 일이다.　　 – 트웨인

❧ 광에 곡식이 가득하면 곧 예절을 알고, 의식(衣食)이 넉넉하면 곧 부끄러움과 체면을 지킬 줄 안다.　 – 관자(管子)

❧ 공자가 평일(平日) 그 문인(門人)에게 말하지 않은 것이 네 가지가 있다. 즉 괴상한 것, 용력이 있는 것, 난폭한 것, 미신 등 이 네 가지다. 괴상함은 정당한 것을 떠나 사람을 현혹시키기 쉽고, 용렬함은 자신의 힘만 믿어 탈선을 하기 쉽고, 난폭한 것은 매사의 절도가 없어서 예의를 짓밟기 쉽고, 미신은 진정한 신의 뜻을 모르는 행위로써 세상을 어지럽게 한다.　　　　　　　　– 논어(論語)

❧ 관리는 지위가 올라갈수록 게을러지기 쉽고, 병은 조금씩 나아갈수록 더해지는 것이다.　　　 – 채근담(菜根譚)

❧ 침묵이야말로 속임 없는 기쁨의 천사이다. 나는 이만큼
이나 행복하다고 말하는 사람은 그것은 곧 과히 행복하
지 않다는 말과 같다.　　　　　　　　　　　　　　　– 셰익스피어

❧ 사람이 나이를 먹어 갈수록 얼마나 값진 일을 하며 또
얼마나 결점 많은 일을 하는가는 마치 두 개의 물건에
비유할 수 있다. 하나는 기름이 적지만 심지가 가늘기
때문에 오래 타고, 하나는 기름이 많지만 심지가 굵어서
오래 가질 못하는 것과 같다. 기름은 생명력이며 심지는
그 생명력을 쓰는 방법이다. 결국 그 쓰는 방법을 선택
하는데 따라서 값진 일을 할 수도 있고, 결점 많은 일을
하기도 한다.　　　　　　　　　　　　　　　　– 쇼펜하우어

❧ 평탄한 길을 걷다가도 쓰러질 때가 있다. 인간의 운명도
그러한 것이다. 그러기에 인간은 사람의 힘을 다한 연후
에 천명을 기다려야 된다는 것이다.　　　　　　　– 체호프

❧ 천명을 아는 사람은 하늘을 원망하지 않으며, 자기 자신
을 아는 사람은 남을 원망하지 않는다.　　　　– 유향(劉向)

❧ 식탁을 둘러싸고 앉아 있는 아이들이 그냥 그대로 전 인생인 것이다. 우리들은 그들과 같이 인생의 가장 사소한 걱정거리와 가장 빛나는 희망을 다시 한 번 발견할 때가 있다.

　　　　　　　　　　　　　　　　　　　　– 프랑소아 모리악

❧ 세상에 인정이란 별수 없는 것이다. 가난해서 굶으면 넉넉한 사람에게 얻어먹고 배가 부르면 떠나 버린다. 따뜻하면 모여들고 추우면 헤어져서 돌아보지도 않는다. 이것이 예전이나 지금이나 똑같은 병폐라 하겠다.

　　　　　　　　　　　　　　　　　　　　– 채근담(菜根譚)

❧ 군자(君子)는 항상 생각하는 바가 깊고 먼 데 있다. 그러나 소인(小人)은 단지 눈앞의 이로운 일에만 마음이 움직인다.

　　　　　　　　　　　　　　　　　　　　– 좌전(左傳)

❧ 옷은 새 옷이 좋고 사람은 옛 사람이 좋다.　– 우리나라 속담

❧ 바다의 물이 마르면 나중에는 밑이 보인다. 그러나 사람은 죽어도 마음은 알지 못한다.

　　　　　　　　　　　　　　　　　　　　– 명심보감(明心寶鑑)

❦ 희망한다는 것이 진실로 의욕 하는 것은 아니다. 때문에 가령 시인이 백만 원을 희망한다고 해서 백만 원이 생겨지는 것은 아닐 것이다. 그는 다만 악어가 가죽을 남기고, 새가 깃을 남기듯, 자기 본성대로 아름다운 시를 만들 뿐이다.

– 알랑

❦ 처세(處世)하는 데 경험이 얕은 자는 세상의 악습에 물들지 않아 천진난만하다. 이와 반대로 세상풍파에 시달린 자는 다소 영리하나 권모술수(權謀術數)에 능해서 순진한 맛이 없다. 그렇기 때문에 군자는 세상일에 밝아 영리한 자보다 노둔(魯鈍)한 편이 많지만 질박(質朴)한 멋이 있다.

– 채근담(菜根譚)

❦ 성인(聖人)의 언행은 이 세상에 법칙이 되나니 어찌 삼가지 않으랴.

– 좌전(左傳)

❦ 진리를 증명하는 것이 세 가지 있다. 곧 자연과 사람과 성서가 그것이다.

– 우찌무라 간조(内村鑑三)

❧ 진리를 피하면 피할수록 멀어만 간다. 그러나 진리란 것은 못(釘)과 같다. 즉 끝을 때리면 때릴수록 더 깊이 속으로 들어간다.   – 서양 명언

❧ 군자는 천리(天理)에 당연한 법을 닦아서 자연 천명(天命)을 기다리는 외에는 길흉화복(吉凶禍福)을 염두에 두지 아니하고 올바른 법을 지켜 나간다. 그래서 천명의 순리를 어기지 아니한다.(君子行法 以俟命而己矣)   – 맹자(孟子)

❧ 사람도 물과 같이 흘러가기 마련이다. 물은 밤낮을 가리지 않고 흐르기 마련이다. 사람도 이 물과 같이 주야로 쉬지 않는 그 이치를 잊어서는 안 된다.   – 논어(論語)

❧ 큰 결점을 갖는다는 것은 다만 위대한 사람만의 특권이다.   – 라 로쉬푸코

❧ 영웅 숭배는 인류에게는 어디서나 존재했으며, 존재하고 있으며, 앞으로도 영구히 존재할 것이다.   – 칼라일

❧ 사람이 늙는 것은 인간으로서의 가장 중요한 권리의 하나를 잃어버리는 일이다. 그것은 곧 사람들로부터 비판을 받는 일이 없어지는 일이다. — 괴테

❧ 곤란한 때야말로 그 사람의 진가(眞價)를 표시하는 좋은 기회라고 하겠다. — 에픽테토스

❧ 만약 이 세상에서 성공의 비결이란 것이 있다고 한다면, 그것은 타인의 관점을 잘 포착하여 자기 자신의 입장에서 사물을 볼 줄 아는 재능 바로 그것이다. — 헨리 포드

❧ 최후의 승리는 출발점의 비약이 아니다. 결승점에 이르기까지의 견실(堅實)과 노력이다. — 워너메이커

❧ 지식의 가장 큰 가치는 다른 사람에게 그것을 전할 수 있는 동시에 그 사람이 그것을 확인하고 지킬 수 있다는 점에 있다고 할 것이다. 오직 그렇게 할 수 있을 때에만 그것은 무한한 중요성을 지니게 되는 것이다. — 쇼펜하우어

❧ 바다는 메워도 사람의 욕심은 못 메운다. — 우리나라 속담

❧ 행복을 원하거든 신의 가르침을 지키라. 신의 가르침을 지킴에는 노력이 필요하다. 이 노력은 살아가는 기쁨으로 변해서 자기에게 되돌아올 뿐 아니라. 이 노력은 신에게 봉사하고 있다는 생각을 갖게 해 준다. — 성경(聖經)

❧ 마음이 약한 인간에게 있어서는 성공할 것이 무엇보다도 필요하다. 그러나 그 사람에게는 성공이 중요한 일이 아니다. 그 보다도 중요한 일은 노력이다. — 아미엘

❧ 무엇 때문에 인간 세계엔 자비가 필요한가 하면, 오직 사랑의 빛이 없는 인생은 무가치하기 때문이다. — 실러

❧ 큰일을 계획할 때는 다소간이나마 우연이 개입되지 않을 수 없다. 이것이야말로 실패의 원인이라 할 것이다.

— 나폴레옹 1세

❧ 삶을 보전하는 사람은 욕심이 적고 몸을 보전하는 사람은 이름을 피한다. 욕심을 없애는 것은 쉬우나 이름을 없애는 것은 어렵다. — 명심보감(明心寶鑑)

❧ 사람마다 다들 오래 살고 싶지만, 나이를 먹고 싶어 하지는 않는다. 이런 사람일수록 나이를 많이 먹어도 늙음을 깨닫지 못한다. 이것도 욕심의 일종이다. — 프랭클린

❧ 악덕을 피하는 데보다 선덕의 정당한 행동을 하는 데 더 많은 판단이 필요하다. 악덕은 그 진상은 추한 것이어서 첫 번 보아서 우리를 놀라게 하고 있다. 그래서 만일 선덕의 가면을 쓰지 않으면 우리들을 유혹할 수 없는 것이다. — 체스터필드

❧ 육체에 딱 들어맞는 옷을 입히기보다 양심에 꼭 맞는 옷을 입히라. — 톨스토이

❧ 사람이 자식을 많이 두면 두려움이 많고, 재물이 많으면 일이 많고, 목숨이 길면 욕됨이 많다. 이 세 가지는 다 같이 덕을 키우는 데에 장해물이 된다. — 장자(莊子)

❧ 실패한 사람이 다시 일어나서 못하는 것은 그 마음이 교만한 까닭이다. 성공한 사람이 그 성공을 유지 못하는 것도 또한 교만한 까닭이다. — 석가모니

❦ 아무리 당신이 남에게 착한 일을 가르칠 수 있더라도 그것을 실행하지 않으면 형제도 친구도 모두 잃어버릴 것이다. 만약 사람이 당신의 가르침을 받아들일 생각이 없는 데도 불구하고 그것을 강요하면 당신은 말조차 잃어버릴 것이다. 현명하고 그리고 남의 위에 설 사람은 친구도 말도 잃지 않는다. — 중국 명언

❦ 당신이 가난하거든 덕행에 의하여 이름을 얻어라. 당신이 부유하거든 자선을 베풀어 이름을 얻어라. — 플레처

❦ 착한 일을 쌓은 집에는 반드시 훗날 기쁨이 찾아온다. 그와 반대로 악한 일을 해 온 집에는 훗날 반드시 재앙이 들어 닥친다. — 역경(易經)

❦ 남들이 당신을 우러러 보기를 목적으로 하는 선행은 하지도 말라. 그런 선행에 대해서는 신은 당신을 돌보지 않을 것이다. — 성경(聖經)

❦ 내가 돈을 가지고 있었을 때, 이 사람 저 사람 할 것 없이 모두 나를 "형제여" 하고 불렀다. — 서양 속담

❧ 사랑하면서도 그 악함을 알며 미워하면서도 그 착함을 안다. 이것이 군자가 할 일이요, 군자 된 도리이니라.

— 예기(禮記)

❧ 남의 조그마한 허물을 꾸짖지 않고, 남의 비밀을 드러내지 않으며, 남의 지난날 잘못을 생각지 말라. 이 세 가지 행실을 잘 지키면 가히 덕을 기를 것이며 또한 해를 멀리 할 것이다.

— 채근담(菜根譚)

❧ 사람은 아무리 노력해도 좋은 일만 하기란 힘든 노릇이다. 그러나 사람은 누구든지 조금이라도 좋은 일을 하고 나면 더 좀 좋은 일을 하고 싶어지는 법이니, 그대로만 해 나가면 되느니라.

— 공자(孔子)

❧ 사람은 자유를 얻은 후, 얼마 동안의 세월이 경과하지 않으면 자유를 활용할 방법을 모른다.

— 머코올리

❧ 남이 어떤 길을 걷든지 나는 알 필요가 없다. 그러나 나는 자유를 원한다. 그렇지 못하면 죽음을 달라고 싶다.

— 헨리

❧ 만일 누군가가 어떤 것을 자유보다 더 높이 평가한다면 그는 자기의 자유를 잃어버릴 것이다. 이 말을 거꾸로 말하면 그들이 더 평가하는 것이 안락이나 돈이라면 그들은 그것마저 잃어버리고 말 것이라는 뜻이다. – 모옴

❧ 미국 국민이 자유민이 되느냐 그렇지 않으면 노예가 되느냐, 또 자기 자신의 재산을 가질 수 있느냐는 문제는 지금 미국 국민 자신의 눈앞에 있다. 지금부터 태어나는 수백만 명의 운명은 신의 가호 밑에 지금 일군(一軍)의 용기와 행동에 달려 있다. 잔악하고 무자비한 적군 앞에 우리들이 선택할 길은 용감한 저항뿐이며 그렇지 않으면 비굴한 굴종뿐이다. 그러므로 우리는 승리가 아니면 죽음만을 결심하지 않으면 안 된다. – 워싱턴

❧ 자유를 위하여 깨끗이 죽는 것은 하나의 승리이다. 그것은 결코 개죽음이 아니다. – 사무엘 스마일즈

❧ 돈은 퇴비(堆肥)와 비슷하다. 뿌리지 않는 한 아무 소용도 없다. – 프란시스 베이컨

❦ 부정하게 얻은 부귀는 뜬구름과 같다.　　　　　　　　– 가어(家語)

❦ 돈을 가지는 데도 여러 가지 방식이 있다. 소위 돈을 잘 번다는 사람은 한 푼 없게 되었을 때에도 자기 자신이라고 하는 재산만은 가지고 있다.　　　　　　　　　　　– 알랑

❦ 돈을 가진 사람은, 가난한 사람들이 그들의 허무한 운명을 하소연하는 소리를 가장 듣기 싫어한다.
　　　　　　　　　　　　　　　　　　　　　– 도스토예프스키

❦ 이 숱한 가축들은 모두 내 것이다. 이 많은 재물들은 모두 내 것이다. 이것은 어리석은 사람의 생각이다. 제 몸도 제 것이 못 되는데, 어찌 재물 따위를 제 것이라 할 것인가?　　　　　　　　　　　　　　　　　– 잠 파타

❦ 지갑이 텅 비면 마음이 병든다.　　　　　　　　　　– 괴테

❦ 사람의 의리도 가난한 곳에는 끊어지고, 세상 인정은 돈 있는 집으로 향하느니라.(人義盡貧處斷 世情便向有錢字)
　　　　　　　　　　　　　　　　　　　　　– 명심보감(明心寶鑑)

❧ 자손들에게 무엇을 물려 줄 것인가? 돈을 모아 물려준들 자손들은 그 돈을 능히 지니지 못할 것이다. 또 책을 모아 그 책을 물려준들 자손들은 그 책을 다 읽지 못할 것이다. 자손들에게 물려 줄 참된 유산은 그 생애를 올바르고 힘차게 살아 나갈 수 있는 힘을 키워 주는 데 있다.

– 동양 명언

❧ 안식을 먹고 팔꿈치를 베개로 삼더라도, 낙은 오히려 그 속에 있다. 그러나 불의로써 얻은 재물과 노력 없이 얻은 공명(功名), 즉 불의 부정으로 얻은 부귀영화는 뜬구름 같으니라.

– 논어(論語)

❧ 돈은 세상을 돌고 돈다. 언제든지 나만은 피해 가며 돌아다니는 게 얄밉지만, 돈이란 억지로는 벌어지는 것이 아니다. 돈이란 것은 비둘기와 같아서 날아왔는가 하면 곧 또 날아가 버리는 물건이다. –

투르게네프

❧ 인간 세계에서 돈은 모든 악의 근본이 된다고 말하는 사람이 있다. 그러나 악의 근원이 되는 것은 돈 자체가 아니고 돈에 대한 애착심이다.

– 스마일즈

❦ 오늘의 부자도 어제 그가 가난했을 때는 자유롭게 돈을 써 보자는 희망을 가졌던 것이다. 그들은 돈이 축나는 것을 몹시 겁을 내며 불안해한다. 결국 부자가 된다는 것은 가난한 때 상상한 것처럼 만사가 편안한 것이 아니고, 다만 느끼는 고통의 성질을 바꿔 놓은 데 지나지 않는다. 빈부 어느 쪽이건 한 개의 고통을 짊어진다는 점은 같다.

— 몽테뉴

❦ 재물로 이루어진 부(富)는 끓는 물이 달걀을 굳게 하는 것보다 더 빠르게 사람의 마음을 굳게 해버린다.

— 라 로슈푸코

❦ 화를 내는 사람은 옳은 것을 못 본다. 불손(不遜)한 사람은 선심(善心)을 써도 욕을 먹는다. 공손한 사람은 돈이 없어도 무엇이든 구할 수 있다. —

공자(孔子)

❦ 모든 사람에게 친절히 대해야 하지만, 특별히 자기가 거느리고 있는 사람에겐 더욱 친절히 대해야 한다. 그들은 우리와 똑같이 값있는 생을 누리고 그 기쁨을 누릴 권리가 있기 때문이다.

— 고리키

❧ 자신이 의식한 겸손은 죽은 것이다.   – 에센바흐

❧ 남에게 친절하고 관대한 것이 내 마음의 평화를 유지하는 길이다. 남을 행복하게 할 수 있는 사람만이 또한 행복을 얻는다.   – 플라톤

❧ 처음에 참는 것은 나중에 참는 것보다 쉽다. 누구나 처음엔 조심을 해서 참지만 나중엔 그 조심을 조심하지 않기 때문에 참지 못한다.   – 레오나르도 다빈치

❧ 사람의 천성은 착한 것이다. 그러나 다만 자기의 과실을 인정하지 않고 자기가 옳은 것으로 만들려고 노력하기 때문에 악인이 된다.   – 인도 명언

❧ 참된 마음으로 남에게 은혜를 베푸는 사람은 앞으로 보답을 받으려는 속셈으로 도와준 것이 아니므로 자만하는 생각이 없다. 왜냐하면 남이 자기에게서 받은 은혜를 잊어버리지 아니하고 갚으려고 하나 기회를 얻지 못하여 일생을 두고 고민하다가 내내 갚지 못하는 수가 있음을 알아야 하기 때문이다.   – 불경(佛經)

❦ 새가 장차 죽으려 할 때는 그 울음이 슬프고, 사람이 죽으려 할 때는 평소에 불량하던 사람도 본심이 착한 데로 돌아와서 그 유언이 도리에 맞는 착한 말로 돌아서는 법이다.(鳥之將死 其鳴也哀 人之裝死 其言也善) — 증자(曾子)

❦ 모든 일에 너그러우면 그 복이 스스로 두터워지느니라.(萬事從寬 其福自厚)
  — 명심보감(明心寶鑑)

❦ 밤 잔 원수 없고, 날 샌 은혜 없다. — 우리나라 속담

❦ 누구도 단번에 몹쓸 악인이 된 적은 없다. — 유베나리우스

❦ 당신 자신이 죄를 범하고 악을 생각하고, 또 당신 자신이 죄를 피하고 깨끗한 생각을 갖는 것이다. 악과 청정(淸淨)은 당신 자신에 의해서 좌우된다. 남이 당신을 구할 수는 없는 것이다. — 잠파타

❦ 인류의 목적은 휴식이 아니다. 그것은 지적이며 도덕적인 완성이다. — 르낭

❧ 덕은 아는 것만으로 충분하지 않다. 우리들은 그것을 가지려고 그리고 그것을 이용하려고 혹은 우리들은 선하도록 만들어 줄 어떤 방도를 강구하려 애쓰지 않으면 안 된다.

– 아리스토텔레스

❧ 법률은 가난한 사람들을 들볶고, 부자는 그 법률을 지배한다.

– 올리버 골드스미드

❧ 증오는 감정에서 경멸은 지성에서 유래하는 것이다. 어떤 감정도 완전히 통제되지는 않는 것이다.

– 쇼펜하우어

❧ 재판관은 젊어서는 안 된다. 재판관은 자기의 영혼에서가 아니라 타인의 악의 본질을 오랫동안 관찰함으로써 그 악을 배워 알아야 한다. 지식이라는 것은 그의 안내역이 되어야 하며 개인적인 체험이 되어서는 안 된다.

– 플라톤

❧ 마을 사람들아 옳은 일 하자스라, 사람이 되어나서 옳지 곧 못하면 마소를 갓고깔 씌워 밥 먹이나 다르랴.

– 정철(鄭澈)

❧ 인간이 인간에게 공손하게 한다는 것은 대단히 좋은 일 이며 또 필요한 일이다. 그러나 그것이 악과 허위에 대 한 공손이라면 그 때는 인간의 부패와 타락의 가장 높은 단계를 의미하게 된다.   — 칼라일

❧ 남모르게 한 선행은 가장 영예로운 값을 지닌다. — 파스칼

❧ 세상에는 이상한 일이 많다. 어느 시대에 있어서나 악한 자는 자기의 비열한 행위에 종교나 도덕 그리고 애국심 으로 봉사했다는 가면을 씌우려고 애를 쓴다.
      — 주자가훈(朱子家訓)

❧ 재물을 가지고 있는 사람이 신의 나라로 들어간다는 것 은 코끼리가 바늘구멍으로 빠져나가는 것보다 더 어렵 다. 때문에 돈 있는 사람은 착한 일을 하기 힘들다. 돈 있는 사람이 착한 일을 하려면 우선 그 돈에서 해방되지 않으면 안 된다.   — 성경(聖經)

❧ 정치하는 요소는 공평하고 밝은 데 있고, 집을 이룩하는 데는 검소하고 부지런한 데 있다.   — 경행록(景行錄)

❧ 양심은 인간의 신성한 본능이다. 그리고 양심은 영원한 하늘의 소리이며 총명하고 자유로운 인간의 믿음직한 안내자이다. 그러므로 양심은 인간을 하느님과 닮게 하며 선과 악에 대해 과오를 범할 수 없게 하는 심판자인 것이다.

— 루소

❧ 험한 길을 걸어가면서 과연 이 길을 끝까지 걸어갈 수가 있을까 하고 의심하는 사람은 도덕이란 무엇인지 잘 알면서도 그 진실을 의심하는 사람과 같다. 가는 길을 의심하면 그 길을 걸어갈 수가 없는 법이다. 우리들은 앞길이 절벽으로 통하는 한이 있더라도 그 길을 거침없이 걸어가듯이 도덕의 길도 지켜 나가야 한다.

— 불경(佛經)

❧ 덕의심(德義心)은 누구나 지니고 있는 것인데 그것이 부족한 사람은 군자(君子)란 칭호를 듣지 못하고 만다. 덕의심을 가진 사람은 언제든지 외롭지 아니하다. 덕이 있는 이는 늘 덕이 있어서 이들과 사귐으로 서로 친밀하게 지내는 것은 물론이고 반드시 이웃을 얻게 마련이다.

— 논어(論語)

❦ 세 사람이 한 자리에 모이면 그 의견이 모두 각각 다르다. 당신의 의견이 비록 옳다 하더라도 무리하게 남을 설복시키려고 하는 것은 현명한 일이 아니다. 모든 사람들은 설복 당하기를 싫어하기 때문이다. 의견이란 못질과 같아서 두들기면 두들길수록 자꾸 깊이 들어갈 뿐이다. 진리는 인내와 시간이 절로 밝혀 준다.　　－ 스피노자

❦ 바람 부는 곳에 촛불을 내놓으면 불길은 흔들리고 광명이 고르지 못하다. 우리의 마음도 바람 앞의 촛불과 같은 것이다. 외부의 방해와 유혹에 흔들리기 쉬운 한 개의 촛불이다. 빛이 흔들리지 않으려면 바람을 막아야 한다.

－ 라마구리시나

❦ 이상한 일이 하나 있다. 사람은 자기의 탓이 아닌 외부에서 일어난 죄악이나 잘못에 대해서는 크게 분개하면서도 자기에게 책임이 있고 자기 자신이 저지른 죄악이나 잘못에 대해서는 분개하지도 않고 싸우려고도 하지 않는다.

－ 파스칼

❧ 정치적 변혁은 큰 저항의 진압 뒤가 아니면 결코 행해서는 안 된다. – 허버트 스펜서

❧ 자기 나라에 대한 사랑을 얻는 가장 좋은 방법은 가끔 외국에 가서 살아 보는 데 있다. – 센톤

❧ 세계가 나의 조국이다. 전 인류가 나의 형제이다. 그리고 선한 일을 한다는 것이 나의 종교이다. – 토머스 페인

04
행복의 메타포

❧ 사랑을 하는 사람에겐 사랑이 돌아오고, 덕(德)을 베푸는 사람에겐 덕이 돌아온다.   – 신어(新語)

❧ 사랑 없는 가정은 혼 없는 신체가 사람이 아니듯이 결코 가정이 아니다.   – 에이브리

❧ 자기 일생을 걸고 있는 자기의 아이, 즉 자기에게는 유일한 아이를 길러 보호해 나가는 어머니와 같이 모든 사람이 자기 마음속에 있는 모든 것에 대한 친애(親愛)의 감정을 길러 보호하지 않으면 안 된다.   – 메나산타

❧ 종교는 사랑의 최고 양식이다.   – 파커

❧ 사랑의 마음으로 하는 일은 언제나 선과 악의 피안에 있다.
– 니체

❧ 가장 완성된 사람은 모든 사람을 사랑하는 사람이다. 그 사람들이 좋건 나쁘건 가리는 일 없이 모든 사람에게 착한 일을 하는 사람이다.
– 마호메트

❧ 아무리 큰 공간(空間)일지라도, 설사 그것이 하늘과 땅 사이라 할지라도 사랑의 힘으로 메꿀 수 있다.
– 괴테

❧ 참다운 사랑은 결코 맹목이 아니다. 오히려 보통 사람들의 눈에는 보이지 않는 심안(心眼)에 새로운 빛이 더하는 것이다.
– P. 케어리

❧ 사랑이란 상실(喪失)이며 희생이며 단념이다. 모든 것을 남에게 주어 버렸을 때 사랑은 더욱 풍부해진다.
– 구코

❧ 진실한 사랑은 유령과 같은 것이다. 누구도 그것에 대하여 말하지만 그것을 본 사람은 거의 없다.
– 라 로슈푸코

❧ 사랑은 프랑스에서는 희극, 영국에서는 비극, 이탈리아에서는 비가극, 독일에서는 멜로드라마이다. — 브레싱턴

❧ 사랑은 여자의 일생의 역사이며 남자의 일생 속에서는 에피소드에 불과하다. — 스탈

❧ 사랑은 그 시초가 너무나 아름답다. 결말이 결코 좋지 못함도 무리가 아니다. — 토마

❧ 자기의 생활이 선량하다는 것을 아는 것은 무엇보다도 가치 있는 보수가 된다. 그리고 착한 일을 남이 알 때에 그것은 한층 더 아름답게 빛날 것이다. — 서양 명언

❧ 우리들이 알고 있는 위대한 것은 모두가 신경질적인 사람에 의한 것이다. 그 중에서 걸작을 만든 것은 신경질적인 사람 외에는 아무도 없다. — 프루스트

❧ 병 없이 약을 잘 먹는 사람은 더 많이 사는 것을 바라는 것이겠지만 도리어 이것이 건강에 해롭게 한다.

— 명심보감(明心寶鑑)

쉽사리 돈을 버는 사람은 허다하지만 쉽사리 돈을 쓰는 인간은 좀처럼 드물다.   – 고리키

건강한 사람은 건강의 고마움을 모른다. 그러나 정말로 건강을 유지하려면 비록 병이 없더라도 병에 대해 늘 주의를 기울여야 한다.   – 칼라일

자연과 조화된 생활을 보라! 그 때 당신은 결코 불행을 느끼지 않을 것이다. 그러나 세상 사람들이 생각하는 대로 따라서 산다면 당신은 어느 땐가 큰 실망을 할 것이다.   – 세네카

도박은 모두가 불확실한 것을 얻기 위해 확실한 것을 건다.   – 파스칼

때에 따라 여행은 관용을 가르쳐 준다.   – 디즈레일리

여행하는 덕분으로 인간은 겸허해진다. 왜냐하면 세상에서 인간이 차지하는 입장이 얼마나 보잘 것 없는지를 절실히 깨닫게 되기 때문이다.   – 플로베르

❧ 즐거울 때 배운 술은 웃는 버릇을, 슬플 때 배운 술은 울음을, 괜히 먹게 된 술은 그저 먹는 버릇을 갖게 할 뿐이니 참으로 버릇이란 처음의 것이 거듭 쌓여서 이루어지는 것이다.
— 몽테뉴

❧ 아버지는 아들에게 인자하고 아들은 어버이에게 효도를 다하고, 형은 동생을 사랑하고 동생은 형을 공경한다는 일은 지극히 마땅한 일이다. 그러므로 부형이 아들이나 아우에게 큰 덕이라도 베푼 듯이 생각하고 아들이나 아우가 부모에 대하여 은혜를 받았다고 생각한다면 이야말로 남남끼리나 다를 것이 없다.
— 사문류취(事文類聚)

❧ 사람으로서 효도와 신의(信義)가 있어서 훌륭하다고 칭송을 받는 사람은 설혹 지금 죽는다 해도 조금도 유감됨이 없을 것이다.
— 설원 설총편(說苑 說叢篇)

❧ 자기의 자녀들을 교육하는 어머니의 모습은 하느님이 내려 주신 이 땅 위에서 가장 아름다운 사랑의 표상(表象)이다. 즉 진정한 여신(女神)이란 그를 두고 말한다.
— 페스탈로치

집안 식구에 과실이 있을지라도 거칠게 노해서는 안 된다. 그렇다고 가볍게 보아 내버려 둬도 안 된다. 직접 말하기 곤란한 일이 있거든 다른 일을 끌어 은근히 비유하여 알아듣도록 일러 주는 게 좋다. 그렇게 하여도 깨닫지 못하거든 다시 또 말해 주어야 한다. 이래야만 모범적 가정이라 할 수 있다. – 채근담(菜根譚)

가정을 지키고 잘 다스리는 데에 두 가지 훈계의 말이 있다. 첫째 너그럽고 따뜻한 마음으로 집안을 다스리지 않으면 안 된다. 그리고 정이 골고루 미치면 아무도 불평하지 않는다. 둘째 낭비(浪費)를 삼가고 절약해야 한다. 절약하면 식구마다 아쉬움이 없다. – 채근담(菜根譚)

부부 있은 후에 부자형제 삼겼으니, 부부 곧 아니면 오륜(五倫)이 있을소냐, 이 중에 생민(生民)이 비롯하니 부부 크다 하노라. – 박인로(朴仁老)

원만한 가정은 상호간의 사소한 희생이 없이는 절대로 영위되지 못한다. 이 희생은 그것을 실행하는 사람을 위대하게 하며 아름답게 한다. – 앙드레 지드

❧ 어린 아이에게는 항상 올바른 것을 가르치며 속이지 않는다. 왜냐하면 어버이와 자식 사이에는 깊은 유사성이 있으며, 그것은 모방을 용이하게 하므로 자식은 어버이를 모방하여 그 결점을 확대하기 때문이다.　　– 예기(禮記)

❧ 한 집안에 예(禮)가 있어서 서로 공경하고 사랑하면 세상 사람이 다 숭배한다. 만일 그렇지 아니하여 인(仁)하지도 아니하고 공경하지도 아니하면 이치에 어그러져 세상 사람이 숭배하지 아니한다.　　– 대학(大學)

❧ 주인된 사람은 다음 다섯 가지 방법으로 자기가 부리는 사람에게 봉사해야 한다. 즉 그 능력에 따라 일을 시키며, 먹을 것과 급료를 주며, 병에 걸렸을 때 간호를 하고, 맛있는 음식을 나누어 주며, 적당한 때에 휴식을 시킬 것이다.　　– 잡아함경(雜阿含經)

❧ 어머니는 아들을 한 사람의 청년으로 만드는 데 이십 년 이상이 걸린다. 그런데 어떤 다른 여성은 자기의 아들을 단 삼십 분 만에 바보로 만든다.　　– 로버트 프로스트

❦ 애정이 없는 결혼은 비극이다. 그러나 애정이 조금도 없는 결혼보다도 더 나쁜 결혼이 한 가지 있다. 그것은 애정이 있으되 한쪽뿐이요 헌신이 있되 한쪽뿐으로 부부의 마음 가운데 한쪽만 언제나 짓밟히는 경우이다.

– 오스카 와일드

❦ 아버지와 어머니와 아들 이것은 세계를 결합하는 영원히 오래되고도 새로운 화음이다. – 에른스트 뷔헤르트

❦ 나무는 잠잠하고자 해도 바람이 그치지 않으며, 자식은 섬기고자 하나 어버이가 기다리지 않는다. – 맹자(孟子)

❦ 어떤 사람은 흔히 자녀들의 몸에 대해서만 걱정하고 정신에 대해서는 소홀히 대한다. 이런 사람은 아이들을 돌본다고 할 수 없다. – 하인리히 실러

❦ 효도로써 나라에 충성하면 어진 국민이 되고 공경으로써 어른을 섬기면 이웃의 모범이 된다. 그러므로 충성과 공손을 잊고서는 누구나 배웠다고 할 수 없을 것이다. – 소학(小學)

❧ 안으로 어진 부형이 없고 밖으로 엄한 스승과 벗이 없고 서 능히 학문을 이룬 이가 얼마나 되는지…….
　　　　　　　　　　　　　　　　　　　　　　　- 여영공(呂榮公)

❧ 군인은 전술적으로, 시인은 시적으로, 신학자는 경건하 게 교육한다. 그러나 어머니만은 하늘같이 크고 바다같 이 넓은 사랑으로 교육한다.
　　　　　　　　　　　　　　　　　　　　　　　- 장 파울

❧ 보배와 재화는 쓰면 다함이 있는 것이요 충성과 효도는 누려도 다함이 없느니라.
　　　　　　　　　　　　　　　　　　　- 명심보감(明心寶鑑)

❧ 집안에 불시(不時)에 음식이 생기거든 비록 적은 것이라 도 노소(老少)와 귀천(貴賤)을 막론하고 고루 나누어 맛 을 보아야 그 집에 화기가 화기롭고 온화하게 될 것이다.
　　　　　　　　　　　　　　　　　　　- 공총자(孔叢子)

❧ 어머니와 아들을 이어주는 감정은 완전하고 순수하며 아름다운 감정이다. 거기에는 어떠한 알력도 있지 않다. 아들에게 어머니는 하느님과 같다. 때문에 아들에게 어 머니는 전능하다.
　　　　　　　　　　　　　　　　　　　　　　　- 모로아

❦ 온갖 실패나 불행을 겪어도 인생에 대한 신뢰를 끝까지 간직하고 있는 낙천가는 흔히 훌륭한 어머니 품에서 자라난 사람들이다.
　　　　　　　　　　　　　　　　　　　　　　　－ 모로아

❦ 빈곤이 문간에서 집안으로 스며들어 오면 거짓 우정은 곧 창문으로 달아나 버린다.
　　　　　　　　　　　　　　　　　　　－ 빌헬름 뮐러

❦ 검소하고 부지런한 것은 집을 다스리는 근본이오, 화목하고 순종하는 것은 집안일을 처리하는 근본이다.
　　　　　　　　　　　　　　　　－ 명심보감(明心寶鑑)

❦ 적에게 비밀이 누설되지 않게 하려거든 그 비밀을 친구에게 이야기하지 말도록 하자.
　　　　　　　　　　　　　　　　　　　　　－ 프랭클린

❦ 만나서 직접 말하는 것이 악감정을 없애는 데 가장 좋은 방법이다.
　　　　　　　　　　　　　　　　　　　　　　　－ 링컨

❦ 뽐내고자 하는 허영심으로 가득 찬 사람들의 눈부신 선물보다 우정 어린 작은 친절 행위가 천 배의 가치를 가진다.
　　　　　　　　　　　　　　　　　　　　　　　－ 괴테

❧ 그대에게 죄를 지은 자 있거든 그가 누구이든 그것을 잊어버리고 용서하라! 그때 당신은 용서한다는 행복을 알 것이다. 우리들에게는 남을 책망할 수 있는 권리는 없는 것이다.

— 톨스토이

❧ 먼 사촌보다 가까운 이웃이 낫다.

— 우리나라 속담

❧ 돈이 없으면 큰일을 이루기 어렵고 남에게 주는 것이 없으면 가까워지지 않느니라.

— 설원 설총편(說苑 說叢篇)

❧ 벗을 선택하는 데는 퍽 조심하지 않으면 안 된다. 세상에는 전염병과도 같은 사람이 있는 법이다. 처음에는 상대편이 어떤 사람인지도 모른다. 다 같은 인간으로 보인다. 그러나 정신을 차렸을 때는 이미 그의 병독이 완전히 자기 몸에 옮았을 경우가 흔히 있다.

— 고리키

❧ 존경 사랑 신뢰 그것들은 우정이 있게 해주는 요건이다. 성실과 지혜와 용기와 인내와 사랑—그것이 곧 우정이다.

— 라파텔

❧ 자연 속에서도 숙녀의 머리 장식만큼 변화무쌍한 것은
없다.
- 조셉 에디슨

❧ 여성이라는 화폐는 남성의 허다한 괴로움을 덜어 준다.
남성이 그것을 알맞게 그리고 적당한 때에 사용한다면
진정한 행복을 살 수 있을 것이다.
- 로가우

❧ 이 세상에서 여자의 마음을 강하게 움직이는 일이 세 가
지가 있다. 하나는 이해하는 것이다. 그리고 하나는 쾌
락이며 또 하나는 허영심이다.
- 서양 명언

❧ 만일 모든 여성이 같은 얼굴, 같은 성질, 같은 마음을 갖
고 있다면 남성은 절대 부정한 행동을 안 할뿐더러 연애
도 안 할 것이다. 본능적으로 한 여성과 죽을 때까지 운
명을 함께 할 것이다.
- 카사노바

❧ 분노의 발작(發作)에 끌려 들어가는 사람은 남자답지 못
한 사람이다. 친절하고 온화한 마음을 가지고 있는 사람
이 정말 사내다운 사람이다.
- 오우데리우스

❦ 여자의 마음은 아무도 그 바닥을 모르는 깊은 연못이다.

— 리코보니

❦ 여자의 마음은 비밀 장치를 한 서랍과 같다. 그 비밀 장치의 암호가 날마다 변하기 때문이다. — 앙드레 프레보

❦ 부인의 예절이란 반드시 말이 곱고 가늘어야 한다.

— 강태공(姜太公)

❦ 여자가 몸과 마음을 깨끗이 하고 얼굴을 단정히 매만지는 것은 하늘이 준 의무이다. 그러나 몸과 마음을 깨끗이 다루지 못하면서 그 얼굴에 손질만 심하게 한다면 그 손질이 심할수록 가정의 일이 버림받게 된다. — 벤 존슨

❦ 어진 부인은 가정을 화목하게 하고 아첨하는 부인은 가정의 화목을 깨뜨린다. — 채근담(菜根譚)

❦ 남자와 여자는 손과 손을 잡고 서야만 천국에 들어갈 수 있다. 신화가 우리들에게 말하듯 함께 천국을 떠났으니까 함께 천국으로 들어가야만 한다. — 리차드 가넷

❧ 선비는 자기를 알아주는 사람을 위해서 목숨을 던지며, 여자는 자기를 즐겁게 해 주는 사람을 위해서 모양을 다듬는다.

                                           – 예양(豫讓)

❧ 참다운 정열의 명령에 의해서 이루어진 결합 이외에 영원히 그 정당성을 주장할 수 있는 결합은 없다.

                                           – 올터 토올리

❧ 남성이란 말의 완전한 뜻은 자기의 과거 즉 자기 능력의 성장을 깊은 이해로써 돌이켜 보는 것을 말하며, 자기 스스로 인정한 사명을 의식하면서 현실에 따라 활동하고 행동하는 것을 말한다.

                                      – 라하르트 바그너

❧ 연애할 때 무엇을 사랑하느냐는 질문에서 사람이 할 수 있는 단 하나의 대답은 사람은 사랑할 보람이 있는 것을 사랑한다는 것뿐이다.

                                         – 서양 명언

❧ 극히 훌륭한 사랑은 격렬한 욕망 속에 있는 것이 아니고 일상생활의 완전하고도 영속적인 조화에 의해서만 인정된다.

                                         – 모로아

05
깊이 생각하라

❧ 깊이 생각하라. 그리고 먼저 그대의 사상을 풍부히 하라. 천하 만물 모두가 다 인간의 사상에서 생긴 것이다. 저 거대한 건축물이라 할지라도 먼저 인간의 두뇌 속에 그 형체를 이룩하고 그런 연후에 그것이 건축으로 되어 나타난 것이다. 현실이란 사상의 그림자에 지나지 않는다.

— 칼라일

❧ 한 시간 동안의 사색은 착한 행위가 없는 일주일 동안의 기도회보다 귀중한 것이다.

— 하리슨

❧ 40세는 청춘의 노년이며, 50세는 노년의 청춘이다.

— 위고

❦ 노년의 서글픔은 늙었다는 데 있는 것이 아니고 아직 젊다고 생각하는 데 있다.   – 오스카 와일드

❦ 나이를 먹는 것은 별다른 재주도 아니다. 사람이 나이를 먹고서도 간직해야 할 재주는 노년에도 몸과 마음이 젊은 날의 그것에 견디는 일이다.   – 괴테

❦ 어린 아이가 어둠을 무서워해서 가까이 가지 않는 것처럼 사람은 죽음을 두려워한다.   – 프란시스 베이컨

❦ 죽음은 최후의 잠이다. 아니 그것은 가장 최후의 각성이다.   – 스콧

❦ 죽음과 세금은 피할 수 없다.   – 토머스 하리바든

❦ 많은 사람은 자기의 만족을 잃게 되는 것을 아주 슬픈 일이라고 생각하고 있다. 그러나 자기만족을 잃게 된 이유를 정말로 아는 사람은 슬퍼하지 않을 것이다. 왜냐하면 자기의 만족이란 늘 있는 것이 아니기 때문이다.

    – 파스칼

❧ 잠은 좋은 것이다. 그러나 죽음은 한층 더 좋은 것이다. 가장 좋은 것은 아예 태어나지 않는 것이다. 죽음 그것은 길고 싸늘한 밤에 불과하고 삶은 무더운 낮에 불과하다.

— 하이네

❧ 죽음이란 날마다 밤이 오고 해마다 겨울이 찾아오는 것처럼 피할 수 없는 일이다. 그런데 밤이나 겨울에 대해서는 준비를 하면서 어찌하여 죽음에 대해서는 조금도 준비를 하지 않는 것일까? 죽음에 대한 준비는 단 하나밖에 없다. 그것은 훌륭한 인생을 산다는 것이다. 우리들이 훌륭한 인생을 살면 살수록 죽음은 더욱 더 무의미한 것이 되는 것이며 그에 대한 공포도 없어지는 것이다. 그러므로 성자에게는 죽음이란 있을 수 없다.

— 존 러스킨

❧ 죽은 뒤가 아니면 누구든지 행복한 인간이라 부르지 말라.

— 아스킬로스

❧ 살고 있어도 괴로운 일이 많겠지만 자기가 없어진다는 것은 더 괴롭고 무서운 일이다. 없어지는 것보다도 괴로운 편이 월등 나을 것이다.

— 엘리어트

06
교양과 예술의
광장

❧ 오늘을 붙들어라! 되도록 내일에 의지하지 말라! 오늘이
일 년 중에서 최선의 날이다.   – 에머슨

❧ 시간은 모든 것을 데리고 가 버린다. 뿐만 아니라 시간
은 사람의 마음마저 가져가 버린다.   – 베르기리우스

❧ 주위에서 '젊어 보인다'고 추켜서 말하면 속으로 '점점
늙어 가는구나'라고 생각해야 한다.   – 어빙

❧ 우리는 암소에게서 배워야 할 일이 한 가지 있다. 즉 그
것은 반추하는 일이다.   – 니체

❦ 자기에 대한 존경, 자기에 대한 지식, 자기에 대한 억제, 이 세 가지만이 생활에 절대적인 힘을 가져온다. – 테니슨

❦ 과실을 범하는 것은 인간적이요, 용서하는 것은 신(神)적이다.   – 포푸

❦ 눈을 감으라, 그러면 그대가 보이리라.   – 사우엘 버틀러